陽光
如賒

爾雅——著

寫意舊金山

代序／從青衣江，到金山灣

劉荒田

　　年入「古稀」之後，傷逝華年的心境變淡，反而遵循用錢方面「花掉的才是自己的」一定律，增加了所謂「年齡自信」，比如，讀書也好，知人論世也好，較能把握一個寫作者從來處到目前的走向，因了交往動不動就是二三十年的緣故。

　　切近的例子是爾雅和她的丈夫程寶林。月前，寶林把太太的新編散文集《陽光如睒——寫意舊金山》發進我的電郵信箱以後，我逐篇開讀的同時，想起他們一家三口移民美國之初。是哪一年？那已是二十年前的一九九八年。他們一家來我家作客，我第一次見到爾雅。晚飯是家常菜而已，和「文事」比無足輕重，我的重頭節目，是鄭重而激情四迸地談對剛剛讀完的幾本書的感想。此前程寶林把他在中國出版的散文集和詩集送給我，我一氣讀完，幾乎手舞足蹈。比我年輕十四歲的程寶林，早在上大學的上世紀八〇年代初，就是中國大學生詩群中有數的重鎮，詩名流傳至今，成就固毋論，他的散文在新詩的盛名之旁，關注者尚少，我被他《託福中國》一書中的淋漓才氣驚倒了，我要告訴所有文朋詩友：在美國寂寞的華文文壇，青年程寶林是一匹強悍的黑馬！那一次，我當面數說作品的妙處，寶林兩手並放在雙腿間，有點不好意思。爾雅在旁，一味微笑，我知道她比丈夫還要得意。她予我的第一印象，是美麗，溫婉，賢慧，永遠把丈夫、兒子（她並稱為「寶貝」，因兒子名「貝諾」）放在首位的理想主婦。真難為她，新移民的所有難處都擔在肩上。那時，我還來不及知道，崇拜著詩人老公的爾雅，

也是很不錯的作家。

七年前，爾雅出版第一本散文集《青衣江的女兒》，囑我為序，我開始對這位慧心的散文家刮目相看。此刻讀《陽光如賒──寫意舊金山》，自然將它和前一本作比較，觀照一位寫作者從異國重新出發到如今的「縱剖面」，有如鳥瞰腳印兩行──好長啊，從四川雅安的青衣江邊，到成都的浣花溪畔，再到太平洋彼岸，舊金山海灣，陽光這最大量的「貸款」（文：《陽光如賒雨如借》），無利息，且不必償還。

從二〇一一年到如今，爾雅步入中年。其間，她無論從經濟上、心境上，都基本完成了從連根拔起的「新鄉里」到安居樂業的準「老金山」的蛻變，對此，她自己的感悟是：「中年和老年，其實才叫安然，因為這條愁路大半已經走過來了。」「走過來了」的突出表現，在自信心的穩固建立。集內一文有一段，寫她的丈夫：

> 前年他去亞利桑那州的圖森出差，驚歎於當地朋友家的滿樹棗子，朋友即把大棗樹生的兒子「過繼」與他。他提著這盆可愛的綠意盎然小棗樹登機，滿艙金髮碧眼的乘客皆好奇而微笑，有個乘客玩笑問：你真的覺得棗樹很想去加州嗎？詩人只好用老外壓根不懂，中國最古老文言答之：「子非魚，安知魚之樂也？」（《詩人的嬗變》）。

移用這些別開生面的文字，說爾雅的作品充分反映中西文化交匯處的「魚」的狀況，並無不當。不信嗎？且讀爾雅為老公的生日贈詩：

> 「只要我的愛人，／是一條小魚，／在我的浪花中，／快樂地遊來遊去」。

憑著豐沛的底氣，爾雅散文出現三方面可喜的進步。

一是女性寫手中少見的幽默感。讀這個集子，我許多次爆出笑聲，在旁的老妻說我「無端發神經」。這幽默感，是在美國居住多年，和洋鬼子打交道多了，加上讀書、看影視、聽音樂，以及其他諸多因素的潛移默化，才逐漸擁有的。

且讀《三人旅行團》，它寫的是家庭旅行團（團長為老公，財務主管為作者，團員是兒子）駕車遊洛杉磯和賭城拉斯維加斯的遭遇，將三口人的樂事、糗事、渾事和盤托出，妙趣橫生。途中住旅館，兒子早晨必賴床，教團長哀歎：「帶只有一個團員的旅行團都這麼費勁！」在賭場，團長拾到二十五塊錢，「本人對團長說下樓去逛逛，逛的結果是把撿來的二十五塊錢又餵給『老虎』吃掉了。團長說像我這樣的品質掌管財務大權太危險，差點要把本人『財務主管』的職位撤掉。可我辯解：俗話說，常在河邊走，哪能不濕鞋。人是經不住考驗的，誰叫你身為團長把團員帶到這燈紅酒綠紙醉金迷的地方！」至於團長，「這個老土，長途奔波上千英里，晚上就睡在賭場樓上，他居然一塊錢也捨不得餵給『老虎機』」！

二是中年寫作者中稀缺的率性。人到中年，心事重重，下筆難免矜持，欲言又止。新大陸廣闊的自由，塑造了爾雅迥然異於青澀期的寫作風格，隨興揮灑，行文爽快。讀者打開書頁，有如和她面對面地擺龍門陣。她之所以擁有不少粉絲（其中居然有不諳漢語的洋人），就是因為她掏出真心。

她乘飛機去夏威夷看望在那裡教書的丈夫，結果是：「他剛做好了二十個鹹雞蛋、一隻風乾雞，說怎麼突然就飛來一隻蝗蟲，等把這些東西吃完就又該飛走了。」

她和丈夫這樣「過招」。

「晚上他到家了，來電話晚彙報：『我已經給你買了一個天然寶石，裡面鑲了好大的鑽石，挖出來比你鑽戒上的那顆還大呢。』

『多少錢？』

『$一‧九九。』

訂了明晚九點十五的飛機飛圖森，馬上就要見識那顆『巨鑽』了。心裡還有一絲絲的期待和激動呢。」

在《新年戲語》，她這般消遣自己：

> 我去銀行存款，一溜薄幣被出納數了一遍兩遍三遍，又用點鈔機點。問我：你存多少錢？我奇怪，明明我存款單上有填：三千元。我還是再告訴她一遍：存三千元。她說：我數了好幾遍，確實多兩百元，隨即退還與我。
>
> 回來後心中竊喜，禁不住對老公炫耀：「看來我和北京好友一樣，都屬於錢多到搞不清。」

三是浸漫於庸常人生的詩意。 美國經典作家梭羅說：「時間只是供我垂釣的溪流。我飲著溪水。我飲著溪水時望見了它的沙床，竟覺得它是多麼淺啊！」在異鄉消耗的時間，不但「淺」，而且過分地平靜。作為散文作者，一旦無法從日復日地重複的微瀾有所發現，就只好擱筆。然而，爾雅的慧眼，總能從庸常日子捕捉詩意，營造詩的氛圍。

這是家中一個小場面：

> 晚上，我在露臺賞月，窺見有人在紗窗內做飯。見窗外有人影晃動，他明知故問：「誰在外面？」答曰：「報答你的桃花仙子。」他答：「還不如田螺姑娘，可以幫我做飯。」

遊記是最容易寫濫的文體，但集中所收的多篇，讀來一點也不悶，皆因它們以詩意為根基。

　　以下文字，取自集中的《走，到圖森去！》，寫的是夫妻同遊美國最著名的景點——大峽谷：

　　　　我瑟縮著下車，為取暖他抱緊我雙肩，說：「你最好把眼睛閉上，我叫你睜開你才睜開。」
　　　　「可是……我不會絆倒吧？」
　　　　「不會。」
　　　　「我不會撞到柱子上吧？」
　　　　「不會。」
　　　　「確信，你不會害我吧？」
　　　　「你放心好了，絕對不會！」
　　　　我果真緊緊閉上了眼睛（在這懸崖峭壁的地理環境，可見對這人要有多麼大的信任度才做得到！），走了約二十步站住了，他說：「睜開眼睛吧」。
　　　　幾乎睜眼的同時，我就驚叫起來：天啊！這個時候，你才知道什麼叫鬼斧神工！以為時光倒錯，進入了一個外星球的世界！

　　我們和作者一起，看到壯觀、靜穆、深邃的洪荒；但不止於此，連心跳也和作者一般激烈。
　　感謝爾雅這本書，給海外寂寞的文壇，灑上加州特有的美好陽光。

　　　　　　　　　　　　　　　　　　　二〇一八年夏於舊金山

目次

第一輯

四季：庭院靜靜

蘋果花伸展在眼前。每年秋天，蘋果均成熟在露臺桌上，可直接坐此宴客，這應是從樹上到舌尖的最短距離。

陽光如賒雨如借

如果我寫不出文章，都是被這陽光害的！

有陽光的日子，我總想坐在院子裡曬太陽，而不願坐在室內電腦前，似乎怕錯過天光下的什麼。而這就是問題所在——因這是加州的陽光，且是舊金山有名的陽光，一年三百六十五天差不多都是陽光燦爛，害得我抵禦不了這金色錢幣的誘惑。

陽光也能照進屋子，照在我書桌上。可是被門窗過濾折射過的陽光，能算十足的陽光麼？

於是，一把躺椅、一冊書、一杯「飄雪」或「竹葉青」，躲在我的小院中，隱身於城市鋼筋水泥築成的森林之外，在分分秒秒都是金錢的美國時間中，不以物喜，不以己悲，過慢生活，且做一日無所事事的閒人。

偶爾的時候，我頗為寂寞，這是緣於不期而至突然湧起的鄉愁。我會想成都的房子，雖然早已不是家，卻仍有一種氣場在牽引我，我心知，這種氣場是由親人朋友們聚集。每次回去都蜻蜓點水，匆匆見見這個，會會那個，沒來得及見面的，似乎彼此都欠了帳。

而日子就是這樣，被生活分割得支離破碎。坐在陽光下，茶要喝的，書並不一定要看。更多的時候，是望著一院子的閒花野草發呆。

不過，這兩天倒是頗認真讀書。只因上次回國，從成都書房中清理、帶回了對我影響很深的兩本書：一是英國作家毛姆的《刀鋒》，另一是德國作家赫爾曼‧黑塞的《納爾齊斯與歌爾德蒙》。前者係「無聞居」主人當年在舊書攤所搜購；後者為著名翻譯家，

此書譯者楊武能教授所題贈。

當年我讀這兩書時，尚是一襲紅衣，承聘待嫁；如今書頁已泛黃變脆，二十餘年，「歲月如飛刀……」下一句（刀刀催人老），曾是年輕時的我們說著玩的，現在竟不忍說出。正如《刀鋒》之題記：「剃刀鋒利，越之不易；智者有云，得渡人稀」。

看過的世界名著，許多都忘卻，奇怪這兩本書卻一直記得，連書中的一些情節一些描寫都記得很清楚。重新翻開，如若昨天剛讀。

兩本書，作者不同，國籍不同，故事內容不同，卻殊途同歸，都是對生命意義的探索，關於追求感性或理性之不同人生經歷的故事。

在陽光下，翻開這兩本書，欣喜如同重會失散多年的老友，迫不及待深入其中，再一次聽作者娓娓道來，不時掩卷感慨唏噓；抑或自己已走進那個時代，那個故事，與書中人物命運與共。

人生苦短，個人經歷總是有限，好多時候，我們需要借助閱讀，走進別人的生活別人的故事，體驗另一維度的人生，也得到知識與啟示。

抬頭望天，天空像一匹閃亮的藍色綢緞，完美得沒一絲折痕。唉，這害人的陽光啊，漸漸流失，竟讓我有陽光如賒的惆悵。

＊　　　　＊　　　　＊

舊金山難得的一夕風雨，吹落滿地竹葉。

晨起，清掃陽臺及院中枯葉，簇簇瘦竹斜風細雨中搖擺，簌簌有聲，無端就想起蔣坦與秋芙這對道光年間夫妻戲筆的故事：一日蔣坦在芭蕉葉上題句：「是誰多事種芭蕉，早也瀟瀟，晚也瀟瀟。」秋芙續曰：「是君心緒太無聊，種了芭蕉，又怨芭蕉。」據林語堂形容，秋芙是中國古代最可愛的兩個女子之一。

掃完地回屋，沏一壺紅棗枸杞茶，在自家前院樹上摘下一枚新鮮檸檬，切數片放入，再加冰糖幾粒，用小燭火慢慢溫著，花瓶裡插一支後院採來的茶花或玫瑰，一邊上電腦一邊喝茶，佐以小點心若干……

今天休息，不必冒著風雨去上班，心裡生出歡喜；沒有計劃，沒有預約，不必勞作，依然有飯可吃。

雨天幽暗的客廳，火焰跳躍的壁爐顯得格外溫暖。蜷在沙發裡，喝一杯滾燙醇香的茶，茶香與水氣彌漫開來，一種簡單的幸福。

飯廳長方形大玻璃窗，鑲嵌著室外的一幅畫：簾外雨潺潺，冬意闌珊。畫框左四分之一處是高大的檸檬樹與一種不知名的樹，樹上有金黃檸檬與小紅果子；畫下方三分之一處是長長白色柵欄上綠意盎然的牽牛花與茉莉花；畫框上部是遠處的公寓，窗戶透出橘黃色的燈光。

窗外這幅畫，特別之處在於其流動，其美麗靈性遠勝於任何名家傑作：有風吹樹搖，有烏雲遊走，有鳥或飛機掠過；一會兒是急驟的暴雨，天空像任性發狂的孩子；一會兒是細細直直的雨簾，落在地上大珠小珠落玉盤；一會兒又和風細雨，像戀人依偎耳邊的輕輕低訴……

手捧熱茶，倚窗而立，看雨，聽雨，感受雨，是我一天的功課。

視線所及，那高出公寓許多的連綿的大樹們，葉子掉光了，依稀可見樹枝上高舉的鳥巢。這鳥巢的巨大，想必鳥兒花了不少時間與精力來建造，奇怪的是鳥們卻不像我們人類建了房子定居。所以常見鳥走巢空的空巢（我家李樹上也有一小空巢）。鳥們能瀟灑地拋棄這身外之物，是否因為有飛翔的翅膀？遂想起二十世紀法國詩人里爾克的詩行：

誰此時沒有房子，

就不必建造，
誰此時孤獨，就永遠孤獨，
就醒來，讀書，寫長長的信，
在林蔭路上不停地徘徊，落葉紛飛⋯⋯

一間陽光屋

為修一間陽光屋，我和老公產生了意見分歧。其中最嚴重的分歧是：他主張修，我主張不修。

他主張修的原因是因為趁他在夏威夷時，兒子已經鳩占雀巢，佔據了他的精神家園——書房。作家沒有了書房，就相當於士兵沒有了槍，農民沒有了鋤頭。他在客廳飯廳廚房臥室轉來轉去，就像一隻找不到出口的無頭蒼蠅。

我主張不修的原因是因為他只知規劃設計，考慮到修建中的所有細枝末節，憧憬修好後的美好圖景，唯一不考慮的是對他來說可以忽略不計，對我來說卻至關重大的問題：錢！錢從哪裡來？好像我是一台印鈔機，需要時就可以嘩嘩印出來。

作為家庭財務主管，看似大權在握，實則是最吃虧的，因為完全沒有可能存私房錢，反而只能兢兢業業克己奉家。而他呢，只需薪水自動到帳，便萬事不操心。當我偶爾抱怨「入不敷出」，他便兩手一攤說「餅（薪水）只有這麼大，你叫我怎麼辦？」把所有難題攤給你去解決。

為了支援他的寫作事業，同時也考慮到房產潛在的增值，終於達成協議開始修建。

現在陽光屋已修到一半，還真得很漂亮呢！

陽光屋的窗戶正對花草淒迷的後院和一樹燦若雲絮的李花；從陽光屋出去，是長長的露臺，露臺柵欄上是一溜兒香氣襲人的金銀花。早上，陽光像金幣灑滿了整個屋子；滿月或彎月繁星的晚上，推開陽光屋的門，便見滿院清輝。

算來完工時差不多正值他生日，我何不作個順水人情呢？所以

我正式告知：這間陽光屋是我送給你的生日禮物。他聞言大喜：沒有比這更好的生日禮物了，謝謝老婆！作為對我的投桃報李，他接著毫不負責但絕對慷慨地說：「明年你生日時我送你一輛車！」。我馬上高興起來：我確實需要一輛新車，現在這車開出去簡直有損我的形象（前後各一個坑，前坑是我撞在柱子上，後坑是我撞在別人停在路邊的車上）。他說，車其實就是代步工具，外觀並不重要。可是為什麼香車美人，車展都要用美女來打廣告作宣傳呢？看來車和女人是有很大關係的──我反駁。

　　儘管如此，誰會相信一個兩袖清風的書生送你一輛車的承諾呢？雖然他說的時候很真誠，但至少有大半年的時間可以用來遺忘這件事。更大的可能：我比他忘得更快更乾淨。

爭果而食

舊金山灣區今年乾旱，天天陽光燦爛，海風和煦，氣候宜人。除了市府限水的一點點不方便外，人倒不覺得什麼，可是，卻苦了我院子裡的果樹們。

市府限制每週只能給庭院草坪樹木澆水兩次，且時間必須早上九點之前，下午六點之後。估計這是科學的，土地最易保持水分的時間段罷。

由於澆水少，加之地下土壤乾燥，今年我院裡的十多棵樹木面臨嚴峻考驗。飯廳窗外，每到春天便燦若雲霞，飄飄灑灑的櫻花樹今年歇枝；櫻桃樹的櫻桃也大為減產；更別提李樹梨樹了。

怪的是，往年總是病蟲害，葉子像燒焦似的捲曲，我喻之為林妹妹的病懨懨桃樹，今年卻長勢奇好，瘦小的枝幹撐著骨碌碌滿樹的桃子，煞是可愛。嬌俏的小桃子們，嫩嫩的皮膚細細的絨毛，白裡透紅。人說「人面桃花」，我覺「人面桃子」才確切。

當然，我喻之為寶釵的幸福健康的蘋果樹，照舊長勢喜人，果枝伸展進來，蘋果直接結在露臺桌上。面對一樹蘋果沉甸甸，太蓬勃喜人，甚至於誇張，且每年如此。又愛又心疼她，怕她累？

小動物們真是聰明，牠們才知哪只果是熟透了的，被牠們吃過的才是最甜最香的；可牠們也頗淘氣，總是很任性奢侈地這隻咬一口那隻啃一塊，不老老實實地吃完一隻再吃另一隻，往往害我吃牠們剩下的。

那天本想採下不多的那串櫻桃，又想等第二天紅透才採，可早上起來就沒了。我惋惜自己沒吃到，卻被小動物捷足先登了。

早上，巡視院子，見有一顆李子已熟透，如碩大的紅寶石。

他電話說，趕緊採了，免得又被小動物吃掉。答曰：好的，待我作餐後水果。這應是從樹上到舌尖最短的距離。

午餐畢，我坐李樹下讀書，一松鼠跑來，翹著蓬鬆大尾巴，細細小小短短的雙手趴在我跟前的花壇上，眼珠骨碌碌轉，好似在找什麼？是上次藏花生的松鼠？還是別的來偷花生的松鼠？反正牠們都長得一模一樣。

因他曾作打油詩：「坐在新闢角落，對飲香濃咖啡。突有松鼠前來，口銜一粒花生。刨開鬆軟泥土，將其埋入坑中。想是儲備糧食，以備不時之需。小小可愛松鼠，記住你的花生。如果被誰偷吃，定是別的松鼠」。

起身，去採吃我的餐後水果。吔，不見了！環顧四周地上，無果。聽得樹枝沙沙響，探頭去看：一個小偷！被我抓個正著。並拍照為證！可牠示威似的，與我面對面，大眼瞪小眼。

我說：哎，偷吃我的水果，被我逮個現行，你還有理了？

兒子在房間問：媽媽，你在和誰說話呢？

我生氣地抱怨：松鼠又偷吃了我水果！

可兒子說：「媽媽，你好無聊喲，樹上的果子，本該留給小動物吃才對。我們人已經有了很多東西可吃，還能去超市買。而小動物只有樹上的果子，牠們又不可能去買。我們人為什麼還要和小動物爭樹上的果實呢？」

從樹上到舌尖的最短距離

　　下週一是美國國殤日，法定假日。有這長週末，我頗開心。這幾天不用上班的日子，就像一隻甜蜜美味的大蛋糕，擺在我面前，任我一點一點地舔吃，細細地體會與享用。

　　書桌窗外的李花，飯廳窗外的櫻花。均是為滿足小資浪漫情調，十年前種植。桃花、李花、蘋果花、梨花、櫻花……一院春意鬧。

　　街區散步，杏花落滿頭。看花，看草，看景，看房……世界美如斯。

　　上午從健身中心「水包皮」（游泳及泡溫泉）出來，公園旁的街道被封起來做了農夫市場。有各種小吃、蔬菜、水果、乾果、麵包、蜂蜜、鮮花等等。走過一水果攤，老闆遞給我柳丁試吃，甘甜多汁，我就買了一袋十磅，十元。因它是有機的，其實超市才〇·五元左右一磅。現家中計有西瓜二顆，五元；香蕉一爪，一·三九元；奇異果若干。

　　物質的豐富也挺讓人操心的：要操心趕在水果壞之前吃掉，牛奶過期前喝掉，蔬菜新鮮時煮掉……不然就造成人類財富的浪費，這是我所不願的。我有一不好習慣，總是把冰箱塞得滿滿，又總是吃新買的。難怪有哲人說：物質的簡單乃精神自由的必備條件之一。

　　美國的生活，確是便宜，食物的消費占收入很小的比例，任何人都可以吃得很好，所以美國胖子多，且胖得離奇。

　　從濃蔭密佈鮮花盛開的小街開車回家，心情十分愉悅。

　　上次外出Party（聚會），吃到這種東西難忘，今天試做較成

功。是用Bacon（培根）卷起來，裡面是蜜棗，蜜棗裡是杏仁，烤箱四百度，烤二十分鐘，酥脆可口十分美味。

把西瓜一分為二，在露臺太陽下舀著吃，蘋果花伸展在眼前。每年秋天，蘋果均成熟在露臺桌上，可直接坐此宴客，這應是從樹上到舌尖的最短距離。

而上次感冒咳嗽，便在自家樹上採梨，蒸冰糖梨子。

去年深秋，梨結得頗多頗大，隱藏在枝葉間。奇怪的是，春天時並未見很多的梨花。梨花彷彿是羞澀的，毫不張揚。而我是喜歡看梨花的：「梨花一枝春帶雨」。有時候，淡淡傷感的意境，是一種美麗。

這碩大黃皮的梨，直接吃略有空感，就像蘿蔔空花或絲瓜老了。估計還是日常澆水不足，無足夠水份儲藏於果肉。用來蒸冰糖梨，這問題就解決了。蒸好後再加幾粒枸杞，晶瑩剔透中腥紅點點，好看又好吃。

盤點家中院裡的水果季節：五月吃櫻桃，六月吃小白桃，七月吃李子，八月吃琵琶，九月吃蘋果，十月吃梨，十一月吃柿子……

均是從樹上到舌尖最短的距離。

半日看花

華氏七十多度，陽光燦爛，很完美的天氣。

坐家中露臺搖椅半日，看來當「坐家」也不易。讀書幾頁，裡裡外外進出多趟。一會兒沏沏茶，一會兒添添水，一會兒又燒杯咖啡，一會兒又吃些點心，竟沒開始寫一字。

有隻鳥，叫聲很大，抬頭去尋，因大樹枝葉茂密，竟尋不見。卻見天藍樹青，十分祥和美麗。

東瞅瞅草，西看看花。草是野草，油菜花似的嫩黃與爛漫；粉白的蘋果花就開在我眼前。我看到謝了的李花，花托處有小小綠綠的果蒂，理論上講，每朵花均是一粒果子。

喜歡佇立在我的櫻花樹下，久久地看花，因為我知道它會謝得很快。一株單瓣，一株複瓣，我把這一團團幼嫩可愛的花兒捧在掌心，細細觀賞嗅聞。櫻花這樣美而易逝，我聽到細碎柔軟的花瓣在風中飄落的聲音，想起黛玉。另有一株是櫻桃樹，因是嫁接的不同品種，每年總是右邊枝丫先開花，待花凋謝成果，左邊枝丫才不甘示弱地開放起來。這樣也好，一樹櫻桃先後成熟，可吃久一點。

有時候，我們嚮往詩與遠方。可此時，坐在陽光下的露臺上，很寂靜。唯有細細的風聲在我的果樹間穿行。有小蜜蜂與小蜂鳥在為我果樹授粉採蜜；貓在慵懶地曬太陽；一隻小松鼠，蓬鬆著大尾巴，胃口很好地捧吃著果子……

觀賞院中的大自然，便令我有怡然自得的快樂與滿足。只是感覺，坐地日行八萬里，這地球運行的速度也太快了，我還沒看夠享受夠這日光，它便會駛入黃昏，以至夜的航站。

詩人的嬗變

利用美國國慶日的長週末，詩人老公從任教的德克薩斯州回加州舊金山家中休假約兩週。

他去年費好大勁，為家中院子鋪了地磚，因無經驗，磚下未鋪防草膜，所以荒草從磚縫中照樣長出，且草根把土壤抓得很緊，實難拔除。小草的生命力之強大，可謂「野火燒不盡，春風吹又生。」

此次，詩人再次把磚一匹匹啟開，卻發現正是長草籽季節，磚上土裡到處是草籽，為防事倍功半，他特意把磚一塊塊洗淨，後聽從我建議，改為強力水龍頭沖洗。

功夫不負有心人，兩三天後大功告成，現在我家院子十分整潔漂亮。

就想，若是國內的親朋好友來，大家坐在院裡的太陽傘下，喝喝茶，聊聊天，或摸與錢無關的小麻將，四周果實累累，小鳥吃松鼠吃浣熊吃，我們也隨手採了來吃，絕對綠色無污染水果，也蠻享受的。可惜現在是二缺二，平時一缺三。

完工！詩人在枝葉間發現一顆隱藏的紅瑪瑙似的櫻桃，竟十分高興，認為是對他努力工作的獎賞。他最愛吃櫻桃，可惜近幾年櫻桃成熟季節，他均出差在外。

另外，詩人還移栽了小棗樹於大花盆中。前年他去亞利桑那州的圖森出差，驚歎於當地朋友家的滿樹棗子，朋友即把大棗樹生的兒子「過繼」與他。

他提著這盆可愛的綠意盎然小棗樹登機，滿艙金髮碧眼的乘客皆好奇而微笑，有個乘客玩笑問：你真的覺得棗樹很想去加州嗎？

詩人只好用老外壓根不懂，中國最古老文言答之：「子非魚，安知魚之樂也？」

＊　　　　　＊　　　　　＊

我感歎，詩人把美國國慶日過成了美國勞動節。

經過兩三天園藝勞動，一家三口決定外出休閒幾天，去著名的美國國家公園Yosemite，音譯為優山美地，也與自然的景致十分貼切。

頭天在網上預訂了酒店三晚的住宿，第二天週日懶覺起來，消消停停去附近吃了韓國午餐，又採購足夠多的礦泉水與食物，驅車去四小時車程的優山美地。一路風景流動，拍照若干。

優山美地國家公園，進山門票三十元，按車輛計，七天之內自由進出，山中任何地方再無收費。

在山中遊客休息中心，可見鹿們隨意地在林間走來走去，小松鼠在人們腳邊跳來跳去，這兒的松鼠脖子邊有一圈白毛，看來與我家松鼠不是同一家族血源。

餐館室外每張木質野餐桌上，均釘有一圓形看板，提醒遊客不要餵食野生動物。其大意為：野生動物的身體，不能消化人類食物中的鹽與脂肪等，牠們會增肥與掉毛，也會形成對我們人類的依賴，後果是極易被兇猛動物，如山獅等捕捉而食。餵食野生動物的最高罰款五千元。

沒想到，山中竟十分炎熱，還不如家中小院涼快。詩人閒話：出來休假，還不如在自家院裡幹活舒服些！

詩人由剛來美國時的無產者，變成現在的地主後（我玩笑喻之：地主的後代也是地主），即從文弱書生嬗變成能工巧匠：不僅鋪磚鋪地板，還能上房揭瓦換屋頂。

我剛來美時，很不理解：擁有自家農場和舊金山高尚社區一幢

大樓的白人房東，為何要親自修理抽水馬桶？

　　出國前自學《新概念英語》，有篇課文叫「Do it by yourself」（自己動手）。其實「自己動手」，是普通美國人的基本技能，依我看，體現的也是一種獨立自主的美國精神！

書生過節，過成勞動節

新年第一天，陽光如瀋，竟如初春天氣，院裡櫻桃已綻新芽。

我們這兒的花草樹木，是常常忘記季節的。在美東還是白雪皚皚的寒冬；美西的聖佛蘭西斯科卻是：鳥兒放聲地唱，花兒任性地開……

家中程姓的兩個人，耶誕節前便分別回來了。兒子此次搬回家居住，家中他自己房間空置多年，卻在外花錢租公寓住。他爸被派駐德克薩斯州工作一段，為節省房租，他索性買房自住兼當房東。我們各自守著自己院子喝茶發呆，倒頗有點美國式的奢侈。

出國前自學《新概念英語》，其中有一課「Do it by yourself」（自己動手）。原來美國最厲害處之一，是可把每個人變成能工巧匠，包括我家曾經中國士代夫式的文人書生！

書生在美國，練得一身「武功」，既能上房蓋瓦片，又能下房鋪地板。所以節假日回來，做點園藝及清潔，簡直是「小兒科。」

書生平安夜到家。

第一日清理院中落葉及砍樹枝。

第二日幫兒子整理佈置房間。因兒子只要自己搬運回的家具物品等，好多原有的需丟棄，可丟棄比買入費勁太多。

第三日清理家裡中英文書籍。這些可開小型書店的書籍，從高至天花板低至床腳的地方搬出來，分門別類整理再找安身立命之處。工程浩大，他卻樂此不疲。從中國至美國的半生歲月，總見他把古今中外書籍搬來運去，修補把玩，倒難得見他坐下來，完整讀完一本書。奇怪的是，這愛搬書不愛讀書的人，卻是我這種愛讀書不愛搬書人的「百科全書」，不時地要翻一翻。

　　第四日繼續清書兼帶做飯。當我下班坐在晚餐桌前，旁邊兒子說：都沒有肉唆？他爸嚴肅答：我們家比較窮，不是每頓都有肉吃的！兒子：啊？開玩笑喲！本人面對如此粗茶淡飯，也發了言：哎，你在德州，微信上天天秀這樣那樣美食。回家就如此克扣妻兒？兒子接口：還是媽做飯比較好。

　　書生總是把各種各樣的節日，統統過成勞動節。這不，昨天剛做完了去年所有的事，今天元旦節，以為清閒了。可是清早起來，他就開始搬遷竹林，從左邊遷到右邊。我一邊免為其難地搭把手，一邊感歎：若今天竹子不搬家，你肯定挺無聊的哈？

　　而我，情願無所事事地蜷在溫暖的壁爐邊，讀書喝茶吃巧克力……

小園香徑獨徘徊

松下

我的書房外，露臺上方，有一棵針葉松。其實它不屬於我，是柵欄外鄰居家的，可是受惠的卻是我，高大茂盛的松枝伸展在我家「領空」，投下斑駁搖晃的日影。每年春天，松枝都要抽長好大一截，滿樹金黃的穗須，然後轉綠。落下的松針是金色的，久不清掃，踏上去就像柔軟的地毯。我常常摘了碧綠的針葉，墊在盤子裡蒸小籠包，咬一口，清香馨人。

露臺

我家客廳出去，左拐，約三、四步仄巷曲徑通幽，便是長約幾米的露臺，與鄰居家的柵欄相接，柵欄上是一溜兒紫色牽牽漫漫的牽牛花，煞是好看。柵欄外是鄰家的後院，主人向來很忙，難見人影。踮著腳尖望過去，一院子花草淒迷，附近一樹金黃的檸檬自生自長，無人採摘。我私心裡盼著它伸展過來，可是他家園丁太勤快，常常剪樹修枝，令我願望落空。

月夜

滿月或彎月的時候，加上滿天繁星，推開客廳大門，便見滿院清輝。特別是在露臺賞月，最為怡人，月亮就亮在露臺左邊洗衣房

頂那一大叢山欅樹冠上。山欅樹上串串紅果子倒不見了，只見樹枝在微風下搖動一串串銀色的月影，在那樣靜的夜晚，像在低語又像傾訴。我不知道怎樣寫下來，那樣的絕美！

雨天

　　我其實是喜歡下雨的。初春的雨天，乍暖還寒，最宜待在家中。在客廳，打開跳躍溫暖火苗的壁爐，蜷在沙發上，手捧一卷，清茶一杯，聽雨。挑開白輕紗窗簾，透過百葉窗隙望出去：我院子裡灑滿水珠的翠竹，在斜風細雨中輕搖。桃樹、李樹、櫻桃樹「吧嗒吧嗒」地吸吮著營養豐富的雨水，綻出滿樹新芽，桃樹更是猩紅點點。芨芨草、粗壯的馬蹄蓮以及黃色的小野花處處皆是。這生機盎然的早春二月，早春二月……

野草

　　不知是哪隻鳥銜來的種籽，我的草坪上長滿了野草。在後院還不要緊，我稱之為「凌亂美」，可是在屋前與行人道之間，就有點「有礙觀瞻」了。這種草很奇怪，它不是雜亂的野草，卻像一種「香菜」的蔬菜。如果真是香菜，我就不用去超市買了，可自給自足。其生長速度出奇地快，上月鄰居才幫忙剪過，如今它又高過膝蓋了。它雖然不是「草坪草」，其實蠻茂盛青翠，感覺好看又好吃。無奈，昨天又出動割草機，把它剪掉，因太長，費好大勁，剪出來卻像癲子頭。而且水泥地上，染了好多綠汁，空氣中飄滿了青草的香味。

落英

上班的早晨，清晨六時，還未到鄰居喻阿姨家，她房前那一樹梅花的香氣已襲我而來，飄散在清新潔淨的空氣中。走到近處，在稀薄的日光中，除了滿樹的梅影點點，樹下更是一地紛紅的落英。「朝飲木蘭之墜露，夕餐秋菊之落英」，看來要改詞了。如果是黛玉，又該生出「花謝花飛飛滿天，紅消香斷有誰憐」的曠世傷感情懷。可是我卻很高興，因為地上、樹上都非常美，此時此景，你甚至不能說盛開之美凋落之美，哪一種更美。

玫瑰

書房窗前有三株高大的玫瑰，一株粉，一株黃，一株白。可是維修書房外牆時，黃色那株被連根拔起，移栽別處，待工程完畢，再移回時，已被折騰夭折。我的心裡一直懷念那株開大朵黃色花朵的玫瑰。我以為如果紅玫瑰代表「愛情」的話，那黃玫瑰一定是代表「幸福」。有天朋友來訪，經過那白玫瑰時感歎於它的香，可是多年來我卻毫無覺察。看來不是生活中缺少美，而是我們的眼睛缺少發現。

變了天光

好多時候，我情願讀書而不是寫作。

日子過得倒不是匆忙，而是愈發的慵懶了，懶得動筆。

一週三天上班，四天休息。

其實我的生活方式應該是健康的。上班的日子就努力工作，早上出門時殘月還掛在天邊，晚上到家時一輪銀盤又高懸天空了；休息時懶覺起來，閒閒地吃過早餐，就出門去健身中心跳健身舞了，無非是桑巴拉丁傻傻……

我們有好幾個教練，其中我最欣賞那個南美洲女人，身上線條簡潔得沒一點多餘，舞蹈性感野性風情韻味十足，一上課她就率領一屋子的環肥燕瘦跳，每次都跳得她留海的汗珠順著髮尖滴噠掉落，真佩服美國老師的敬業精神。

有時候就沮喪，同樣動作老師跳起來那麼協調好看，為什麼自己卻跳得那麼彆扭難看，不過轉念一想，目的不就是鍛鍊嗎，又不為表演給誰看。值得欣慰的是，肩周炎真的被我跳好了。有時候也游泳，室內標準比賽的溫水游泳池，來回幾圈後進到邊上的SPA池泡泡或桑拿室蒸蒸，也是蠻舒服的。

回家進到院子，覺得天光似乎有些不同，抬頭望天，又退回到剛進門的柵欄邊，再望天，天光似乎是有些異樣，但又不知異樣在哪裡。

露臺邊散亂的松樹枝讓真相大白：原來鄰居院子緊臨我家書房的那棵巨松被砍掉了，不僅是砍而是連根拔除了。這讓我心生婉惜。我曾為它寫過文字如下：

我的書房外，露臺上方，有一棵針葉松。其實它不屬於我，是柵欄外鄰居家的，可是受惠的卻是我，高大茂盛的松枝伸展在我家「領空」，投下斑駁搖晃的日影。每年春天，松枝都要抽長好大一截，滿樹金黃的穗須，然後轉綠。落下的松針是金色的，久不清掃，踏上去就像柔軟的地毯。我常常摘了碧綠的針葉，墊在盤子裡蒸小籠包，咬一口，清香馨人。

後來鄰居說是怕松枝折斷壓壞我們房子。除掉這個隱患也好，可是樹上的松鼠搬遷到哪去了呢？沒人事先通知它們，就被強行拆除了居所。早上出門的松鼠，晚上回來找不到家，是否會淪落為流浪者？我還記得它們在樹上翹著蓬鬆的大尾巴，雙手抱松果，「噗嗤噗嗤」啃松果的可愛樣。

半日發呆

　　坐在陽光溫暖的陽臺上喝茶讀書是我的最愛。說是讀書，其實大都是發呆，看看這邊的花紅瞄瞄那邊的翠綠，呷一口香茗翻兩頁閒書，感覺每一分每一秒都是美好。

　　幸福其實很簡單，就是一種感覺。有人追求世俗的幸福：權利、財富、功名；有人追求精神的幸福：真理、理想、光明。人各有志無可非議，但人之為人，讀書、思考、創造才能讓靈魂豐美和智慧起來，使人的心靈投出一種內在的光輝。

　　發呆的時候，什麼都可以想，什麼都可以不想，有時倒真能悟出一些道道來。

　　欲望，是好還是不好？依我之見，太強的欲望使人苦，會使人變成欲望的奴隸；若沒了欲望，也就失了對生活的熱情，人生會變得無精打采。而人類制定的社會規範和守則是很聰明和機巧的。

　　比如名牌，可能是真的好，但更大的效用除了是提供給有錢人消費金錢的平臺，更是消費欲望的平臺。如果世界上的消費層次統一，有錢人與普通大眾進一樣的店買同一價格的衣物，那他剩餘的錢又怎麼辦呢？更重要的是他作為有錢人，心裡的優越感又怎樣體現與釋放呢？這必然存在社會不安定的因素。

　　比如一夫一妻的婚姻制度，每個婚姻組成的家庭就是社會的一個細胞，細胞穩定了，社會才能穩定。婚姻其實是與自然的人性相悖的一種社會發明，幾千年來的人類社會到目前為止還不能發明出比婚姻更好的社會規則。而人選擇各種各樣的生活形態，有一種顯然是最完美的，那就是大多數人所走的道路：出生，成長，結婚，生子，為生活而奔波，然後死亡。

　　早已明白：簡單是快樂，放棄是擁有，而平淡才是幸福。

　　而「平淡」，雖說不一定需強大財力；往往，也要一定的財務自由。

　　不管怎樣，我崇尚蒙田的話：「我們最豪邁光榮的事業乃是生活得寫意，其餘一切，包括從政、發財、經營、產業，充其量只是這一事業的點綴和附庸罷了。」

時間緩緩流過

前段時間的週末，清晨醒來，不過六點多七點，感覺已睡足，就以為到了「三十年後睡不著」的階段。可這個週末，又倒退回了以往，睡到九點半才自然醒。

九點以後，便怪夢連連，夢到我在屋裡做飯，我約兩歲的女兒在開著的門外靠牆玩耍。來了個男的，認識的，進屋與我聊了一會兒，走了。待我出門，不見了女兒。急得我四處尋找……

可我壓根兒沒女兒，一個好奇怪的夢！

吃過簡單早餐，便在陽臺牽牛花下用小型手提電腦敲打，寫我的小說。這是我系列小說中的第三篇，主要寫一家三代女人的故事。第一篇《蝴蝶水上飛》，已發表在美國《紅杉林》雜誌，回溯一段纏綿悱惻淒美動人，前世今生的愛情故事。小說也許並不完美，但是從心裡流出的，作者想說的話都滲透在故事裡；第二篇《香水百合》的女主人公，她的故事是全民族的故事，她的偉大堅韌是中國女性的偉大堅韌，故事具有歷史的重量與人性的內涵且充滿宿命感。故事敘述頗具畫面感，抒情唯美。此篇待嫁，正找婆家；這第三篇該是個詭異神祕的愛情悲劇，但有時故事發展會脫離作者的掌控，會順著它自身脈絡發展下去，回頭看，連作者自己都會出乎意料。

以前不知自己還能寫小說，現在想來，我們的心，其實才是最偉大的編劇。它可以捏造出令人難以置信的故事，根據戲劇與災難的原則，編造出從來沒有發生過，也可能永遠不會發生的事情。這對我，是個很有意思的工作並從中得到快樂。也使我作為一個普通女人，原本平凡簡單的生命變得繁華豐盈有意義。

　　時間緩緩流過，任憑天地間那股龐大細緻的安靜沁入我的身體與內心，只有風吹動樹木的聲音、鳥的啁啾、鍵盤敲擊的細微聲響：庭園靜好，歲月無憂。

　　寫累了，起身到院裡，採摘下一碗紅透了的櫻桃吃。原來，早在唐朝，杜牧就為我家櫻桃寫了詩：「新果真瓊液，未應宴紫蘭。圓疑竊龍頷，色已奪雞冠。遠火微微辨，繁星歷歷看。茂先知味好，曼倩恨難偷。忍用烹騂酪，從將玩玉盤。流年如可駐，何必九華丹。」

　　這是從樹上到舌尖最短的距離。有的櫻桃被鳥吃掉了一半，鳥們才不管這是誰家的果實，想吃就吃，所以牠們才這樣高興地在枝間跳來跳去，才這樣快樂地嘰嘰啾啾。旁邊的李子樹，果子開始轉紅，吃完櫻桃就該吃李子了。

　　令我深為感動和親切的，大多是這些自然的事物。我們每個人都在消費生命，用這樣或那樣的方式。採用一種忠於自我的方式消費，這是對自己漫長辛苦人生的報答。

　　我喜歡在附近街區或公園閒蕩，看看路邊這家的花草那家的果木；公園山壁上隨意攀爬的野生藤蔓，結出許多紫莓，一路走一路採來吃，一嘴烏紫；在家，除了一個人安安靜靜地寫作，便是戴著遮陽帽與墨鏡，在鳥語花香的院裡，坐在陽光下，或看書或發呆或凝神諦聽，感受時間緩緩流過的美與憂傷……

秋天花園小景

　　不上班的早晨，第一件事就是到園子裡四處看看。園子不是很精緻整潔的花園，也不是頗費匠心的人工園林，如日本式的、蘇杭式的小亭台、小流水……我的園子甚至可以說有點雜亂，我稱之為「凌亂美」，這表現在隨處亂長的荒草雜花上。不經意間，不知何時就冒出一支亭亭的箭蘭、一把粗壯的馬蹄蓮，或一些稀奇古怪的不知名的植物。大地的慷慨總是給我許多意外的驚喜。而一個朋友，將吃過的棗核隨手扔入園中，說不定哪天就長出一棵棗樹來。一場雨後，冒出水汪汪一片綠色的芨芨草來。而這種草，令我想到童年。那時我與小夥伴們在公園裡採摘過這種草吃，印象中是酸酸的。除了芨芨草，我吃過的草還有兔兒草、車前草、折耳根，還有家鄉山坡上一串串一骨碌新鮮的槐花，就這樣摘掉芯放入口中，好清新、好滋潤的口感，至今口齒留香。也許是我屬兔的天性，至今看到長得青翠茂盛的草，我就好喜歡，喜歡得有想吃的衝動。

　　時值秋天，應該是草木凋零的季節，可是果樹們，居然在這時候開花了。前不久才摘掉蘋果樹上殘存的果子，可現在卻滿樹開出了粉色的花朵，那麼毫無顧忌地張揚著自己的美麗。而梨樹則要羞澀許多，只在葉間淡淡地開出幾朵純白的小花來。而柳丁樹、枇杷樹則好像真是忘記了季節，滿樹的花骨朵，像在迎接春天，而前方，等著的卻是冬呢。

　　從我書桌前的窗前望去，一柵欄的牽牛花有好幾米長，它們甚至攀援到左邊高高的樹上，與樹上的紅果子交相輝映。鄰居園裡高大的檸檬樹四季掛果，無人採摘，任其邊掉邊結，循環往復。兒子曾告訴我，掉在地上的果實，原本就是樹木的肥料，是我們人類改

變了這種生物鏈，吃掉了原本該樹吃的果實。

　　院子的左邊，高大茂盛的樹木們，遮斷了與外界的視覺聯繫，令我彷彿在青城山下。而右邊巨大的針葉松樹下，是我們的書房，故名「松下堂」。松下堂指的是松樹下這一方小小的庭院，院中之院，而真正的書房「無聞居」，就在小院中。無聞居裡懸有一副對聯：「居稱無聞，家有爾雅」。

＊　　　　　＊　　　　　＊

　　晚上，我在露臺賞月，窺見有人在紗窗內做飯。見窗外有人影晃動，他明知故問：「誰在外面？」答曰：「報答你的桃花仙子。」他答：「還不如田螺姑娘，可以幫我做飯。」可見，浪漫與現實相較，人更注重後者。

　　坐在午後的搖椅上，藍天白雲，天空澄澈得纖塵不染，鳥兒的嘰喳成歌壎。視野裡的那幾蓬翠竹，已長得很茂密了。可當初是那麼稀稀落落的幾株，且是好幾處聚來的。可憐那個書生，為了砌這個養竹子的花台，被水泥將一隻手腐蝕得面目全非，因為我在他耳朵邊念叨：「寧可食無肉，不可居無竹」。

　　沒有市井的喧囂熱鬧，只有蟲聲、鳥聲、果實墜地聲……但也免不了煩心事：前些日子，有一隻浣熊在我們的屋下安了家。這個不請自來，不交房租的霸道房客，不僅窸窸窣窣地半夜弄出聲響，讓我們不得安寧，牠還襲擊園子裡的小鳥和松鼠。這個晝伏夜出像隻大貓的傢伙，有時在園子裡閒庭信步，看上去真得很漂亮，有著光滑柔亮的皮毛，勇猛壯實的體態，大而賊亮的眼睛。有天晚上，我們堵住了牠進出的通道，但第二天，發現牠奮力拆開了另一處木板，開闢了新的通道。雨後的露臺上，全是牠美麗的梅花蹄印。清晨牠從露臺下出來，正好與我打了一個照面，那一雙漂亮的眼睛裡，不僅沒有恐懼，反而有一種挑釁。我驚訝於牠何來那麼大的力

量拆開木板，卻原來牠已在裡面生兒育女。母愛的力量，原來在野獸中也是這樣強大。

　　我常常想，這種與大自然的樹木花草為鄰的、沒有太多物質需求的簡單生活，與現代生活的火熱是多麼格格不入。但我喜歡這種簡單。我欣賞英國女詩人狄金森的花園。她幾乎足不出戶，一生都在與自己的心靈對話，而那些詩篇，正是她的喃喃私語。

　　近日在讀日本作家中野孝次的《素樸生活》，很合我意，現摘錄如下：「我生何處來／又向何處去／獨坐蓬窗下／兀自靜尋思／尋思不知始／焉能知其終／現在亦復然／輾轉總是空／空中且有我／況無是與非／不如容日子／隨緣且從容」。

　　這裡所謂的「空」，可說是佛教教義的空。時空的推移全是空。我們只不過是暫時浮游在那空中的存在罷了。若是如此，忙忙碌碌地想有所成，反而將渺小的我投向空之中，因此，不如以自我的本色悠閒度日。

花果意緒

春天

春天來的時候，細細碎碎的粉色花就開了。

在舊金山東灣，這樣的美好隨處可見：在街邊，在山上，在地鐵站外的停車場，在大教堂古老的窗口旁逸斜出……是櫻花梅花李花或者桃花。

遠遠望去，一樹樹的粉，一樹樹的嫩，一樹樹的燦若雲霞，而落英則像飄逸的雪花紛紛揚揚。

這是我最喜歡的花。幾年前我第一次從舊金山到東灣的柏克萊朋友家做客，那是一個春天的黃昏，車窗外夕陽下那一幅幅流動的粉色花海就深印在了我的腦際，讓我的心如詩如畫，又漫出絲絲縷縷的感傷與絕望。

多年前讀余光中詩，他形容花的美是「美得令人絕望」，依我之見，這「絕望」兩字真是用得太絕了！

家中的小院，簡直就是為了盛接春天的。望著一院子的春意鬧，心裡無比滿足舒服，正應了一句話的意境：「山居簡樸，歲月明淨」。

上午陽光是最早照到飯廳的。我坐在餐桌前吃早餐，任由陽光暖暖地照在我的背上；晚一些的時候，陽光就移到陽光屋了。我坐在陽光屋門口的走廊上看書喝茶曬太陽，據說曬太陽能補鈣。

下午的時候，外出散步到星巴克買咖啡，陽光依然很好。坐在露天咖啡座，就想起那天上午在網上與蘇珊談起小時候趴在樓上視

窗看街景，那時沒想到若干年後會在異國他鄉看「西洋景」：我旁邊坐了一對盲人男女，他們一邊喝咖啡一邊交談，一點不亞於常人的快樂。男的眼睛看上去較正常，讓我有點疑心，如果不是他腳邊有盲人棍。我不敢盯他看太久，因為我不確定盲人是否也能感知別人在看他；另有一壯碩的大鬍子老者坐在陰涼的街沿上慢慢享受午後的咖啡與甜點；有一些來往遛狗的男女；有個女人推著簡潔輕便的嬰兒車過街來，居然是上下兩層，應該是雙胞胎。

　　陽光的流失雖然令我傷感，但太陽畢竟每天都是新的。

對面

　　這個週日是大晴的好天氣。本想在電腦前寫字，可捨不得一院子的陽光，便隨手拿本書，坐在陽臺搖椅上邊曬太陽邊翻開來看。

　　對面院裡的鄰居正在開派對。透過柵欄上牽牛花藤蔓縫隙，看到：一張大圓桌擺在高大的檸檬樹蔭下，六、七個白人男女穿著清涼，圍坐喝啤酒聊天，不時爆發一串爽朗笑聲。草地上鋪著毯子，有人像鹹魚樣翻來翻去曬。

　　這對年輕的博士夫妻剛搬來不久，像是義大利人。是前房客的同事和朋友。前房客是一對德國和黎巴嫩夫妻，他們前段日子在附近買了房後，就介紹自己的朋友來繼續租住。差不多每次派對，前房客都被邀為座上賓，重訪舊居。

　　隨手就翻到一篇小說《對面》，寫一個男人躲在廢棄的舊倉房裡偷窺對面。對面是一個優雅而風姿卓約的成熟女人，有潔淨舒適的廚房飯廳、潔白的桌布、豐盛的西式早餐、浪漫溫馨的燭光晚餐……這是個講究到極致的，或者隨便到極致的美麗女人。

　　她的情人，一個瘦而帥氣，一個胖而平庸。小說中描寫她與後者的隨意，與前者的激情——「他伸出雙臂猛然攬住她的腰，就勢

歪過頭吻住她的脖子……冷不防,她終於轉了過來,他們立刻抱在一起,沒完沒了的接起吻來……」

有一天,這個偷窺的男人惡作劇地揭開了女人自以為隱秘的私人生活,同時也就殘忍地摧毀了那個女人。

對面院裡突然唱起《祝你生日快樂》。我心下一動:原來今天是自己「真正」的生日。身份證所記我的生日,是當年的農曆端午節,西曆的生日正是今天。這是二○○三年從舊金山回國探親,父親特地在當年的日記本上找到寫給我的。

這歌好像專為我而唱。

採果

「采采卷耳,不盈頃筐……」,《詩經》裡美麗的古代女子,提著竹籃,一邊採摘卷耳,一邊思念遠方的情人。

可我們今天採櫻桃,用的不是好看的筐子。講究實際的現代美國人,準備的是一個個大塑膠桶。對於採櫻桃這一浪漫美好的行動,一開始就打了個折扣。

好在天氣好,氛圍好,綠樹成蔭的櫻桃樹紅燦燦地掛果,像美麗的紅寶石點綴其間。

據說,大自然中太好看太鮮妍的果子都是不能吃的,為的是招徠鳥兒或小動物們,誘惑牠們中毒。

可是櫻桃這麼好看,不僅能吃而且特別好吃:甜而多汁,晶瑩剔透。難怪古代形容美人的嘴唇為「櫻桃小口」。

櫻桃小口與性感大口們,一邊採一邊選最大最紅的吃,不一會兒就吃飽了。怪不得採下的勞動果實比超市的貴出許多。

帶回家一大堆「勞動果實」,塞在冰箱裡。

而我自家院子裡的一樹櫻桃還沒來得及採摘,只好任其掛在樹

上，像一件裝飾品。明年春天，如果不去日本看櫻花的話，就應該到這兒來賞成片的櫻桃花，應該不遜色於日本櫻花。

英文中，櫻桃樹與櫻花樹為同一單詞：Cherry。現在，我家院中有三棵Cherry，兩株僅開花（一株單瓣，一株複瓣），正對我飯廳窗外，花季時的粉紅，輕輕漫漫，燦若雲霞，滿足我賞花的心理需求；而另一株既開花又結果，更多的是滿足我的口腹之欲。

果熟

坐在陽光下的小白桌邊看書，戴著太陽帽和太陽鏡，臉就埋在帽簷的陰影裡了。不一會兒，溫暖就透過雙肩和手臂溢滿了全身。

正對著一棵李子樹。前年結了一顆李子，我小心地天天守護到紅得晶瑩，結果卻被浣熊偷吃了；去年結了兩顆，等到朋友來訪，我才採摘下來，一人一顆分享了。時至今日，我會在與朋友的聊天中，時不時提到那顆被分享的李子。朋友玩笑說：一顆李子，你要叫我記一輩子啊？可是我說：這不是一顆李子的問題，是僅有的兩顆，就被你分享一半，這是其中飽含的情義問題！

今年結的較多，有二十多顆吧。雞蛋大小，正紅紅地掛果。我從書上抬頭看它們的時候，一隻李子就掉落下來。我起身拾起，用手輕撫樹上的紅果，有一隻就掉在了我掌心。這種果熟蒂落的果子最甜，咬一口，甜香就溢滿了口，整個唇都染成殷紅色了。

去年結的好的是桃子。滿枝椏的小白桃。有個朋友說最愛吃桃，電話中要我第二天上班時帶到舊金山我店裡，她開車來拿。可是從她家開到舊金山要一個多小時。我說我家的桃大概不值得你這麼千里迢迢地來拿，有這功夫，超市里可買又白又大的桃一大堆了。她說，那我明年到你家來吃，你告訴我幾月幾號桃子成熟？我說到時我Call你吧。她說，我現在就記在日曆上，免得你忘記。可

是今年桃樹病蟲害，春天時桃葉就像燒焦似的捲曲，噴了藥，零星的桃子自然也沒人要吃。

　　每年無怨無悔結得最好的反而是櫻桃。據說單株櫻桃是不結果的，但我家這株是嫁接的，所以這一棵樹上有三個不同品種。望著一樹紅燦燦瑪瑙，我就想：俗話說，前人栽樹後人乘涼。若干年，若干年後我的孫子，曾孫子們……圍在老祖母，曾老祖母的樹下跑跳嬉戲，飽吃果子的時候，是否有人會回望今天？那怕那時光倒流，只是如一束迅疾的白光閃過？

誰偷走了我的「珠寶」？

前年冬天買回的時候，它還是一棵小秧秧的樹苗，光禿禿的細瘦的枝幹，看不到一點點生氣。

朋友來訪，指著它說：這樣小的枝條，要等多少年才能結果啊，趁早拔掉去買大樹苗吧。

可出人意料的是，它卻像一個瘋長的少年，不經意間，已高出了我平房的屋頂，且枝葉葳蕤。更令人驚訝的是：它結出了它平生第一顆，也是唯一的一顆初女李子。

一顆土雞蛋大小的綠色「珠寶」，靜靜地藏在綠葉下，被我在不經意間發現。

每過幾天，我都會輕輕地掀開葉子看看它，生怕打擾了它的寧靜。它安靜羞澀地待在那兒，只是顏色由青一點點開始變紅……

不知不覺近月餘，它已由「綠寶石」變成了「紅寶石」，那麼晶瑩美麗，只是紅得仍有一點點生澀，所以我決定讓它繼續待在枝頭。

可是今天，當我掀開樹葉，我的「紅寶石」卻不見了！我急得找遍了周遭的地上，仍不見蹤影。失望和沮喪襲上我的心頭，我恨得牙癢癢的：是誰偷走了我的「珠寶」？是曾經強佔我地下室的浣熊，還是常偷吃蘋果花的松鼠，或是林中鴰噪的鳥們？它們就這樣輕易地偷走了我的勞動果實，真是太「討厭」了！

現在找誰來替我破案？又找誰來把這「小偷」捉拿歸案呢？

唉，這真是一個值得考慮的問題。

天堂地獄，均在人間

今年，舊金山灣區雨水超多，把前幾年的乾旱都補回了。

今上班，早起，仍下雨，一路濕濕地，好在雨不算大。

下了舊金山的捷運站，走去乘一路巴士，沿途看到三三倆倆，蜷曲在咖啡店、麵包店或雜貨店外屋簷下睡覺的流浪者。髒而臭，濕而冷，水泥地的冰涼肯定會穿透身體，給他們原本病著的肉身與精神，更添一層傷害。

與我們一樣，他們也是父母所生，父母所養。是什麼原因，令他們淪落到如此境地？可憐的畸零人！

這是舊金山金融區，鱗次櫛比高聳的寫字樓，白領們西裝革履，手捧咖啡，行色匆匆穿梭其間；不遠處的市中心，雲集了全球高檔名牌的商廈及高級餐廳；乘電纜車上坡幾個街口，是各國政要下榻的佛利蒙大酒店及其他高檔酒店；而附近海邊，連綿的高級公寓或豪宅，可觀太平洋之無敵海景。

不必在書中讀到，電影裡看到。天堂與地獄，咫尺之遙，其實均在人間，在我們每個人身邊。

而每年的這天，下了一路巴士，便見古老教堂邊的櫻花開了。昨天還是光禿的枝丫，今天就粉紅點點，絲絲縷縷，如詩如畫，朦朧在晨曦中。不得不感歎大自然之奇妙，這一夜間的綻放，便是一年春消息。

隔了十字路口望過去，歐式古典的教堂，雄偉莊嚴，美輪美奐，配了小鳥依人般的櫻花，旁逸斜出，像極唯美的電影鏡頭。確也令我想起《鴛夢重溫》，既浪漫又淡淡傷感的愛情故事。

這樣的景致，在舊金山高尚區Nob Hill，我已重溫了十六春。

我的生意歷經十六個年頭，而我在美國已十八年！若某一天，搬離此地，是否常懷念？

曲指算來，距我寫作《美國生意十年》，又已過了六、七年。當時覺得那十年還是很長的，為何時間越發像滑梯，「嗖」地一下就滑出好幾年？是否真如外婆所說：好日子才過得快，若日子難過，那才過得慢呢。不識字的外婆有許多人生智慧。前晚又夢見了老人家。我知道，外婆一直會保佑我，我就不怕了。

不時地買兩張彩票，還未中。早想好，若中彩票，我還是要布履平生的。先把我周圍的親朋好友們打點一遍，讓窮的變富，富的更富，再去做看得見的慈善。可是我這渺小的願望：「路漫漫其修遠兮……」

善之善者也

昨日上午，有個流浪婦倚在我店門口嘰哩咕嚕，感覺經神不正常？聽不清她說什麼，但好像沒討錢。我主動拿了一塊錢給她，她馬上表示感謝，並誇我Pretty（漂亮）。這令我有點意外，聯想到他們這種漂泊之人，是否與我們常人有同樣的審美觀呢？

稍後，又見她在門邊花壇找什麼，感覺她想找吃的東西？我便拿了兩個小點心給她。她接過，沒表示過多熱情，反而指著手裡折疊的二張一美元鈔票，低調地問是否還能給她同樣的一張。我馬上說：沒有了！心裡對她有點不滿，想到「得寸進尺」。可事後想想，我再給她一元，又怎樣呢？於我不妨，而可能她正差一元去買麵包呢。

奇怪，有隻褐色大蛾子在我衛浴間，趴在潔白牆上。知道飛蛾是蟲變的，我有點怕又嫌惡。用長棍子挑它出去，可「噗」地一下飛了，幾間屋找，了無蹤影。幾天後，它又出現在衛浴間紗窗上，我用濕紙巾沾它入馬桶，一沖水，它在水的吸力間奮力撲騰起來，濺起白的蛾粉。我趕緊壓上馬桶蓋，再沖水。良久，開蓋查看再沖水，它居然又從桶壁撲騰出，嚇得我「砰」地壓上蓋，沖水。

心裡很糾結，想到它也是生命，不該如此被對待。內疚中開蓋，發現它躲在蓋與坐墊之間，這裡既不會悶死也不會被沖走。這令我驚訝：連最低級的生物，也這樣聰明？懂得在人類發明的物件中求生？

用小塑膠袋裝入它，拿到柵欄外放生。當我鬆開袋口，它一展翅奮力高飛了。這令我安慰不少。心裡對它道歉，也謝謝它給我改正的機會。想起一句話：螻蟻尚且偷生。

有人曰：勿因善小而不為，勿因惡小而為之，善之善者也！

野客又臨

　　週六，窗外大雨，一夜酣眠。八點多，鬧鐘響，關掉，繼續睡。竟睡至十時，裹在柔軟乾淨溫暖被裡不想起身，與床纏綿。心想，索性放任不起又如何？便計畫睡過午，十一點起時，竟覺早起，賺了日光。燒了一杯香濃咖啡，烤了兩片麵包，墊了一墊肚子。

　　回想芳年二十，在報社集體宿舍，週末也常睡大半天的。餓了就吃食堂的圓蛋糕。想想報社的蛋糕好吃，早晨的稀飯饅頭也好吃。可惜因睡懶覺，常常錯過稀飯饅頭與鹹菜。

　　自嘲不是勤奮的人。喜歡賴床，怪不得有人說：「美人是睡出來的」（一笑）。

　　誰發明了「失眠」這個詞？令人費解。每晚，當我的臉頰與身體，接觸到柔軟的枕與被，幸福感便油然而生。我伸手關掉床頭燈，常常，在手縮回來過程中，人已漸入夢鄉。

　　可昨晚的羽絨被太熱，害我輾轉。一起床，我就打開所有房間的窗戶，讓新鮮空氣進入。

　　保持空氣新鮮暢通，這是從小養成的好習慣：小女孩時的我，每晚睡著前，外祖父都會把我被角壓下去，把口鼻露出來，即使是數九寒冬。身為小城名醫的外公說，把頭捂在被裡睡覺最不衛生，對身體不好。我家臨街的二樓窗戶，常是敞開的，街邊的梧桐樹枝，伸展進來。

　　在舊金山雨季的這個早上，撐著油紙傘，踏在紅磚鋪就的地上，巡視小院各處，看看抽水機是否正常運轉；想想果樹與玫瑰們該怎樣修枝；前面房客屋邊的過道，該清掃落葉了；怎樣防止小動

物，鑽到家中鍋爐房取暖……房東太太的工作，是把各種問題寫成清單，在臨近的耶誕節前，交與回家的房東，行使其權力與義務。

另外要告知的是：以前好不容易趕走了霸道的，不交房租，在地下室生兒育女的浣熊們，如今又回來了。此次不僅拖家帶口還呼朋換友？傍晚時，我看見有三四隻浣熊高低錯落，很休閒地坐在洗衣房旁邊大樹丫上，另有兩隻並排坐在洗衣房房頂上，酷似一對戀人「人約黃昏後」。我想檢查地下室入口是否封閉，免得牠們再住進去。可當我掀開一匹露臺木板，正待查看，忽然冒出幾隻灰黑的腦袋，眾目如炬，直射而來，嚇得我一哆嗦並「叭」地蓋上木板。心咚咚跳，生怕牠跳出來咬我一口。

另一個不請自來的，體積與浣熊差不多，光亮的黑色皮毛，背上從頭至尾一道筆直的白毛，像皮草時裝設計師的傑作呢。以前從不知，如此漂亮健壯的傢伙，居然就是臭名昭著的Skunk（臭鼬）。據說不能惹牠，不然牠強大的防禦武器，就是釋放毒氣彈——污染空氣，經久不散。

抽煙斗的男人

國殤日的長週末，他從德克薩斯回來休假一週。

做了許多事，主要是解決了前面房客的諸多小維修及換衛浴抽風機。這樣就心定了。

前院修補了草坪；後院新開闢了一隱私的讀書角，在小書房窗下，李樹與梨樹之三角地帶，其伸展的樹枝，似綠色華蓋，隱我於其中喝茶與讀書，感覺十分寫意。邊上砌了花壇，種上了我喜歡的小花細草。

從亞利桑那州領養回的小棗樹，在花盆裡住了若干年，禁錮了其生長，終於，也讓它安居在院邊地裡了。我曾抱怨院子太小了，沒地方栽，當時喻麗清老師答：唉，在美國才敢說這樣的話！想想確實，人有時是奢侈到人心不足，呵呵……

今年雨季長雨水多，我院中十幾棵果樹果實累累。我上次買回的漂亮玫瑰，也移栽於牆邊同類中。陽光如瀑，鳥語花香，十分美好！

開門出去，小院空氣中有一種甜絲絲的味道，有時是週末的白天，更多的時候是平常的夜晚。這是院子前面的房客，在他濃蔭密佈的陽臺上抽煙斗。此味十分好聞，彷彿我都有點煙草上癮。印象中，以為只有很老的男人才抽煙斗，可他年輕，八〇後的美國白人男子，舊金山金融區白領。他有一輛寶馬牌摩托車停在院中，看得出他十分珍愛，休息日常擺了各種工具在院中鼓搗摩托車，可真正騎出去的時間並不多。

房客夫婦搬來時，女方正身懷六甲，在戴衛斯加州大學攻讀英語語言文學博士學位。如今三年過去，小女孩已滿院跑了，非常嬌

憨可愛，金色的頭髮，白皙的皮膚，藕節般的胳膊。像一隻小花蝴蝶在院裡飛來飛去，一會兒遺落下隻小鞋子在院子中間；一會兒布娃娃或小玩具又跑到我家露臺上；一會兒又把小童車泊在停車道邊⋯⋯每次見到我，便揚起她陽光般小臉，笑咪咪與我打招呼：「嗨，May！」通常他家十分安靜，奇怪的是三年中，基本沒聽見小女孩哭鬧過。

偶爾的時候，他家有外地客人來訪，徵得我們同意，便在院中搭帳蓬。搭帳蓬待客，不知是為了經濟實惠，還是為了浪漫好玩？可能兩者兼有吧。睡在夜色中的帳蓬裡，憑了想像，完全可認為自己是在大自然的山野林中露營，一樣寂靜，一樣可見滿天繁星，一樣可聞風搖樹影，一樣被清晨的鳥叫聲喚醒⋯⋯

我與先生玩笑：以後我家國內有客來，也搭帳蓬？答曰：只要你不怕人家回去後，把你的待客之道當笑話講！呵，呵，看來國情不同，觀念不同，感覺不同，是不能依樣畫葫蘆的。

公婆駕臨

公婆即將到來，心中有些許的盼望與緊張不安。這不，他們終於真的來了。

公婆與我先生一行三人是週五中午抵達舊金山家中的，晚上我下班回家時，先生已經帶他父母在我們居住的社區附近逛了一大圈。晚餐桌上，高舉酒杯，面對公婆，「WELCOME TO AMERICA」（歡迎來美國），我以美國海關入境口的橫幅歡迎詞作為開場白。接著我介紹道：美國吃的穿的用的都很便宜，且絕無假冒偽劣產品，所以你們不要客氣盡情享用；這裡空氣清新陽光燦爛氣候宜人，花木扶疏果實累累，鄰裡友善路人親切，是休閒度假的好地方，希望你們有一段愉快的美國時光；唯一擔心的是怕你們寂寞，所以要請您兩老調整心態，安排好自己的生活。

話音未落，嬭娘（湖北人「媽媽」為「嬭娘」）馬上發言：「不寂寞不寂寞，到處好看得很呢！」我心下竊笑：來日方長，兩個語言不通不會開車，既看不懂書報又看不懂電視的人，寂不寂寞到時才知道呢！

最初兩天，他們倒時差睡得顛三倒四，我不得不做了兩天的賢妻賢媳，做了中飯做晚飯，從來沒那麼乖過（我獨自在家常好幾天不燒火，和朋友外出喝午茶吃晚餐或叫外賣）。公公很勤勞，醒來就在院子裡拔野草，我心下過意不去，對坐在旁邊露臺上喝茶曬太陽的先生說：叫你爸不要勞動了，休息休息。他說：不拔草他又做什麼呢？我說：叫他喝茶曬太陽啊？答曰：你以為喝茶那麼容易嗦？喝茶是辦公室白領的習慣，我都是大學畢業後才慢慢養成的，何況一個老農民呢！

可是這個文化不高的老農民雖然在日本機場轉機時差一點走丟，卻還寫了一首詩呢：

> 我是一個中國人呀／一次長途來出門／來到廣州玩了玩／又想跨出廣州城／跨出城門出了境／坐上飛機天空行／這一飛來不要緊／下了飛機是日本／願望是想到美國／咋個才往美國行？

第二天上午，嬭娘指著我們院子裡一小塊菜地裡瘦瘦的番茄與黃瓜苗，說菜地在大樹下陽光不足，所以長不好，說附近誰誰誰家的番茄已經很大了。隨即她帶我去看番茄，走出自家院子去到街對門，走著走著就要進到別人家院子裡了。我馬上告知她，別人的物業，未經邀請是不可以擅自進入的。在美國雖然人與人之間很友善，陌生人對面走過都會互相問好打招呼，但在美國是很講「PRIVACY」（私人隱私）的，而在她湖北鄉下是可以到處隨便走，即使別人家沒人都可以進去。

第三天我們要去上班，就把家中基本事宜交代給了兩老。現在嬭娘可以做飯，爸可以洗碗，不僅不用我照顧他們，從某種意義上說他們還照顧了我呢。

＊　　　　＊　　　　＊

不知不覺間，公婆已結束了三個月的美國之行。

我先生平時在二小時車程外的海濱小城蒙特雷上班，週末才回家，在那邊買了一湖邊小屋，我喻之為「度假屋」。帶公婆去蒙特雷度了一個愉快的週末，七十多歲的公公面對浩瀚美麗的大海，忍不住「老夫聊發少年狂」，雖然海水冰冷刺骨，仍然赤腳追趕海潮，在岩石縫裡掏了好多螃蟹。最奇怪的是他身為識字不多的老

農，興奮高興之下居然無意中吟出了詩：面朝大海，春暖花開……讓我大驚，悄悄問我先生：你爸讀過海子嗎？回答自然是否定的，令我百思不得其解。又帶他們參觀了蒙特雷水族館。驅車沿著著名的十七英里黃金海岸線觀賞風景，好萊塢著名電影《蝴蝶夢》就在那兒拍攝完成。

差不多每逢週末，就帶他們外出遊玩。那天去酒鄉納帕，一路上風景如畫氣候宜人，一個個古典城堡似的酒莊，人們品酒買酒在草地上日光浴或穿梭在葡萄園中，葡萄葉中點綴著一串串青澀堅實的小葡萄煞是可愛。通常八月的最後一天是收穫季的開始，那時候整個葡萄園像紅瑪瑙的海洋，才迷死人呢。有一部經典的美國愛情片《雲中漫步》就是在酒鄉納帕拍攝，其中就有葡萄收穫及釀製葡萄酒時人們歡樂的情景及慶祝豐收的慶典盛況。

在酒莊買了一瓶紅酒一瓶玫瑰酒，紅酒深紅玫瑰酒淺紅，都是美麗的液體。現在才知道為什麼葡萄園邊上總是種滿玫瑰，因為玫瑰可以預防抵抗葡萄的病蟲害。本想當天晚上享受新買的酒，不料車剛到家，公公打開車門，手上的酒袋「啪」的掉落地上，婆婆生氣地責備，心疼說好幾十元一瓶呢，我趕緊說運氣好，幸好只打破了一瓶。

平時，公婆喜歡收拾院子，給果樹澆水施肥，所以今年滿樹滿丫的蘋果特別大而甜，梨雖結得不多但碩大多汁。他們還在院子裡種了好多菜，有蔥、蒜苗、空心菜、芹菜、紅薯藤等。撒了以前朋友給的蔬菜種子，長出了青青的小苗。可是我說以後你們回國了沒人打理，野草長出了我怎麼知道哪是蔬菜哪是野草呢？為了減少我的疑慮，方便我識別，婆婆專門進行了移栽：把闊葉的蔬菜與蔥類細長的蔬菜分別種在不同的地盤上。這是真正綠色無污染的菜蔬，松鼠吃小蟲吃我們也吃。有天婆婆說松鼠不怕人，因為牠偷菜，她拿鞋「板」（湖北土話：「砸」的意思）牠都不跑。我立即瞪大

眼,為松鼠受到的這種待遇而抱屈。公公說,他看見一隻大貓一樣的動物(浣熊)在院子裡走來走去,就想去打牠,因為怕孫子不答應才手下留情。我說:「爸,不是孫子不答應,是員警不答應啊!」

現在我已送他們安然回到了湖北老家。公公對美國的評價只有一句話:「美國就是美啊!」美國雖美,但他們還是更習慣自己的家園。

而我從中國返回美國舊金山家中的時候,院子裡的野草果然已長滿菜蔬間。

寂寞煙花夢一朵

　　近日，在柏克利圖書館借閱書一本《寂寞煙花夢一朵》（陸小曼著）。

　　二十世紀二十年代的才子佳人們：徐志摩、張幼儀、林徽音、陸小曼等。在歷史與時間的長河中，或早或晚，已如煙花消散，那一剎那的絢麗燦爛，留給後來的人們，做談資，做學問，做影視劇，賺取現代人的眼淚、唏噓、感歎或鈔票。

　　欣賞張幼儀，這位徐志摩之前妻。當年她全身心愛著，卻被詩人忽視、傷害，棄若敝履。離婚後卻活出了自己的自信尊嚴與優雅。

　　與張幼儀付出式的愛相反，陸小曼是索取式的。她極任性與自我。在經過艱難的抗爭，有情人終成眷屬後，並沒琴瑟和諧。詩人為供養她嬌奢的生活，不得不四處兼職疲於奔命，後來不幸飛機失事，天妒其才！

　　依我看，幼儀這種女人是旺夫的，小曼這種女人則不是。可愛情這種東西確是奇怪：愛就是愛，不愛就是不愛！

　　無法瞭解：為何某人會對此人感到巨大吸引力，而對彼人則不會。對愛的人，怎樣付出都心甘情願；對不愛的人，不管對方為你做什麼，怎樣努力，都會無動於衷。人的頭腦無法同它作戰；友情、感恩、利害都沒有能力左右它。

　　而林徽音，是另一種極致的女人。柏拉圖說，理性，是靈魂中最高貴的因素。

　　正因林徽音的愛情中有很大的理性成份，她才沒像普通小女人般動輒陷入感情泥潭不能自拔。林徽音知道，理性在女人生命中的位置，這是離智慧最近的一種品質。

　　理性聰慧如林徽音，往往才成為愛情的主人。最終被三個優秀的男人所成就──他們是：徐志摩、梁思成、金岳霖。

雨天讀蕭紅

　　昨晚下班，暴風雨。沒等到巴士，頂風冒雨走下去BART（灣區捷運）站。傘被吹得翻過去，又被我逆風翻過來。這傘是那年在歐洲，從威尼斯小販手中所買，三歐元。傘面是淡藍底色，繪有艾菲爾鐵塔、羅馬鬥獸場、威尼斯運河，以及運河上的貢嘎拉小舟……十分浪漫的記憶載體，卻禁不起風吹雨打。也難怪，本應做太陽傘的命運，卻被改變成雨傘。

　　回到家，半截褲腿打濕，鞋更不必說。進屋前，先脫掉鞋，倒掉裡面的水，因我在離家不遠處，不慎踏入水窪。

　　推開房門，暖氣撲面，家裡真好：溫暖乾燥。浴室淋浴，舒服順熱水流而來。每次去YMCA游泳，泳後進到「沸騰」的SPA池，幸福感便油然而生。想起臺灣詩人瓊虹的詩：「……你是團團臉的媽媽／你的愛是滿滿的一盆洗澡水／暖暖的，幾乎把我漂起來……」

　　遂想到：一個人是否幸福，與肉身（也即感官）的生物性感覺，密切相關。肉身舒服了，靈魂才能產生幸福之感；若食不裹腹衣不暖體，或病痛纏身，靈魂肯定也不能輕颺。

　　雨天讀蕭紅，更是不一樣的感覺。「天色連日陰沉下去，一點光也沒有，完全灰色，灰得怎樣程度呢？那和墨汁混到水盆中一樣。」……「再過三四個鐘頭，又是燒晚飯。他出去找職業。我在家裡燒飯，我在家裡等她。火爐台，我開始圍著它轉走起來。每天吃飯，睡覺，愁柴，愁米……」

　　「他的衣服完全濕透，所以我到馬路旁去買饅頭。就在光身的木桌上，刷牙缸冒著氣，刷牙缸伴著我們把饅頭吃完。」然後互相

問：「夠不夠？」雙方均答：「夠了」。其實是不夠的。

「到家把剩下來的一點米煮成稀飯，沒有鹽，沒有油，沒有菜，暖一暖肚子算了。」……「在那嗚嗚的響聲裡邊，我躺下冰冷的床去。」……

悲催的生活，正應了：貧賤夫妻百事哀。

這是舊金山的雨季，陰冷的天，我靠在跳躍火苗的壁爐邊，讀蕭紅。讀得感慨，讀得慶倖，為這種溫暖、乾燥、富足慶倖。一頁，兩頁，許多頁，讀著讀著，伴著雨聲，在蕭紅的愁苦中，我睡著了……

故鄉的雲

　　晚上八時許，正洗碗，停電了。外面風雨交加，估計狂風大雨令高壓線出了問題？因兒子檢查了家內外保險盒，均完好，又好像整條街都是黑的。在美國十幾年，第一次遇這種情況。

　　上床，打算用平板電腦看影視，結果上不了網。想看書，又燭光微弱，且不會用功到「秉燭遊」。

　　九點半，關掉平板電腦，吹熄蠟燭，在小床上睡了。

　　昨一夜好眠，右側身睡小床，早上醒來發覺，整夜竟未翻過身？因完全保持睡下時的姿勢。

　　小床比大床睡得舒服？蜷身睡在小小的空間，枕頭高度正好，被褥與身體很熨貼，據說有個詞「桶睡」？

　　連綿雨水，今日放晴。坐在餐桌邊喝茶曬太陽看書寫字：

　　近日看金星訪談費翔的節目，感慨頗多。在訪談中，他多次說到自己老了，這令我不太理解。當年在成都，看過費翔的演唱會。那時的他清瘦英俊，而今的他成熟健碩，依然帥氣逼人。倒是主持人金星，照說年齡更大，卻把得之不易的女兒身，活到極致活到完美，活得沒時間概念。好像從來不知道自己雖有幸為女人，卻也會變成老女人。

　　費翔家族的故事，也是一本小說。大半個世紀前，妙齡女子去到臺灣，以為不久便會回去，卻不料海峽相隔。她與自己母親再見已是四十年後。奇怪的是，母女相逢冷峻，並無太多感情流露。他的理解是：太長久的分離，思念已結痂成繭封存，若剝開會很痛很痛……

　　他的爸爸是美國中部「鄉下人」，因熱愛中國文化去到臺灣。

與他媽媽邂逅，三年後結婚。他姐姐二十七歲生病去世，對當年二十歲的他，衝擊很大，深感人生無常。

他二十歲時父母離異。他的婚姻觀：人是變化的，隨著時間流逝，已不是當年結婚時的彼此。對永恆的追求是不可能的。他獨身，照顧母親，在倫敦、紐約、上海各地輾轉居住。

記得當年舞臺上的他，一襲青衫，格子長巾，飄逸俊美。那一曲《故鄉的雲》音猶在耳：「天邊飄過故鄉的雲，它不停地向我召喚……歸來吧，歸來喲，浪跡天涯的遊子……」

如今的我，旅居異國他鄉多年，聽來卻又是另一番截然不同的感受。

情到深處

情到深處人孤獨。

其實，情到深處狗兒也孤獨。

昨晚一個人在網上看電影，最後禁不住感歎唏噓淚流滿面……

這是一個狗兒的故事，故事既不驚心動魄也不跌宕起伏，只是一個平實的故事，卻感人至深。

美國電影《HACHI》，男主人公在家附近火車站遇到一隻運輸途中被遺失的小狗。這隻神祕的小狗，誰也不知牠從哪兒來，將向何處去。主人公遍尋失主未果，只好收養在家，後經他日本朋友辯識，發現狗脖圈上的字母HACHI為日文。這隻從日本來的小狗從此走入了這個美國教授的生活。

一天一天，一年一年過去，小狗長成了大狗。不管春夏秋冬，每天早晨，牠蹦蹦跳跳跟隨他去附近火車站，送他乘火車上班，看他進入候車室後，牠便沿著街邊回家，路過街拐角肉鋪，牠停下來，店主總是愛撫地餵牠一塊火腿。下午五點下班時間，牠會準時到達火車站，蹲在候車室外面花壇上，專注地看著客人魚貫而出。當看到主人推門出來，牠立即歡呼跳躍跑去與他親熱，相依相偎走回家去，這已成了習慣，成了火車站一道獨特的風景，好多人都認識HACHI。

有一天，主人公早晨外出上班後就沒回來。他猝死於講臺上。下午五點，HACHI照舊在火車站外花壇上等候他下班，一直等到深夜，他的女兒來接牠回家。

他家賣了房子，他女兒一家開車帶著HACHI去了附近另一城市的家。可是HACHI瞄準機會就奪門而逃。牠尋尋覓覓，沿著鐵

軌一直走，走了好久，第二天終於找到了火車站。

當天深夜，他女兒從花壇上把牠找回了家。可牠還是想逃，她只好對牠說：我們都很愛你，希望你留在家，但如果你確實想去，我們也尊重你的選擇。狗兒留戀地舔舔她的手，衝出了柵欄門，從此，每天下午五點，牠都蹲在花壇上等他下班，一直等到深夜。夜晚就蜷在附近廢棄的鐵軌下睡覺。

花壇上的柳樹，發了一些葉子，又發了一些葉子，然後褪去一些葉子，再褪去一些葉子，剩下光禿禿的枝丫……

人們痛惜牠，告訴牠，他再也不會回來了，你不必等了。可是HACHI不信，春夏又秋冬，輪回復輪回，HACHI一直在等牠的主人下班回來，這一等就是十多年。終於在一個白雪皚皚的冬夜，花壇上的HACHI睡了過去，睡夢中，牠終於等到了牠的主人，回到了他們在一起散步嬉戲的快樂時光。

我沒養過狗，也很少想關於狗的問題。以前看別人對狗兒又親又抱總是不大理解，感覺有點矯情。雖然人應該愛動物，但我以為，人還是應該更愛人才對。

看了這電影，令我想到：狗其實比人更孤獨。人畢竟是群聚的，可是狗兒，牠只是孤零零，寄居在人的家中，遠離同類。相較之下，野狗更幸福些，牠們至少是和自己同類生活在一起，且較有狗身自由。鑒於此，呼籲狗的主人們，重視狗權：定期為狗兒們召開PARTY（聚會），讓牠們有機會與其他的狗狗交流玩耍。

而我，卻是更不願養一隻狗兒了，因為牠總是沒人類長壽，有了感情，卻要更多承受離別的痛苦。這需要堅強的神經。

而我，是脆弱的，從一次次相聚後的離別就可窺見一斑。

曾經，親朋開車，送我去成都雙流機場回美國，在車上我就哭得稀裡嘩啦不可收拾。

上次，我決定表現得堅強一點，沒哭。通過了安檢，進入了候

機大廳，這時手機響了，朋友說，我們一直目送你進入安檢，你為何都不回頭看看我們向我們揮揮手？朋友話音未落，我已痛哭失聲：不是不回頭，是不敢回頭，一回頭我就會哭啊。

是否這次我將真的離開你，
是否這次我將不再哭，
是否這次我將一去不回頭，
是否應驗了我曾說的那句話，
情到深處人孤獨。

走出非洲，與青木瓜之戀

近日有朋友去非洲旅行，在微博上發言：

「這一天，非洲大地上，多了幾個亞洲人。這些入侵者，驚飛了遊獵公園酒店的一群鳥。」

「到達安博塞利，內羅畢甩在五小時之外了。途中看到長頸鹿、斑馬和龍捲風……」

我留貼：呵呵，已經被野生動物參觀了一回。

我提問：可不可以在斑馬附近散步？回答：不許下車，下車會轟動全球！

我暗忖：斑馬是吃素的，怎會做出轟動全球之事？

「這是東非大裂谷之奈瓦沙湖──湖中新月島是《走出非洲》的拍攝地。」

昨晚，我便在網上找到並看了電影《走出非洲》。

「我在非洲尼岡山下曾經有一個農場，種咖啡豆，給黑人小孩治病。我在非洲遇見了為自由奮不顧身的情人，熱愛動物勝於人，折桂而來，情迷而往。我在非洲寫過一首歌，那裡有已逝的熱土，那裡有純潔的朝露。我總是兩手空空，因為我觸摸過所有。我總是一再啟程，因為哪裡都陋於非洲……」──女主人公凱倫娓娓道來。

凱倫的婚姻只是個契約。在非洲大草原上，她遇到了探險家鄧尼斯。最初，他送給她的禮物是一隻純金鋼筆，鼓勵她把擅長講的故事寫下來；之後，當她在茫茫草原迷失方向，他送給她指南針，鼓勵她走下去。

他短暫的一生，僅夠送她這兩件禮物。指南針，像是一個暗喻，最終讓她走出了非洲草原，回到故鄉丹麥；那隻筆，最終也讓

她寫下了她和他的故事。年老的她坐在家中茫茫大雪的窗前，思緒回到往昔。她憶起遙遠的非洲，憶起非洲尼岡山下她曾經的農場，憶起她的情人鄧尼斯。

鄧尼斯帶她在遼闊的非洲草原打獵，真正與大自然融為一體的生活，他們在星光下晚餐，在篝火旁跳舞，在帳篷中做愛。他駕著一架小飛機從天而降，接她上天兜風，讓她像通過上帝的眼睛般，俯瞰他們熱愛的這塊神奇富饒美麗的土地。非洲草原，如詩如畫，濃墨重彩，是怎樣的浪漫啊！

鄧尼斯，如此英俊瀟灑孤傲出眾的一個男子，草原和天穹是他的家，自由不羈是他的靈魂。

所以，她的情人鄧尼斯像雲朵，飄忽不定，不期而至。世俗的家僅是驛站，不是他停下來的理由。男人們總是來了又走，她為他的每次到來欣喜不已，又為他的匆匆離去黯然神傷……

獨處與自由是瓶美酒，鄧尼斯一直自斟獨飲，而當他遇到了凱倫，也終究品出了苦澀滋味。

《走出非洲》是一部不平常的愛情故事，油畫般美麗的景色，抒情憂傷的音樂，優雅堅強的女人……講述了一個愛之羈絆與隨性自由的糾結故事，其實，這是一個古老又新鮮的話題。最終，不可避免的，這也是一部關於失去的電影。

此時，她已年邁，再沒力氣重回非洲草原。其實，自她一離開，就沒打算再回去。回去做什麼呢？她的情人鄧尼斯，早已化作非洲草原的熱土，永遠留在了非洲。這是她對非洲最痛最愛的記憶！

求你收回他的靈魂，
你曾與我們分享的，
帶給我們快樂。
我們深愛著他，

他不屬於我們，

他也不屬於我。

……

一個人不孤獨，想一個人才孤獨！

＊　　　　　＊　　　　　＊

從健身中心出來，開車路過速食店POPEYES，櫥窗上廣告：二隻炸雞，一・九九元，僅限星期二。今天正巧週二，便開車轉進其停車場，外買炸雞二隻及外酥脆裡甜軟的草莓派（PIE）一隻，回家鮮榨橙汁一杯，便是我的午餐。

速食店POPEYES，以前一直誤以為是PAPAYA，實際上風馬牛不相及。雖明知不同，感性上還是情願把它讀成PAPAYA。

PAPAYA是一種中文名為木瓜的蔬果，對剖開，裡面很多細小圓潤的籽，常見於越南等熱帶地區。記得看過一部越南電影，片名就叫The Scent Of Green Papaya（中文譯名《青木瓜之戀》）。是個簡單的灰姑娘故事，但畫面唯美，故事動人，看後印象頗深。

十歲的小女孩經人介紹，從貧困的越南鄉下，投奔西貢綢布莊主人做傭女。她與老傭婦同住一室。清晨，陽光伴著鳥叫照射進來，小女孩撩開蚊帳，趴在木窗沿看清新潔淨的小院，小鳥跳躍枝間，花木扶疏，特別是懸掛著露珠，青翠欲滴的PAPAYA……世界在小女孩心中充滿了新奇。

她每天灑掃庭除，洗衣，洗菜，採摘PAPAYA，剖開，去籽，炒熟。有天宴客，女主人讓她幫忙端菜。她穿著新的碎花衣裳，頭髮抿得光潔柔順，梳著獨辮，略顯羞怯嬌憨的小模樣，十分清純可人，惹人憐愛。電影看到此，先生說：你小時候，肯定就是這個樣子。可他並未見過我小時候，可能出於照片與想像吧。而我也覺

得，自己小時彷彿就是這個樣子。

　　席間她一木盤一木盤端菜進去，跨過高高的門檻。小小的心裡，對青春朝氣的大學生客人（主人家兒子的同學），朦朦朧朧，暗生情愫。

　　小女孩一天天長大，端莊賢淑的女主人也日漸老去。且綢布莊家道中落，遣散了所有傭人。有一天，衰老善良的女主人把已長大成人，亭亭玉立的女孩叫到樓上密室，拿出曾經為自己早逝女兒準備的嫁妝：衣物首飾及金錢，送給這個當年來家時，與自己女兒去世時同齡，且長得酷似自己女兒的小女孩。然後安排她離開自己去別家。可是多年下來，兩人早已情同母女，不捨分離，淚流滿面。

　　結果，女孩的新主人，即是當年來家做客的大學生，如今事業有成的富家公子。故事結局：作為女傭的她，以自身的溫和善良、自然淳樸、清純美麗，贏得了英俊瀟灑又多金的少爺之愛情。在一個寂靜的夜裡，他推開了她的門，女孩坐了起來，月光如流水一般，瀉在她純淨安詳的臉上……

　　這就是PAPAYA，一種美好事物的代名詞。

我沿著走的那條小徑

中午，睏，睡不著，可能是喝了咖啡。

剛才在STARBUCKS店外坐著喝咖啡，看街上的汽車和行人。可是，坐在太陽傘下，依然感到人間四月天的灼熱。捧著剛從圖書館借來的兩本書，其中之一是《我為美殉身》（愛蜜莉・狄金生）。

隨手翻開，一首小詩映入眼簾《一片花萼》：

> 一片花萼，花瓣和一根刺
> 一個尋常的夏日清晨
> 一瓶露珠　一兩隻蜜蜂
> 一陣微風　一次樹林中的嬉戲
> 我就是一朵玫瑰！

她的詩相當美麗簡潔乾淨，讓我這種欣賞水準有限看不懂七彎八拐詩的人也感動，且害我也想寫起詩來。下面就是我的詩：

《我沿著走的那條小徑》

> 高架鐵路邊的小徑
> 綿延而悠長
> 我沿著它走
> 陽光金子般
> 灑在樹葉雜草花朵灌木叢上

花自開放鳥自唱

我愛看那些野長的藤蔓
以無規律的姿態隨山壁伸展
由春天的新綠變成夏天的深綠
再變成秋天的黃與紅……
即使在這走過千萬遍的碎石小道上
也能隨時遭遇意想不到的愉悅

我，一個獨行的人
三兩騎車的、散步的、慢跑的
交臂而過
無需語言
開滿鮮花的芬芳草地
在四周及前方任意蔓延，星星點點姹紫嫣紅
遠方，是金子鋪成的道路

漫步在這小徑
我的全身，彷彿也閃耀著光芒……

夢中之屋

網上看到一個房子，離我家約一小時車程，後院是湖：「智者樂山，仁者樂水」，我心裡生出喜歡，若住那兒也不錯。可八字還沒一撇，我就感到捨不得我現在一院的果樹。

有時看Open House（開放屋），常常看到喜歡的，心裡就會羨慕，令內心不得清靜安寧。可轉念一想，自己住得也很舒服呀：素樸溫馨的小木屋，小院香徑，果樹成行，藤蔓縷滿露臺柵欄……十分寫意的四合院，稱得上「詩意地棲居」。為何還會羨慕嚮往呢，這可能就是所謂「欲望」吧。難怪叔本華說過：人生就是一團欲望。欲望不滿足則痛苦，欲望一滿足便無聊。人生便是痛苦與無聊的交替。

有人說：物質的簡單，是精神豐富的必備條件之一。又有人說：簡單生活是最流行的時尚。更有人說：除了必需的基本衣食住行，其他追求均是人心裡生出的欲望。這些言論極是，其實想想，作為女作家，我的居所已大大優於，寫出傳世之作《飄》的女作家。她曾把自己公寓稱為Dump（垃圾鋪）。我遊歷亞特蘭大那年，也曾參觀她的居所，確實十分逼仄。

但我喜歡較熱的天氣，比如今天，氣溫約華氏八十度，我穿著布裙，紮鬆鬆的獨辮，光腳在院子走來走去，才覺是自由的人。我不太怕熱，卻怕冷。隨年齡漸長，覺得氣溫比舊金山東灣平均高幾度的地方，應該更適宜於我居住。這就避免了「世界上最冷的夏天，在舊金山。」（馬克·吐溫語）。而那裡正符合我的此氣候要求。如果有緣，可能真會買了房搬去住呢。

記得二十多年前在成都，請袁哥去桂南宿舍看選的福利房。上

樓時，袁哥說：一生值得大高興的事也不是很多，買房就是其中的一件。依我當時與後來的理解：買房，這種大事的大快樂也不是經常能發生。

昨天約定經紀人，實地去看了湖邊屋，驚豔不已，感覺是我夢中的房子。與屋主老先生交談甚好，他祖籍西班牙，曾是音樂教授。

提了Offer（出價），等回話，故做平靜狀，心裡其實是忐忑的。

第二天下午三時許，等到回話，屋主有兩個Offer，那個出價高出要價，而我的這個出價低於要價。可屋主情願接受我的Offer，若我願意加到要價。因昨天見面後，他們一家很喜歡我。

我當然願意，滿滿的快樂，正一人偷著樂呢。期望餘下的一切順遂，心想事成。但也要平常心：得之，我幸；不得，我目前的擁有也很好。一切的變化，盡人力而為，其餘便交與緣份。

好事多磨。夢中之屋經過幾番曲折，終於順利成交。

＊　　　　　＊　　　　　＊

最近讀的書：《春天該去布拉格》，從余光中等的文裡，才知布拉格如童話般，看來該選個春天一遊。《葉之震顫》（毛姆・南太平洋故事集）。《抵達之謎》，印裔英國作家奈保爾，曾獲諾貝爾文學獎。此書介於小說與散文間，無明顯故事情節與衝突。寫他在英國一鄉間遠離塵囂的生活與感受，十分拖拉鬆散與臃長，但章節間又有線似有似無繫著。需靜下心才能進入與感受的書。

也許今後，我也可以此風格寫夢中之屋的生活，書名且叫《臨水照花》？「臨水照花」，據說是一種特殊女人的特別狀態。這樣的女人大都會用文字來跳舞……

上週末在夢中之屋試住，只見每家前院花草扶疏，綠草坪如茵，車道上泊著汽車，就是不見人影，彷彿走在畫中。

　　坐在湖邊自家小碼頭，可垂釣，可放橡皮船下水遊湖。望著湖上及岸邊各處，湖面上見不到划艇，湖邊後院也難見人影。四週一片寧靜，彷彿大自然也在歇息。慵懶閒適地讀大自然這本書，心中感慨萬千。

　　變化無窮的湖泊與天空，黎明的清新、落日的絢爛、瑰麗多姿的夜色……大自然的美景讀之不盡。清晨六點，披衣下到後院湖邊看月，一輪明月高懸中天並倒映水中，波光粼粼，像一幅靜止的黑白照。忍不住感慨：哇，好浪漫！回想在網上看到此房，就說：哇，這個好！沒想到數月後這兒真的就可以是我的家，沒想到自己可以住在這超乎預期的美麗中。

　　有時會有對年老的恐懼，對「光陰似箭，日月如梭」有切身的體驗，以前均停留在字面。想到百年，想到高壽，也最多就二十年再二十年。人生真是短促。

　　時間不知不覺過去，但願多年以後，在回顧往昔時，發現自己的一生幸福。

　　日子雖然普普通通，簡單平和，卻是生活在美之中。

靈異電影Hereafter

　　一直盼著看這部電影《Hereafter》，但看之前完全不瞭解這部電影，不知道是什麼類型的——愛情片，驚險片，還是恐怖片？

　　終於坐在電影院了，電影一開始，畫面美麗無比：陽光、沙灘、鮮花、椰樹、愛情……讓你以為這是一部輕鬆浪漫的愛情故事。

　　年輕美麗的巴黎電視臺女記者在一個熱帶島嶼度假，正悠閒地逛街，給情人挑選禮物。突然間，鋪天蓋地的巨浪擁來，所有一切都被海嘯吞沒了……女人一直往水裡沉沒沉沒，在這個死亡過程中她好像看到什麼，以至倖存後的她為此困擾……

　　畫面切換到英國：多雨多霧的倫敦，一對早熟懂事感情深厚的雙胞胎兄弟，與酗酒吸毒孱弱的母親過著貧困而相依為命的生活，可是雙胞胎之一的哥哥卻慘遭車禍，留給弟弟無盡悲傷。弟弟想通過靈異方式找尋哥哥。其中很奇妙的一個情節：在擁擠的倫敦地鐵站，弟弟因頭上帽子（那曾是哥哥的帽子）被擠掉四處尋找，剛好錯過那班地鐵，結果地鐵開出不久卻起火爆炸，他倖免於難。

　　著名影星Matt Doman扮演的是有名的通靈人，他是一個普通美國藍領工人。他哥哥想要他以通靈為業賺錢，說具有此特異功能是上天送給他的禮物，可他卻不這樣認為，反認為是受了上天詛咒，因為所有死亡的苦難，都要通過他來承受。

　　最後這三個相隔遙遠，年齡性別不同，但都與死亡有過切身體驗的人相遇在一起。

　　這部電影是美國大牌演員兼導演Clint Eastwood的最新力作。這位八十歲的男人仍然身體硬朗思維敏捷勇於探索。電影於今年初拍攝，在美國十一月Halloween（萬聖節）前放映。

　　電影選了世界上最有名的四個城市拍攝：巴黎、倫敦、夏威
夷、舊金山。有幸的是，舊金山的拍攝場景就在我們Nob Hill，主
人公租住的公寓就在我店的樓上。而更有趣的是，當畫面上出現
「舊金山」字幕時，鏡頭一切換就是我的店，連店名都看得清清楚
楚。哦，這對我真是一次難得而有趣的經歷和體驗，以後一定要買
一盤這部電影的DVD珍藏起來。

　　記得當初他們拍攝時，還付給我一筆不大不小的場租費，大牌
的Clint Eastwood還專門進店來與我握手寒暄，合影留念。

花期過後

去年春天，沉迷於寫小說《香水百合》。好像有種神祕力量牽引，牽引我在那種氣場中，一鼓作氣寫下去。

寫完後心裡沒底，直覺不是平庸之作，可能的結果兩個：一是太差，不是小說寫法；二是出乎意料的好。

忐忑不安地發給小說家指正，小說家很快回饋：看完此小說，坐在電腦旁無語半晌。太好了！

另一文友也說，你的小說有了突飛猛進的進步！她特別指出文中一常識性錯誤：我把草本植物的香水百合在故事情節中寫成了樹木。

在修改小說過程中，有天去連鎖批發超市Costco，幾百盆嬌豔美麗的香水百合開成花海，我欣喜地購回一盆，整個房間立即花香四溢。

花期過後，我把空花盆隨意丟棄院中，意外的是，今年春天，盆中居然抽出了幾莖花枝，兩三個月後的今天，已開得蓬勃美麗嬌豔了。看來，我與這花兒真的是有緣呢！

之後，就是為《香水百合》找「婆家」。已得到一家報紙通知：留用連載。

《香水百合》簡介：《香水百合》是一篇神祕靈異頗具宿命感的故事。

故事講述了外婆花兒，這個舊時代女性，周氏大家族的掌門人，一生坎坷曲折的愛情及命運。通過其經歷，折射出時代的變遷。花兒是傳統中國婦女的典範，她的故事是全民族的故事，她的偉大是中國女性的偉大。故事具有歷史重量與人性的內涵。

　　花兒性格鮮明，故事情節曲折；文字感性優美，頗具畫面感。
文風有詩化抒情流派的神韻，對人性的關照與審美，使人感悟。

　　瓊姐評曰：「仙風仙骨憶仙女，美文美事祭美人。」

隨感二三

印度有四句極具靈性的話：

（一），無論你遇見誰，他都是對的人；

（二），無論發生什麼事，那都是唯一會發生的事；

（三），不管事情開始於哪個時刻，都是對的時刻；

（四），已經結束的，就已經結束了。

聰明的人，總在尋找好心情；

成功的人，總在保持好心情；

幸福的人，總在享受好心情。

人的生活分為三個層次，大意為：物質生活；精神生活；靈魂生活。

行萬里路而不讀書只不過是郵差。

漂亮的面孔千千萬萬，有趣的靈魂萬裡挑一。

＊　　　　　＊　　　　　＊

我不是惜時如金的人，但至少惜時如銀。

通常，晚上我會看一部Netfix的美國電影。但我白天不捨得聽歌或看視頻節目。也例外，比如，洗菜做飯的時候，我用平板電腦放網上的歌曲。每次聽降央卓瑪《手心裡的溫柔》，我都動容，因是我姐曾喜歡的歌曲：「愛到什麼時候／要愛到天長地久／兩個相愛的人／直到遲暮時候／我牽著你的手／牽著你到白頭／牽到地老天荒／看手心裡的溫柔……」

看視頻節目,則是我在做不動腦筋不需注意力工作之時。我喜歡看文化及時事類談話節目,比如之前的「鏘鏘三人行」、「圓桌派」,後來的「一路書香」等。

我發覺,最好的娛樂之一,其實是聊天,欣賞「綠蟻新醅酒,紅泥小火爐……」圍爐夜談之意境。特別是與有幽默才華有思想的人聊天,樂趣極大。怪不得有「逢君一席話,勝讀十年書」之說。也理解: 漂亮的面孔千千萬萬,有趣的靈魂萬裡挑一。當然,魚與熊掌兼得更佳。

＊　　　　　＊　　　　　＊

檢討自己,我並不是很自覺很勤奮的寫作者,加之生活中太多美好事物的誘惑,有時便會忘記或忽略寫作這件事。當有文友告知,看到某某文集或網站收有我的文章(而我事先並不知情),或將出版自己新書,均像打了一針雞血,令我立刻振奮起來,覺得應該勤奮地多寫。

但這針雞血能管多久?也不一定。慶倖能讓我斷續堅持下來,成為一個文學女人,還得益於家中有個文人。俗話說:嫁雞隨雞,嫁狗隨狗,嫁個老鼠會打洞(末句自編)。我曾經玩笑:耳濡目染,近朱者赤,近墨者黑,一個女人嫁給廚師,便會做菜,嫁給泥瓦工,也能抹牆,所以嫁給一個作家,便多少會寫字了。不過,若當年不是文青,也不會為文學所害,嫁給追求精神漠視財富的詩人,害自己半生清貧(玩笑)。文壇文友及前輩的鼓勵與提醒,也令我不言放棄,力戒疏懶,所以目前手頭的長篇小說,還應加緊做功課……

默然·安靜·歡喜

二月我在桃林裡讀書，
三月便轉入李花深處。
今日晴好，坐李樹下寫字，
忽見滿屏李花倒映，
以藍天為底色，疏朗寫意。
不忍負春光，遂起身，搔首弄姿，
自拍「美人看花圖」若干：
花開人獨立，豔陽鳥呢噥，
庭院靜好，歲月無憂。

　　　　＊　　　　　＊　　　　　＊

　　詩經曰：「投我以木瓜，報之以瓊琚。匪報也，永以為好也！」

　　菜地中間冒出了一株陌生的小苗，看它青蔥可愛，便未當雜草拔掉。過了些時日，感覺像南瓜秧，但未確定。不久開花結果了，小瓜蒂呈長形，狀不似南瓜？又長大許多，結瓜一串七八隻，還是不認識。目前能確定的，是小動物銜來的種子。

　　因松鼠、小鳥、浣熊或晏鼠等，吃了我家院裡的各種水果逾十年，估計實在不好意思，便投桃報瓜。奇妙的是，牠們居然懂得種在菜地中間？而不是花壇中間？

　　小時看過連環畫《瓜秧的祕密》，是發現地主老財在瓜秧下，藏了銀元與變天帳。不知我家此瓜秧下，是否有從前美國地主老財埋的財寶？

收割了菜地裡蒜苗炒蒜苗臘肉，臘肉是閨蜜自製，頗珍貴；採摘了一捧櫻桃，一籃枇杷自啖。伸入鄰院的琵琶樹枝，按美國法律，水果屬鄰居，但美國人不懂吃枇杷。

家中小院：紅了櫻桃，黃了琵琶……

*　　　　　*　　　　　*

週末上午，華氏70度，很完美的天氣。

採了露臺上的金銀花，沖入沸水的茶中，看它們在水中舒展，翻卷。茶香，花香四溢……

坐院中李樹下喝茶讀書寫字，陽光金幣般，從葉隙間大把灑下。天藍樹青，鳥語花香果熟，一院祥和。

前些年從亞利桑那州領養回的小棗樹，開滿了綠色小花苞，有只Ladybird（小瓢蟲），在花間歇息，見我照它，便飛快遊走，但還是被「狗仔隊」偷拍到。

兒子為隔壁老約翰家的貓準備了貓食與水。這只黃白相間的貓，仿佛與老約翰一樣老。它並不親人，但見了我家小夥子，便知有「下午茶點」，蹣跚地遛躂過來。但它頗挑食，有次換了貓食品種，它便聞聞不愛吃。倒是有只大鳥，從房頂俯衝下來，偷吃或搶吃貓食。習慣就成了自然，有天來沒得吃，氣得它撞翻了水壺。看來它還是不懂：有的吃是情份，沒的吃是本份。呵呵呵……

*　　　　　*　　　　　*

午後坐露臺搖椅，三心二意看書。無意間抬頭，見天上白雲，十分美麗。天是藍寶石的藍，雲是棉絮似的白，一團團一縷縷，有的厚重地堆積，有的輕盈地遊走。

看了好久好久的天，似要把天看出個洞來？就奇怪，這麼好看的天，為啥平時就沒好好看過？

　　此刻在地面，看見飛機飛過藍天與白雲，頗有速度感。而自己在飛機上，卻如靜止一般。

　　遂想起一奇怪問題：我也可把此刻看到的雲，當成是從飛機上看下來的？我甚至還在搖椅中把頭偏來偏去地看，製造從上往下的效果，把自己弄得糊裡糊塗的。

　　天地如此浩瀚，在我們的生命存在之前，宇宙已存在至少一百億年；在我們的生命之後，它們也可能依然存在一百億年。而人生，也是一種真實的存在。

　　也許，生命的意義，就在於這一種「存在」。我們每個人，都是上天呈現給這個世界的禮物。雖然在宇宙洪荒之時間長河中，迅如閃電，稍縱即逝。但我們也要善待生命，優雅地變老，平安健康快樂地長壽。

＊　　　　　＊　　　　　＊

　　「你未看此花時，此花與汝同歸於寂；
　　你來看此花時，則此花顏色一時明白起來……」

　　山中的這片櫻花，久違了！記得幾年前的春天，在此山中走著走著，轉過一個坡下去，忽然就遭遇了。其墜粉飄香，蝶去鶯飛之畫面，深留於我腦海。

　　之後多次登山，皆因路徑不同，季節不同，多年失之交臂。今日，隨意走著，轉過坡，竟像電影重播，美麗的畫面重現，我們並未相約，卻意外相逢！

　　每個春天，她都兀自開放於此林間山野。不管我來，或者不來，不離不移。默然，安靜，歡喜。

第二輯
世界：屐痕處處

那個若干年前赤手空拳勇闖美國的男人，如今只想閒坐舊金山自家院中喝茶讀書曬太陽。而為妻我，卻仍然具有走遍世界的熱情與勇氣。

「飯」回來了

因了生病，才有了休息的藉口。

先生從外地被派回離家兩小時車程的蒙特利受訓一月（其中也是為方便他回來照顧我做手術），他邀請我也跟去度假。

可是上週末，我們剛把亂糟糟的家裡收拾得窗明幾淨，院子裡果樹也修了枝，草地也割過，一切都非常舒服。「自己家裡不住，卻要去住賓館？」我在心裡嘀咕。

晚上八時許準備就緒將出門時，我磨磨蹭蹭，忽然笑說：要是我現在告訴你，我要在家裡上床睡覺了，你會打我嗎？老公佯裝捏緊拳頭，牙癢癢但無奈地說：你都病了，我又怎麼打你呢？

住酒店的好處，除了不必上班，還不必清潔房間，不必買菜，做飯，洗碗……老公約四點下班回來，第一天我們去了蒙特利海邊，赤腳踏浪，看有人滑翔練習，然後吃日本餐；第二天去著名遊覽勝地蒙特利街上閒逛，看好多精緻特色的小店，心想世界上有這麼多可愛的東西，雖不是自己擁有，但也一樣美好。然後去湘苑吃湖南菜；第三天去當地李老師家做客，飯後去學校娛樂室打檯球……

早晨老公去學校上課前，通常我還賴在床上，我喜歡這酒店寬大柔軟的床，喜歡把自己深埋在被褥之中。他到樓下酒店早餐，也幫我拿一些上來，通常是：一杯牛奶，一塊點心，一顆雞蛋外加一隻香蕉。

早餐後，用房間的咖啡壺燒上一杯咖啡，上網或看書。我帶了兩本書：一本是著名作家喻麗清女士的小說《木馬還魂》，另一本是勞倫斯散文隨筆《花季托斯卡尼》。

　　常常，我們忙得像陀螺，忙得沒時間看看天看看雲。我喜歡這種閒散，沒任何預約與計畫，只是體驗時光從身邊靜靜流過的感覺。

　　約十二時，外面響起腳步聲和門鎖轉動的聲音，他每天中午下課後都會順路從餐館帶回午餐。有時候是好吃的魚香肉絲、幹扁四季豆；有時是清蒸魚、開洋絲瓜。每當此時，我都會有一份盼望。我通常會迎上去開門，接過他手中的食物，並說：「你回來了！」。可今天開門後卻說：「哦，飯回來了！」。話一出口覺得不大妥，好像重視了食物而忽視了人本身。便說：「你回來卻說成飯回來，你不會生氣吧？」

　　他卻笑說：「嗨，這真是給我的最高贊許。俗話說『嫁漢嫁漢，穿衣吃飯』，我能覓食回來你吃，真是太榮幸了！」

寫意夏威夷

對夏威夷嚮往已久，去年夏天與朋友相約，臨行前卻因故取消；今年六月本想與先生同行，卻也推延；接著就是生病，好像故意似的，就是去不成。

終於成行了，拖著手術後待愈的身體，卻少了以往的激動與嚮往，好像一切都很平常。

空氣中彌漫著花香，天上是七色的彩虹。當我步出機場，立即有人在我脖子上，掛一串繽紛的夏威夷花環……呵，美麗的、浪漫的、天堂般的夏威夷！這曾是我在心中無數次勾畫過的夏威夷。

可此時已是黃昏，椰子樹在風中搖曳，整個機場靜得出奇，只有鳥們，兀自開著空中音樂會。夜幕降臨，計程車行駛在H1號高速公路，車窗外已是萬家燈火。

計程車司機是我們在電視裡慣見的夏威夷面孔，深棕色的肌膚，瘦而精幹，熱情而純樸。

先生租住一個兩居室的公寓，大大的客廳，客廳外是寬大的陽臺。陽臺外是一片碧綠的草地，接著是一片森森的樹林，密不可透。近前有兩棵椰子樹，一棵瘦而高，高出我的視野，掛著一骨碌青碧的椰子；另一棵只到它的腰際，旁曳斜出，跳舞的姿態。

早晨陽臺上陽光燦爛，氣溫熱而適宜，正是可以忍受的程度，不像舊金山的涼，也不像成都的盛夏，往往熱得人頭暈。孰料，兀然一陣瓢潑大雨，把整片樹林草地澆得透濕清新，空氣中更彌漫著一種雨的香味。雨澆到陽臺上，但只到三分之一的位置，所以並不妨礙我在陽臺上觀雨，我憶起昨夜朦朧中就有過一陣雨聲。

約二十分鐘後，雨停了，太陽又露出了笑臉，喝飽了水的樹們

恢意地在空中迎風搖擺。

　　如果有誰，看見一個穿著紅絲質睡袍的女人，在一個新鮮的早上，一個新鮮的地方，像一隻新鮮出爐的麵包，在陽臺上聽雨，聽風，聽鳥聲中的陽光，那就是我──一個喜歡看風景的女人。

＊　　　　　＊　　　　　＊

　　我好像是僅由一扇窗戶來瞭解並感受夏威夷的。

　　這是一面由客廳連接陽臺的寬大的落地窗，拉開低垂的幃簾，夏威夷的風景畫之一就呈現在我的眼前。

　　雞鳴、鳥叫、草地、森林、椰子樹、陽光、陣雨、彩虹、藍天白雲……清風甚至穿過陽臺，直接吹到我的身上，令我的肌膚感到一陣陣的清涼。

　　我病著，不能隨心所欲地外出奔跑歡叫，我每天的日常功課，就是讀這扇窗，它有著千變萬化的內容，讀之不盡。凡是它所能表達的夏威夷，都毫無保留地傳遞給了我。

　　但我仍嚮往著這青窗之外。窗之外的夏威夷，又是怎樣的圖景呢？

　　剛才，先生開車載了我外出，我看到了那麼乾淨的夏威夷的街道，我想海風和雨水就是最稱職的清道夫吧。車道兩旁的樹木高大巍莪，給道路投下大片蔭涼，起先我以為是榕樹，可他告訴我是攀枝花，剛過了花期。上個月的城市還繁花似錦，火紅的攀枝花把個城市渲染得熱烈浪漫，一種濃得化不開的熱情。

　　出乎我意料，以前我從不知道夏威夷有攀枝花，而「攀枝花」是我們四川的一座城市，若干年前我曾在那裡畢業實習，花的紅妍與城市的炙熱一併留在我的記憶。那裡的一個年輕人愛上過我。當有人苦苦戀著自己的時候，自己卻戀著別的人，「心與心的軌跡常常彼此錯過」，先生早年的詩裡這樣寫過。

　　去了附近的超市，東西貴得出奇，疏菜水果品種極少。我奇怪在這天時地利，自然界有著蓬勃生機的熱帶群島，為何所有的疏果，包括熱帶水果都要由外地運來，令我們從物產豐饒的加州來的人，大惑不解。

　　穿過一片森林，去他上班的地方，在公路與森林中間，一排平房一字兒排開，草地上有供他們午餐的野餐桌，頭頂有一樹樹的芭樂，酸酸甜甜的，可以隨手採了就飯，或作餐後水果。

　　最讓我驚訝的還是這裡的鳥兒，真是異類，聲音大到吵人。如果說那天在機場，鳥的音樂會還是Classic（古典）的話，今天簡直就是Jazz（爵士樂）或Rock-n-roll（搖滾樂），卷裹著森林中豐富的負氧離子，襲人而來。

　　在我舊金山東灣的院子裡，有一種開蘭色花兒的樹，大家叫它夏威夷公主花，在這兒反倒未見過。這兒象徵夏威夷的花是一種紅色五瓣的花，女人們常常摘了插在鬢角，夏威夷馬上就風情萬種了。

　　在舊金山東灣，我過著一種寧靜而簡單的生活，而夏威夷，會給我一種什麼樣的生活感受呢？

　　「希望你喜歡我們夏威夷」，他這樣說。到目前為止，豈止是喜歡，我簡直是有點嫉妒了。

　　　　　　　＊　　　　　　＊　　　　　　＊

　　我在孤懸於太平洋中的這間小島上，面對大自然的美景，隅隅獨語，自說自話。

　　說了那麼多的夏威夷，其實還一直在夏威夷的邊緣徘徊，就像我所在的城市，叫MILILANI，處於檀香山的西北方向。它不面海，但面對森林，離威基基海灘約三十分鐘車程。

　　這裡的住戶大多是波利尼西亞人的後裔。傍晚的時候，他們在公寓附近的草地上奔跑、玩耍、踢球、蕩秋千、閒走，或在長椅上

納涼。他們黧黑而粗糙，穿著簡單的衣服和拖鞋，一副自然閒散，安於現狀的樣子。我想，他們不會像其他現代都市人那樣，在健身房的機器上徒勞地奔走，或練瑜伽，把身體扭曲成各種各樣不舒服的姿式。

　　一百多年前，這裡還是夏威夷王國，有他們尊貴的國王和王后。那時候雖然蠻荒、落後、缺少現代文明，但試想在這美麗的小島上當個王后也不錯，即使沒有金碧輝煌的宮殿也不要緊，如果那個國王正是自己的所愛，那就更好。可以天當被，地當床，在森林中追逐，在海水裡嬉戲……他們生活在「水之湄」，確切地說是「水中央」。每個夏威夷女人，都是「他」心目中的「伊人」。

　　汽車沿著卡瑪哈瑪哈公路行駛，兩邊是廣袤的種植場，有香蕉之類的熱帶作物，有的土地剛剛翻耕過，裸露著平整潔淨的紅褐色，煞是好看。記得多年前看過一部電影叫《照片新娘》：戰後的日本女子，懷著對美好生活的嚮往，憑一張照片，嫁入夏威夷的甘蔗林，與這裡的一個男人開始勞作而困頓的一生。鏡頭裡大片大片的甘蔗林，在黃昏中，波濤般淒苦而絕望地湧動。可那些蔗林，如今安在？

　　接著進入眼簾的是風光無限的夏威夷海岸，沿岸有十幾個上好的天然海濱浴場，人們在海灘上露宿、日光浴、燒烤、拾貝……在海水中揚帆、衝浪、潛水、嬉戲……好一派寧靜祥和！一些人家的房子就在天然浴場邊，這些房子看上去都很平常，即不闊大也不豪華，表明他們是普通的美國人家，可這海景與浪漫卻只有他們獨享，整個天然浴場就像他們家的私人浴室。

＊　　　　　＊　　　　　＊

　　雖然近在咫尺，我卻沒有見到傳說中神話般、舉世驚豔的WAIKIKI（威基基）海灘。

先生來電話，說下班後接我去威基基的一個酒吧，整個下午，我都像勞倫斯筆下那個「戀愛中的女人」，期待與夏威夷有一場真正意義上的約會。

威基基海灘，這夏威夷的內核、夏威夷的心臟與靈魂。這兒集中了世界一流的名牌商廈、世界一流的高級酒店、世界一流的浪漫酒吧、世界一流的海濱浴場……

黃昏中，落日熔金，背景是寶藍色一望無際的大海，以及大海中的巨輪與白帆點點，近海中有衝浪，戲水的各色人種，構成了一幅美麗的剪影。

赤腳走在海邊，這兒的沙灘是金色的，細密而軟弱，是最好的Massage（按摩）。不經意間，一個浪花迎面撲來，給了我一個熱情而猝不及防的擁抱，濕透了我的裙裾。

堤岸上歌舞昇平，有夏威夷風格的歌舞表演，舞臺與觀眾席均是青草地，而舞臺背景是華蓋的榕樹以及它垂下的平直寬闊的氣根，以及不遠處錯落有致的高樓大廈。

夏威夷的舞蹈有呼拉舞，動作舒緩優美，表現原住民在勞動中的收穫與歡樂；另一種舞蹈則熱情奔放，女人的臀部擺動幅度很大，男人則曲膝作雞翅搖擺狀。我想這些動作應是來源於大自然的飛禽走獸，緣於古代原住民對繁衍與生殖力的崇拜。他們對美的詮釋是健康與自然。

華燈初上，坐在火炬酒吧二樓的陽臺上，天氣熱卻無熱浪，海風吹在身上，每一寸肌膚都是一種舒服的恰到好處的涼。一邊喝酒，一邊有「胖子」樂隊的演奏，這是一支四人的樂隊，他們一個比一個胖，最胖的主樂手本身就是一隻巨大的共鳴很好的音箱。時而熱情如火，時而綺麗柔曼的樂聲，飄蕩在夏日夜風中，若有若無，欲拒還迎……

海裡依然有戲水的人們，岸上到處可見光著上身的男人，身

著比基尼的女人，他們閒庭信步、購物、乘涼、在酒吧與朋友聊天……環肥燕瘦，高矮美醜，在這裡都不重要了，重要的是他們同樣輕鬆地享受著人生，享受著這大自然所賜予眾生的平等。

「不夜城，不夜城，你是一個不夜城……」如果說同為不夜城的拉斯維加斯，多的是一種虛幻，香豔與華麗的話，夏威夷更多的是真實，自然與閒散。大海、沙灘、椰林、現代化的建築、熱帶雨林氣候，構成了視覺藝術與心理感覺上的無限美好。我從未見過大自然與現代都市是如此的水乳交融：城市就是大海的臂彎，而大海則把城市緊緊地擁入懷中，好一對相親相愛的情人！

在這鳥語花香的人間天堂，天人合一，我們每個人都羽化成仙，拋卻俗世間所有的千憂萬慮，找到最簡單純粹的快樂。

我甚至沒有拍一張夏威夷的照片，但所有的美景都定格在了我的記憶。因為夏威夷不是由相機，攝影機或畫筆所能表達的。一千個人就有一千個夏威夷。

Alaho（阿羅哈，夏威夷群島問候語，可表達問候與愛慕等意）！美麗浪漫，風情萬種的夏威夷，我想我們是有緣了，雖然我不是「歸人」，但也不僅僅是匆匆的「過客」，因為這裡，也有我的半個家園。

島居散記

　　一直想作一隻候鳥。

　　林語堂先生說：人是唯一在工作的動物。

　　你看天上的鳥、水中的魚，覓食即是遊戲，無一不是悠閒度日。而人是不同的，人覓食是勞作，世界上好多人勞碌終日，而僅得溫飽。

　　作隻鳥是幸福的，特別是候鳥，總是在向著溫暖飛。

　　在舊金山的平安夜，下班已經很晚了，且下著雨，黑的夜襯著人家閃閃爍爍的聖誕彩燈，格外醒目而溫暖。那種溫暖甚至從室內氾濫出來，漫到人的心上。多少年來，我一直喜歡看屋子裡流溢出的燈光，那種橘黃的光亮，溫暖得常常令我感傷：這是怎樣的一戶人家，他們正圍桌吃飯或圍爐夜談？從小是一個支離破碎的家，註定了我生命本質裡的孤獨，也讓我對溫暖格外敏感。一年多前，我的外祖母——世界上最愛我的那個人去了，多少次，我會夜半驚夢：孤獨無依的感覺。

　　耶誕節早上起來，拉開窗簾，一院子的冷風冷雨與淒清，像極了李清照的詞。收拾屋子，把該扔的垃圾扔掉，該洗的碗洗掉。想到下午就會像候鳥一樣，飛到一個溫暖的地方，心裡生出高興。喻阿姨曾玩笑說：有錢人冬天才會去夏威夷度假。我就權且做一回「有錢人」罷。

　　飛機就是一隻巨大的候鳥，正馱我飛向溫暖的夏威夷，記得小時侯看過一本破舊、無頭無尾的童話書：主人公騎著鵝旅行，經歷了許許多多奇妙的事情，有一次在海邊看見一塊金幣，正要拾起，突然狂風大作，混沌一片，待睜眼時，大海沒有了，變出一個城

堡，破書到此嘎然而止，直到現在我還在想像後面的故事。這是一個太長的懸念。

舷窗外的晚霞：一抹深紅，一抹淺紅，一抹淡紅，然後是暗的天色，應該叫它印象派繪畫嗎？我不知，反正大自然的畫真實而絕妙，但轉瞬即逝，連富可敵國的人都無法收藏。

想起蕭紅，這個精神富有、生活困窘的女子，想到她的日本之旅，何其孤寂清冷：從異鄉又奔向異鄉／這願望是多麼的渺茫／何況迎接我的是海上的波濤／還有那異鄉的風霜……

從異鄉又到異鄉，此時彼時，此人彼人，每一次，每個人的感覺都是不一樣的。

BIG ISLAND（大島），是夏威夷群島中最南邊，也是最大的島。我們凌晨五點半開車去檀香山機場。半小時後飛機降落在大島的西部小城希洛，步出機艙，一道美麗的彩虹正掛在天邊。環島一日遊的大巴士按順時針方向出發，車窗外，西部的土地裸露著黑而硬的火山熔岩，單調而貧瘠，零落的房屋散落其間，顯得寂寞而荒涼。越往東與南走，則越來越多的綠意：有深壑，有瀑布，有奇花異草，有密不透風的熱帶叢林。最奇妙的是我們還穿越了火山熔洞，親臨了活火山現場，看到一個巨大的火山口，冒著濃濃的白煙，而四周的土地，小叢林星羅棋佈地也冒著一股股裊裊的白煙。如果不是濃重的硫磺味，而是飯菜香，真就像一個不見房舍，只見炊煙的村莊。我身邊的詩人開始做詩：大地深處有人生火做飯／地底冒出陣陣炊煙……笑疼我的肚子。

巴士穿過南邊海濱小城，南邊的小城就像一串美麗的珍珠掛在島的項上，正值黃昏，那種流光溢彩，繁華享樂，與西部的荒涼形成強烈的對比。

＊　　　　＊　　　　＊

　　回程的小飛機上，包括空姐和機長，一共十五個人，這是夏威夷本地的航空公司，名字就叫「GO」（去）。

　　天上有星星的銀河，襯著黑色的靜謐的天幕，好像仙人們都睡了；海上有夏威夷群島金色的燈火，彷彿人間的生活正熱鬧繁華。可有的小島只有幾盞稀疏的燈火，令人為他們生出孤寂之感，據說至今有一個島仍為私人擁有，外人不能擅入，可是我不解，這種富有與魯濱遜獨居荒島有何區別呢？

　　越來越接近瓦胡（OAHU）島了，從天上看下去，這個島的燈火最璀璨，最溫暖，令我有回家的感覺。

　　訂了今年最末一天的機票去MAUI島，可是我們這兩個趕飛機的人遲到了，好在工作人員為我們免費安排了下一班的飛機。到達MAUI島，拿到我們租的車，本打算去東邊的HANA，可有人說去HANA的路因大雨中斷，我們只好改變路線，去了西邊的LAHAINA。環著島的頭部繞了一周，道路曲折險峻，常常一邊是陡峭的山崖，一邊是波濤洶湧的大海。時而見到白雲深處有人家，感覺他們遠離萬丈紅塵，時而又誤入一片高檔的白色別墅群，它們分佈在懸崖邊，有最好的風景，可是卻靜謐得不見一個人，不見一部車，讓人疑心走入了畫中。最令我驚訝的是：我終於看到了無邊無際的甘蔗林，它們高舉著白色的穗須在風中搖擺起伏，遠遠看去像深不可測的蘆葦蕩。我們停下車，進入蔗林中，享受著甘蔗的香甜，這大地的饋贈。

　　去了瓦胡島北部的波里尼西亞文化中心。這裡展示了太平洋中的八個群島（包括斐濟、湯加、大溪地群島等）的文化、生活形態、住所、娛樂等。這是一個非謀利機構，是為保留波利尼西亞的文化遺產而建，同時提供上百名就讀於附近楊百翰大學夏威夷分校

波利尼西亞學生的獎學金。我想這就是此文化中心與世界上眾多各文化中心的不同，以及其意義所在。因為這些學生學成後，會返回他們所屬的島嶼，給這些如今依然貧窮落後的地方注入越來越多的現代文明。

我想他們是幸運而有福的，想當年他們的祖先是如何冒著生命危險，穿過驚濤駭浪，乘著獨木舟航行數千里，在廣大的太平洋中發現了夏威夷。看來人同此心：每個民族，包括我們每個人都嚮往遠方，都有著追求美好生活的願望和勇氣。

終於經不住鼓動去浮潛，人家說上午才是潛遊的最佳時間，因為那時太陽的光線、海水的澄澈度是最好的，海底世界可以看得非常清楚。我們到達那裡時已是下午五時，本以為什麼都看不到，幸運的是當我潛遊下去，從潛水鏡裡看到了一朵碩大漂亮的珊瑚石，有好多螃蟹以及像葵花卻硬如鋼針般的小生物，崖縫裡仍然有好多叫不出名字的色彩斑斕的魚，悠然地擺動，這時你就幻想自己也是一條魚，感歎魚的世界是如此豐富有趣。海下的岩石堅硬險峻，溝壑密佈，奇妙異常，這海底的山巒，大自然的造物，令人不禁生出畏懼景仰之感。

上得岸來：蛋黃般的落日、墨綠的海水、金色的沙灘、嫩綠的草地、黃昏中的椰林、沙灘上星星點點的白色沙灘椅、優游自在的人們……都告訴你這裡是最好最美妙的度假勝地，這種美，遠勝於任何一幅畫，任何一個電影鏡頭。

在夏威夷，時間就是用來消費與享樂的……

山水有清音

我在夏威夷閒居。

因他在電話中問我何時來「探」他,這個「探」字令我感到奇怪,又不禁啞然失笑。他曾在詩中寫道:「川江似練系楚囚」,難道現在把人間天堂的夏威夷也喻成了鳥的囚籠?

說走就走,訂了後天的機票飛往夏威夷,臨座的美國人對夏威夷之旅充滿了激動,特別是飛臨群島上空,下面是星羅棋佈的大小島嶼及島上山巒阡陌;而海的顏色是不同的:從岸邊的淺綠、墨綠、深藍、寶藍……在陽光下一層層漾開去。他除了手中相機咔嚓作響,還一疊聲地讚歎:太美了!

鄰座說自己住在美國中部,這是第一次來夏威夷。他問我是否從東京到舊金山轉機而來,我告知:我是Chinese American(美籍華人),住在舊金山,這是我一年中第三次訪問夏威夷。

他剛做好了二十個鹹雞蛋、一隻風乾雞,說怎麼突然就飛來一隻蝗蟲,等把這些東西吃完就又該飛走了。

此次他換了公寓,八樓的視野出奇地好:層層疊疊的森林,遠山如黛;樓下是一座碧綠的游泳池,池邊有太陽傘、沙灘椅。

氣溫正好,不冷也不熱,穿件薄裙,光著腳丫,好像身體都輕飄起來。不像舊金山,這「世界上最冷的夏天」(馬克‧吐溫語),常常令我縮手縮腳。

凌晨五、六點,鳥的叫聲已密密麻麻,像是白紙上點滿了逗號。

一上午都在看鳥。

鳥飛的高度,正是我所處樓的高度,各種各樣的鳥從我眼前飛過。飛累的鳥兒會在陽臺上──我的腳邊閒庭信步。今晨我還未起

床，有隻鳥，不知是糊塗得走錯了門，還是「別有用心」，居然闖進了我的臥室，撲騰著逃跑，其慌亂遠勝於我。

從陽臺俯瞰下去是一株百年老樹蓬勃的樹冠——攀枝花，可以想像其花開時的紅妍與美麗。只是，現在這個季節，它才星星點點抽出新芽，所以我能清楚地看到棲息在樹上的鳥們。

有兩隻鳥兒，在枝上扭過頭，悠閒地梳理自己的羽毛，黃棕色的羽毛馬上蓬鬆起來，像是清早出門前的梳妝打扮。我真佩服它們的平衡力，勝過最好的雜技；有兩隻白鴿，頭尾相向地在一個低凹的枝丫間小息，彷彿還沒有從夜晚最後一度香甜的睡夢中醒來。

還有好多小麻雀，在樹下的綠草坪上跳躍著，是嬉戲還是覓食？其中有一種鳥，類似麻雀，卻有著鮮紅的頭頸。那種紅，新鮮乾淨而明亮。

＊　　　　＊　　　　＊

另有一隻白鴿就沒那麼休閒了，牠來來回回地在我眼前飛來飛去，引起了我的注意。我發現牠每次飛回嘴裡都銜著一根細枝，原來牠在築巢！

牠飛去泳池旁的大樹下，銜一根尺碼相似的細枝，然後飛上來，飛過我的頭頂，粉色的細瘦的小腳丫攀在九樓的陽臺邊。這樣不停地飛來飛去，往返不超過一、二分鐘罷，我猜想「女主人」肯定是在「建築工地」接應，他銜一根，她搭一根，才有這樣高的效率。不知是建新房還是將要添丁進口？反正他們辛勤的勞動令人尊敬。要是能親眼目睹其築巢的全過程，就太好了。

鳥也有思維吧，不然牠們何以像人類渴望「安居」，據說鳥巢的建構精良，合乎人類建築學的原理。可是牠們既沒上過學，更沒攻讀過土木工程。相反，人類對建築學的理念及聰明才智，是否來源於鳥類？大自然中的生命真是奇妙！

　　哇！這次是兩隻白鴿一起飛出，是否累了，需要外出散散心？還是餓了，要Eat Out（外出吃飯）？

　　好愛人的鴿子！

　　真不愧為彩虹之州，不經意間，一道七色的彩虹就斜斜地掛在了天邊，好像是為這翠的山綠的樹——大自然的禮儀小姐，特別定製的授帶。

　　下到泳池去游泳。因是上班時間，公寓社區出奇地靜，整個闊大的、綠意環繞的游泳池彷彿專為我而設。時而仰在水面，時而潛入水底，我是一隻紅色的魚，享受這水的肌膚溫柔的觸摸與愛撫。

　　明人陳繼儒寫道：「何必絲與竹，山水有清音。」意即：何必彈琴吹簫，山水自有清新的音樂。哪兒也不去，哪兒也不想去。好像整個夏威夷就濃縮成這一簾青翠，一池碧水，而背景音樂就是這綿綿不斷，時而低迴，時而高亢，不同音頻，不同性格的千百種鳥聲。

　　來夏威夷，好像就是為了做一隻飛來飛去的鳥。

凝眸處——我的夏威夷

有時候，一整天我都沒有下樓。

想到後天就要回舊金山了，心裡竟生出絲絲縷縷的傷感與惜別之情。

下樓去，在草地上散步。一邊臨著溪水，一邊是四層樓的公寓住戶。我發覺，我除了喜歡看溪邊及對岸的草木葳蕤外，我還喜歡看各家各戶的陽臺。

因是上班時間，整棟公寓很靜。只是陽臺上物件的不同，可以反映出各家不同的富裕程度與性格愛好。

依我之見，大凡陽臺上堆滿雜物的，一般都是窮人；陽臺上清清爽爽，僅擺一張小桌兩張沙灘椅的，必定富足且懂得休閒。而有的人家在陽臺上擺滿了盆栽植物花草，我覺得簡直就是畫蛇添足多此一舉，因為從每家的陽臺放眼望去，已經是無窮盡的綠肥紅瘦了，那樣反把寬敞的陽臺弄得逼仄雜亂。

可是二樓有一家較特別，他陽臺上牽牽蔓蔓，在陽光下黃得耀眼的，居然是南瓜花！容我細看，發現幾個小盆栽中還有番茄、小辣椒苗。

路過上兩次來夏威夷時住過的二樓公寓附近，正好懷舊。

舉頭望去，此時的二樓陽臺有好多庸常生活的印記：搭在護欄上的一塊小地毯、胡亂掛著的幾件舊衣服、破舊的小衣櫃或書架。

可是去年耶誕節上午，在這個乾淨簡潔的陽臺上，他喝著茶，看著外面的大風大雨，想到下午就會飛來一隻「候鳥」。突然一隻成熟的椰子從天而降，落在水淋淋的草地上。他欣喜地飛跑著下樓，生怕別人搶先，拾起這大自然的饋贈。下午的時候，他就借花

獻佛，把這顆大椰子送給了我，說是迎接我的禮物。

而那棵我曾經寫過的、跳舞般旁逸斜出的小椰樹，現在已做了媽媽，掛著一骨碌青碧的椰子。椰子邊老去的葉子，焦黃而乾，質地竟像我小時候見過的麻布。

不遠處有株開漂亮紅花的大樹，吸引我走過去。我拾起樹下的一朵花，仍然新鮮完整：花型有酒杯大小，三片大花瓣，黃色花蕊，有一些細碎黃花粉開始抖落在我手背……

「It's beautiful, isn't it?」一個聲音悠悠傳來，令我一驚，我本以為這空曠的草地上，除我之外別無他人。原來不遠處一老婦人正坐在她家門廊旁看風景。「Yes, it is. I like it」我對老婦人笑了笑。

我轉身往回走，準備回八樓的公寓了，走到樓下那棵百年老樹附近，被一種奇異的香味吸引。我環顧四周，也沒有找出是哪一種草或那一種樹木發出的味道。而拐角邊新搬進的一戶人家，傳出新生嬰兒啼哭的聲音。

我喜歡這套公寓。不大，也不豪華，但夠用，正好可以用來過一種簡潔的生活，也正符合他的個性：對物質的漠視與對精神的追求。

＊　　　　　＊　　　　　＊

清晨五、六點，在夢中，鳥的叫聲已濃稠了。

約七點半，就睡飽了，自然醒來，一點都沒有賴床的感覺。不像在舊金山，早上總是掙不開「溫暖被窩的羈絆」，處於與床的爭鬥中。

人醒來胃還沒有醒來的時候，我就泡一杯茶，在陽臺上看鳥，看樹，看山，看遠處的公寓，看森林中曲曲彎彎通向外部世界的公路，不時有車來來往往，人們從睡眠中蘇醒，新的一天開始了。

我喜歡在陽臺上晾衣物。用洗衣機洗完甩乾後，用衣架一件一

件晾起來，彷彿又回到了成都，既節約能源又避免了烘乾機在室內的躁音，最重要的是，晾乾的衣物有一種太陽的香味。

昨天上午，他做清潔，用清潔劑兌了清水洗客廳的磁磚，而我兀自在陽臺上喝茶，踱來踱去看鳥，並告訴他我喜歡這種袖手旁觀的作客的感覺。當他做完清潔，把一大盤葡萄洗淨擺在我面前的時候，我又表揚他讓我有「賓至如歸」的感覺。他卻說：明天就沒有這種待遇了，因為今天是你生日。

收到他轉發的搞笑郵件：一位男子到圖書館借書，問圖書館的女職員：「請問《婚姻的幸福生活》這本書放在哪裡？」「是幻想小說，到右邊第三排櫃子去找」「那麼《夫妻的相處之道》這本書又放在哪裡？」「是武俠小說，到左邊第一排櫃子去找吧。」

通常午飯小息後，下到泳池游泳一小時。不想上網，不想打字，不想看書，又不想看電視的時候，時間兀自就多出一大把來。

二十歲時，常常想人生的意義是什麼？像個哲學家一樣，把自己想得愁容滿面頭痛欲裂；到後來才發覺，這麼重大的問題，也會被日常生活的瑣屑充滿與替代。

書上說：生活，就是生下來，活下去。書上又說：人生就是一大堆時間，看你怎樣把它消費掉。

才十幾天，樓下那株百年老齡的攀枝花，已綠綠地綴滿了新葉；九樓陽臺上辛勤築巢的白鴿，香巢也已建好了。時間，總是在不知不覺中改變著什麼。

飛來的鳥兒又該飛走了。

「啾啾！這回去也，千萬遍陽關，也則難留。念武陵人遠，煙鎖秦樓。惟有樓前流水，應念我，終日凝眸。凝眸處，從今又添，一段新愁。」

我一走，他又是整個社區，唯一的一個中國人了。

走，到圖森去！

　　舊金山灣區今年的雨季特別長而冷。往年的三月下旬早已春光明媚了，今年還一直下雨。

　　不是抒情似的綿綿細雨，而是陣雨和暴雨，有天傍晚居然還下了冰雹，這在舊金山是非常罕見的。

　　那天我出了地鐵站步行回家時，正電閃雷鳴，剛到達家門正開門鎖，冰雹就劈哩啪啦下來了，夾裹著狂風捲進我屋裡。剎那間，冰彈子打在木質地板上大珠小珠落玉盤的脆響，煞是動人好聽。

　　就想到圖森（TUCSON）去，那邊陽光燦爛，正是初夏氣候。

　　圖森是亞利桑那州（ARIZONA）南邊與墨西哥接壤的邊境城市，是沙漠之州中的沙漠之城。

　　先生正出差圖森月餘，租住帶廚房的酒店房間。臨去前特地在IKEA（宜家）買了一套廚具，到達一看，廚房裡鍋碗盤勺洗碗機基本調料一應俱全，附近還有中國超市，令他放心不少。對於他這種中國胃來說，吃西餐是吃新鮮吃情調，若要吃成日常生活，他也受不了。

　　老公到了一個新地方，自然新鮮稀奇，但他除了工作，哪兒也沒去，就等著我去了再一道遊玩，已E來了旅遊計畫：

**　　老婆光臨旅遊行程**

　　三月二十五日　夜，抵達。

　　三月二十六日　凌晨（週六）；出發去大峽谷，晚上住宿
　　　　　　　　　Flagstaff

三月二十七日　　傍晚，返回圖森。

三月二十八日　　（週一），我正常上課，老婆在家休息。

三月二十九日　　（週二），我正常上課，下午放學後，參觀
　　　　　　　　印第安人文化博物館。

三月三十日　　　（週三），下午三點多出發，參觀鳳凰城，
　　　　　　　　和少君吃飯。

三月三十一日　　（週四，學生考試），下午參觀野生動物博
　　　　　　　　物館、圖森影城、沙漠博物館。

四月一日　　　　（週五，課程結束），遊覽圖森附近San Xavier
　　　　　　　　印第安人保留地。

四月二日　　　　（週六），一清早退房，開車去墨西哥的邊
　　　　　　　　境城市Nogales，在那裡遊玩一天並住宿。

四月三日　　　　（週日）大清早，返回圖森。十點半，搭機
　　　　　　　　回家。

　　上週日來電話說他開車五十分鐘到了世界最大天然熔洞國家公園，正猶豫是否進去參觀。我說你開車五十分鐘不是就為了在洞口站一下吧？他答獨自一人無興趣逛，還是等你來了再進去吧，不過外面有賣寶石的，我可以看一看。

　　「那你給我買一顆鑽石吧」以為給他出了難題。

　　不料電話那頭的聲音相當輕快：「嗨，這太容易了，幾塊錢可以買一大堆呢。」

　　哇，這是什麼鑽石啊？心中打鼓。

　　晚上他到家了，來電話晚彙報：「我已經給你買了一個天然寶石，裡面鑲了好大的鑽石，挖出來比你鑽戒上的那顆還大呢。」

　　「多少錢？」

　　「一‧九九元」

訂了明晚九點十五分的飛機飛圖森，馬上就要見識那顆「巨鑽」了。心裡還有一絲絲的期待和激動呢。

＊   ＊   ＊

兩個小時的飛行距離，就從冬天進入了夏天。

我們入住的酒店叫「RESIDENCE INN」，位於圖森市區，離他教學的地方僅五分鐘車程。

清晨醒來，就感覺初夏的輕快。穿上棉質的短裙，懷著週末放鬆的心情，在酒店餐廳吃完早餐喝過咖啡，我們開著那輛租用的淡綠色福特，向世界著名的科羅拉多大峽谷（GRAND CANYON）進發。

科羅拉多大峽谷長達三百五十公里，寬六－二十九公里，是世界上罕見的自然奇觀。據說美國西部片裡那些劫富濟貧匡扶正義的牛仔豪傑孤膽英雄，騎馬挎槍風馳電掣地行走峽谷，那種孤獨蒼涼以及如詩如畫的鏡頭，大都是在此大峽谷拍攝的。

沙漠之城的圖森市區綠意不多，但住宅旁行人道有很多高大粗壯的仙人掌。駛出市區，寬廣平坦的紅褐色沙礫上遍佈著灌木叢，而臨近鳳凰城時，經過一大片丘林，山上遍佈的仙人掌，每一棵都有好幾人高，就像排列整齊的士兵，這大地和天空的衛士，煞是好看壯觀。

約四小時車程後到達FLAGSTAFF的小城，在這裡稍事休息吃過午餐後，繼續前行。

可是越往前行越感到事情的嚴重性：隨著海拔越來越高，高大的針葉林樹木越來越多，車窗外的景色漸漸流動成了電影中的「林海雪原」……

這時候的心情主要已不是欣賞風景，而是有點心慌懊惱失誤了：因為我一身薄裙就出發了，隨身帶的僅一條便褲一件體恤。他稍好

一點，穿一件薄毛衣帶了一件外套，可是又怎敵冰天雪地之嚴寒？

二小時後我們到達大峽谷國家公園入口處，門票以車輛計，二十五元一部車，有效期為一周內隨意進出。因天氣不好天色更顯晚，所以我們決定先進去粗略瀏覽或找一家酒店入住，主要遊覽安排在明天。

當他去入口處不遠的酒店瞭解住宿情況時，我因怕冷待在車裡。他回來說這家酒店已經滿員，但你一定得下車，我帶你看一個地方。

我瑟縮著下車，為取暖他抱緊我雙肩，說：「你最好把眼睛閉上，我叫你睜開你才睜開。」

「可是……我不會絆倒吧？」

「不會」。

「我不會撞到柱子上吧？」

「不會」。

「確信，你不會害我吧？」

「你放心好了，絕對不會！」

我果真緊緊閉上了眼睛（在這懸崖峭壁的地理環境，可見對這人要有多麼大的信任度才做得到！），走了約二十步站住了，他說：「睜開眼睛吧」。

幾乎睜眼的同時，我就驚叫起來：天啊！這個時候，你才知道什麼叫鬼斧神工！以為時光倒錯，進入了一個外星球的世界！

俯瞰科羅拉多大峽谷，科羅拉多河在谷底蜿蜒成細線，遠處千層餅似的岩巒像銀幕上的虛幻佈景──連綿不絕的古羅馬宮殿，你甚至可以想見裡面的老國王及成群嬪妃侍妾，正佩飾丁當霓裳羽衣，那種古典的奢靡豪華放蕩……

以前也看過照片圖片影像，可是只有身臨其境，你才能體會這種心靈的震憾！這種美麗壯觀靜穆深邃以及原始洪荒……你除了嘆

服大自然的偉力，實在無話可說。

我說：千里迢迢而來，哪怕只看這一眼，就什麼都值了。

「不管你走過多少路，不管你見過多少名山大川，這個科羅拉多大峽谷，色調是那麼新奇，結構是那麼宏偉，彷彿只能存在於另一個世界，另一個星球。」其實，早在一八九〇年，美國自然學家，探險家約翰・繆爾（JOHN MUIR）就如是說過。

＊ ＊ ＊

科羅拉多大峽谷裡面的酒店滿員，我們只好開車出來，在離大峽谷入口處僅一英里的小城TUSAYAN安頓下來，我們入住的酒店附送電影票優惠券。電影院在酒店斜對面，終年只放映一部電影《GRAND CANYON》（大峽谷）。

時值黃昏，街道旁有積雪，天空下著細小的雪粒。想買一件厚外套禦寒，可周圍除了酒店就是西餐店速食店，竟沒有一家賣衣服的商店。夾帶出酒店的大浴巾權當披風，穿過街道買回麥當勞速食食物，在酒店前臺大廳拿了熱乎乎咖啡到房間去晚餐，心想晚上閒來無事，正好可以去看電影。

什麼叫「屋漏偏逢連夜雨」？什麼叫「雪上加霜」？……端起咖啡才喝第一口，大半杯咖啡全潑在了我大腿上（蓋未蓋緊）！而這條淺色褲是我唯一暖和的裝備，趕快洗淨掛在暖氣出口處，看來我不可能穿著涼快的裙子外出看電影了。

天公作美，第二天是個豔陽天。我們進了電影院看早上八點三十分的電影。沒想到電影院裡有禮品店，禮品店裡有衣服賣。我買了一件暖和的外套，他買了一塊手掌大的漂亮石頭，除了觀賞也可當鎮紙。

這部三十四分鐘的電影非常好，很值得一看。電影講述大峽谷的發現及探險，但它並不是乾巴巴的科普知識傳授，而是以生動優

美的原始印地安人生活的故事開始，畫面美輪美奐。立體效果的影院，有時像一艘大船，在濁浪滾滾的科羅拉多河上飄流顛簸，懸崖巨石不時迎面撞來，令人身臨其境充滿探險的激動與緊張；有時像在高空的滑翔機上，悠閒地從各個角度俯瞰科羅拉多大峽谷，在峽谷與峽谷之間自由穿行，所有的壯麗景色盡收眼底……

　　從電影院出來我們再次驅車去大峽谷，按照地圖上標示的景點，一一尋訪而去，拍照若干……

＊　　　　　＊　　　　　＊

　　第二天週一，老公照常上班，我去酒店餐廳吃過早餐，拿了一杯咖啡上來準備在電腦上寫字。奇怪的事發生了：我的眼睛像剛切過洋蔥似的充滿了眼淚，開始發痛，痛到越來越睜不開……我百思不得其解。至到中午他回來，才說是因氣候太乾燥的自然反應。原來這個沙漠之州是全美國最乾燥的地區之一，以乾燥的空氣與晴朗的天空著稱。近期是本州最好的季節，氣溫華氏九十度左右，夏天最高氣溫達華氏一百四十多度卻仍然無汗可出。

　　週一中午，程老師接我去與他的美國學生共進午餐。全部同學共三人：小金、小郭與老杜。老杜是班長。我建議應該再有一個小組長一個學習委員才對。他們問我是哪裡人，我告知成都，小金迫不及待用老外特有的中文語調說：「成都我知道，成都有漂亮女生還有大熊貓」。小郭說打算以後和太太（他太太也在學中文）去成都教英文。小金說以前有次他念文章，導彈的「導」想不起，小郭說念「JI」，他就念成「發射雞彈」；小郭有次把「大使館」誤認為「大便館」。程老師玩笑說：以後有這種情況，千萬不要提到我是你們老師哈。

　　這家餐館叫「蒙古BBQ」，用一隻彩色木質大碗裝上你想吃的各種食物：麵條菜蔬牛羊肉片等，澆上十幾種稀奇古怪的調料，排

在案頭等待廚師倒在一個很大的圓形鐵板上燒烤，味道不錯。

而今天週五教學結束，教波斯語的老師建議兩班同學（她全班二個學生）中午聚餐。這家伊朗餐館叫「ALIBABA」（阿裡巴巴），桌布裝飾畫音樂都極富中東伊斯蘭情調。這是我第一次吃伊朗飯，食物中沒有任何我認為怪的東西，而且味道很香。波斯語老師說：圖森中餐館較多，而伊朗餐館僅此一家。這家餐館極大地滿足了她的思鄉情結。

週二全班師生FIELD TRIP（春遊）去鳳凰城。離圖森二小時車程的鳳凰城是亞利桑那州府。住了本州三分之一的居民。鳳凰城花木扶疏仙人掌棕櫚樹連綿不絕，有三百多個高標準高爾夫球場，是美國高爾夫球的「聖地」。居住本市的詩人作家少君約定我們在「中糧廣場」見面。第一個認出少君的居然是小金，因為他看過一部作家少君介紹成都的紀錄片。少君近年著述甚豐，這個深受林語堂閒適人生影響且事業成功的作家，多年前就實現了他四十歲退休的人生規劃，在鳳凰城南山下過著「採菊東籬下，悠然見南山」的世外桃源生活。

週六，新結識的朋友沛沛夫妻和淑女士陪同我們遊玩了一天。他們安居樂業圖森多年。在他們導遊下，我們去了TOMBSTONE。這是一個以拍西部片聞名的古老小鎮，早期名聞遐邇的西部片《TOMBSTONE》（有不同年代拍攝的不同版本）就是拍攝的這裡的故事。進入TOMBSTONE市區，時光倒流到十八世紀的美國西部小城：古樸自然的木質平房建築；街邊停靠的高大馬車及馬車夫；隨處走動或靠在街角喝酒聊天的牛仔漢；撐著陽傘穿著古典繁複蓬蓬長裙頭戴插滿花與羽毛帽子的淑女手挽著燕尾服文明棍的紳士，好像正赴人生的盛宴。我們碰巧，今天是本市一年一度的「玫瑰節」遊行活動，每年這天好多人從外州自備服裝道具趕來，有的參加歌舞儀仗遊行有的在街邊當風景與遊客合影，就為感受這古典的

氣氛與樂趣。而本市確有一株一百多年樹齡的巨大玫瑰，黃色玫瑰開成花海美麗異常奇香撲鼻⋯⋯

　　這是我們在圖森的最後一天，雖然玩得很開心但都開始想家了，奇怪為什麼同樣是一些家具電器物品衣服同樣只是倆人，為什麼家就有家的感覺而其他地方則沒有？想到明天就回家了，心裡又有了盼望。

今夕何夕——成都同學會

本已決定去歐洲的，可是計畫沒有變化快。

我在越洋電話中告訴表姐我正在網上查機票，可能回來成都。兩天後我已經站在了她面前，她舉著一大捧美麗的鮮花來機場迎接我：「女人都是愛花的」她如是說。

在成都三聖鄉百花園度假村，好多近三十年未見的老同學終於聚在了一起。大家拍肩握手擁抱吵吵嚷嚷……心中的欣喜感慨與快樂難以言說。在同學留言薄上我借用了詩聖杜甫的詩「人生不相見，動如參與商。今夕復何夕，共此燈燭光」。

百花園度假村是個環境寫意的所在。這裡除了大型小型會議室餐廳客廳，還有古香古色幽靜的四合院居所，院裡有纖細石竹有小巧睡蓮池有蓬蓋的榕樹。三五同學坐在樹下喝茶聊天真好。清晨和夜晚有鳥叫蟬鳴。真慶倖在大都市的喧囂外還能有這一片淨土。

下午的排程是遊覽洛帶古鎮。弋奕、之禮、班長與我四人同車前往。本來我安排之禮坐班長右邊的副駕座，可他說要挨著女同學坐，結果優待他坐在女同學弋奕和我中間。三十年未見的之禮回憶起讀書時的情景，說中午下課鈴響男同學都是百米衝刺到食堂，買完飯才見我慢悠悠走去。可我一點想不起自己會那麼淡定嗎？我記憶中隨時處於飢餓狀態，好像從沒吃飽過。之禮感歎說當時該給你打一碗飯來就好了，我說那才是雪中送炭呢，肯定勝過好多封情書！

節日中的洛帶古鎮熙熙攘攘熱鬧非凡。我想把同學們攝到錄影中，可總被來來往往的人岔開，同學們也三五成群地走散了。好在小城不大，一會兒又會遇見。

　　男同學們總喜歡善意地和我開玩笑，一定要我坐新媳婦坐的「雞公車」，我敢坐，可他們自己卻又推諉著不肯推。還是王世平最爽快可愛，推著我搖搖擺擺地一路招搖過市。

　　第二天上午參觀了三聖鄉農民的花圃與菜地。同學們一邊信步一邊海闊天空地聊，真是「偷得浮生半日閒」。敬佩我們的同學王宇君，去年此時他已經病得很重了，我在與成都同學的聚會上和他電話交談：你一定好起來，下次的同學聚會我們等你來。宇君兄果不食言，他不僅來了且精神不錯，我們為此欣慰。宇君兄不介意的話我想爆料一下，你當初信中有一句話曾令我感動，所以記得：「相信我，我會讓你幸福的」。每個人對幸福的理解要求感受都不一樣，一個人能對另一個人做出使之幸福的承諾，是需要很大勇氣和自信的。現在你的健康就是你妻兒的幸福，所以你要好起來不要讓他們失望。讓我們在此祝福你活得「精蹦二神」的（川東方言？）。還有我的老鄉王國華同學，他剛剛經歷一段人生重大挫折，也風塵僕僕地趕來參加同學會，本來已買好了下午回程車票，在我們挽留下任其作廢。我很欽佩國華同學的率直和直言不諱，這是同學間的真感情。與他交談瞭解了好多人生的陰暗面，在特殊環境下那種人性的惡與黑暗，我們平時不知，還以為僅是電影中的虛構。相信他經過休整後開始新一段的人生，必定風調雨順平平安安。

＊　　　　＊　　　　＊

　　下午的主題班會與晚上的卡拉OK，使我們的同學會達到高潮。感謝我們的班主任李老師抽身出來陪我們開同學會。她曾在我們最重要的人生階段引領我們。開始時主持人小鈾、家友怕會議冷場還使出「大風吹」小兒科的遊戲節目，沒想到同學們暢所欲言討論熱烈，有的同學因時間不夠失去發言機會。在此我要檢討自己，

在會上拉拉雜雜胡說八道佔用同學們許多寶貴時間。同學們總是喜歡善意地打趣我，把過去那些陳穀子芝麻的事抖出來，要寫過情書的同學一二三四五按時間順序排隊。有個男同學打趣說：當初請同室好友某某代交情書，現在想來很後悔，也不知他是否吃回扣把我關鍵用詞整掉了，造成我終身遺憾。某某反駁說：當初真的很「瓜」，改什麼關鍵字語，應該直接把名字改成自己的就好了。同學們就這樣嘻嘻哈哈，反正同學在一起就是為了開心，如我有什麼不利於社會和諧安定的言論，同學們千萬不要當真，多多包涵就好。

晚餐後的卡拉OK好多同學都微醺，有的卻是「酒不醉人人自醉」。平時都活得太清醒太嚴肅太緊張，歡娛的時候又何妨「今朝有酒今朝醉」？我對那位醉醺的同學玩笑說：你看嘛，我不管你總有人會管你。值得一提的是小蕙的歌唱，具有很高的專業水準和台風。這個我們當初的文藝委員，我們的「百靈鳥」，有機會還需啟蒙一下我們這種「歌盲」。同學們知道我的弱點，千萬不要叫我唱歌，最好叫我跳舞。

我們的黃班長總像大家的兄長，他為同學們的團聚貢獻不小。如果要新選班委我一定首選雪梅，當初在學校大家居然沒發現她的組織領導才能。我們班的才子王鳴劍，畢業後大家都在「為稻粱謀」，他卻鍥而不捨取得文學碩士學位，現為重慶工商大學教授，著述甚豐。我正在讀王教授鳴劍同學的書《無希望的愛戀是溫柔的——現代作家的婚戀對其創作的影響》，其資料之翔實、觀點之新穎、視覺之獨特，在學術上另闢蹊徑，可喜可賀。

其實，我為我們班每一個同學感到驕傲與自豪。每個同學在自己的人生路上一步步走來，不管是風調雨順還是歷經坎坷，走到今天走到我們的同學會上，是一件多麼不容易的事情。當初的室友兼室長春說：不僅我們班男同學喜歡你，我們班女同學也喜歡你。感

謝同學們的厚愛，記得鳴劍同學在發言中說：那些愛過自己，自己愛過的，都要珍惜，好好待他們。在此我要宣稱：我愛我們班的男同學們，也愛我們班的女同學們。讓我們彼此珍惜彼此善待。

湖南印象

結束成都的同學會後,因機緣湊巧,表姐表姐夫邀我同遊湖南。湖南雖相近四川,但我從未去過,這次是由南京聖地奧服裝公司主辦。該公司在短短幾年內發展為全國有十多家分店的連鎖服裝企業,可見其老闆孫先生的魄力與經營有道。此次是邀請全國各分店均為商界精英的朋友們。協辦者為湖南的徐老闆,他兄弟三人,他排行第三,兩個哥哥均為他工作,負責此行的接送招待等事宜。主協辦雙方老闆均精明幹練年輕有為。成功人士們是很知道怎樣享受生活的,不管是吃住行都安排到最好。

到達長沙,發現是個美麗的城市,有湘江與瀏陽河穿城而過,使這座城市飽受滋養。而湘江邊的橘子洲頭給廣大長沙市民與遊客提供了休閒遊玩的大面積綠地,值得稱道。有毛詩云:「獨立寒秋,湘江北去,橘子洲頭,看萬山紅遍,層林盡染……」

午餐在闊大而富有農家風格的毛家飯店品嘗了著名的毛家紅燒肉等菜肴。下午參觀了著名的嶽麓書院。它創建於北宋開寶九年,是中國古代著名的四大書院之一,是現湖南大學的前身。在書院內錄得對聯兩條:「唯楚有才,於斯為盛」,「富則達濟天下,窮則獨善其身」。看來社會應該尊重財富尊重有錢人,因為富者才可能達濟天下,貧者唯有獨善其身了。

張家界位於湖南西北部,它的名字由來是因漢朝始祖劉邦的功臣張良在此安居。因其神祕之美又被叫做武陵源(世外桃源)。依我之見,張家界其實不該叫「山」,應該稱之為「峰」更為確切。它是由連綿不絕一座座獨立的山峰組成,既獨立天成又渾然一體。青翠的峰在飄飄渺渺的雲霧中若隱若現,有的像從半空兀自突起,

有些像半空中出現一方明鏡的湖泊，倒映著樹木婆娑……怪不得好萊塢科幻電影《阿凡達》在此取景，這真是一個外星球的世界呢。

而黃龍洞的巨大勝過之前我進過的熔洞，如四川的大熔洞、夏威夷的火山熔洞、亞利桑那州的水晶熔洞等……在狹窄的通道中走著走著不時會豁然開朗，有大小不等的「劇場」、「音樂廳」，有的可容納好幾十人舞會呢；有一蓮蓬頭的水從巨高的穹頂上瀉下在寬闊平坦的地上，像是給仙人準備的天浴，想像一個長髮披散的女子在遺世獨立中沐浴，該是多麼美好浪漫的情景；洞中還有一長長的暗河，像極了我看過的一部外國片：片頭是有人從地下水道的監牢中救出犯人，沿著十八世紀的威尼斯水道倉皇搖船潛逃的情景。而眼前的水道竟跟那水道一模一樣。約十多分鐘平緩的船行中，望著兩岸及洞頂變幻莫測的怪石嶙峋，真佩服大自然的鬼斧神工，讓我疑心走進了電影，走進了古老的水城威尼斯……

*　　　　　*　　　　　*

去鳳凰城途經芙蓉鎮，小鎮以劉曉慶姜文的同名電影出名。陳舊的木質門匾上刻有「芙蓉鎮」三字，又被稱為「掛在瀑布上的古鎮」。有詩云：「彩虹依戀陽光，瀑布擁抱山崗，千年的古鎮啊，就掛在那瀑布上，多情的阿妹，在那吊腳樓上梳妝……純樸的阿哥，在那石板街上眺望……」。沿著窄青石板的小路下去，劉曉慶的木質門板米豆腐店依在，旁邊豎了大的匾牌，好多人在此拍照留念，看來人們都脫不了名人崇拜心理。

抵達鳳凰古城是在微雨的傍晚，古舊的木屋們臨江而建成吊腳樓，水在樓下緩緩地流，船在江上悠悠地走，好一副寧靜致遠水墨畫般的水鄉圖。在一家木質舊樓上晚餐，夜色中對岸燈火與江水交相輝映閃爍，燈紅酒綠酒幡飄飄，歌聲笑聲不絕於耳。有賣花賣唱的女子依次上來，大家酒酣耳熱，伴著吉他盡情唱和，看似不像人

家在賣唱，倒是自己在唱給人聽呢。又有紳士風範的男士們買玫瑰花獻給女士們，儘管那花在沒下樓時已片片凋零，只好付與欄下一江秋水了。

湘西邊城的鳳凰，是沈從文的鳳凰，是翠翠的鳳凰。頭戴花冠走在濕的青石板路上，我在尋找心中的翠翠以及愛她的大佬二佬……

沈從文《邊城》筆下清純美麗的小姑娘翠翠，母親生下她後為愛殉情，遺下幼小的翠翠與年老的爺爺相依為命。勤勞善良的兩兄弟同時愛上了翠翠，這是兩難的境地，哥哥大佬不得不出船離家，不久客死險灘。與大佬情同手足的二佬受此打擊而自責，認為是自己害了哥哥而婉拒了翠翠爺爺的提親，與愛自己的翠翠失之交臂……

在一個雷雨交加的夏日夜晚，江邊高聳的白塔震跨了，爺爺的渡船也漂走了，而爺爺在那個深夜再也沒有醒來，帶著對翠翠的牽掛與不捨……

翠翠千呼萬喚，再也喚不回視自己為掌上明珠的爺爺，心中是怎樣的悲傷寂寞與悽惶啊……

情緣臺灣

一、海外華文女作家協會

　　這是一個非政治非盈利組織，以交換寫作經驗，促進文學交流與發展為主要目的。一九八七年由一群旅美華文女作家發起，邀請居住在中國大陸、臺灣及港澳以外地區、以華文寫作的女作家參加。「海外華文女作家聯誼會」一九八九年七月於美國伯克利召開會員大會正式成立，第一屆會長是著名作家陳若曦。一九九一年十月在美國洛杉磯召開第二屆年會。一九九三年六月在馬來西亞舉行第三屆年會，經大會通過將名稱改為「海外華文女作家協會」。

　　「海外華文女作家協會」第十一屆年會今年在臺北舉行，會址選在福華文教會館。十一月四日下午，來自全球五大洲的約九十多位女作家會員報到。當我進到報到室，一瘦小溫和的女士問我找誰，我告知名字來報到。她很驚喜：是爾雅啊，沒想到你這麼年輕。原來她就是與我有過多次E-MAIL聯繫，背後為我及其他會員做過很多工作的將成為我們新會長的石麗東大姐。我們神交很久，今天終於見面，真很開心。其間我還見到《世界日報》副刊前主編田新彬女士，她那麼溫婉有氣質，卻誇獎我說：「寶林沒告訴過我們，他太太這麼好看。」還有現任主編吳婉茹小姐，既年輕又漂亮，給人非常好的印象。還有簡宛，我們寒暄過，可我沒來得及告訴她：八〇年代末，我表姐從臺灣帶給我幾本裝幀漂亮的文學作品，其中就有簡宛的散文集《簡單的快樂》，我很喜歡它一直珍藏。可後來臨出國在辦公室清理櫃子被一同事索要，當時我沒捨得

給她，她很失望。後來想想同事多年，不應該這麼小氣，便作為臨別禮物送給了她。

領取了開會資料、紀念品及年會專輯。這兩本專輯為：《全球華文女作家散文選》，《全球華文女作家小傳及作品目錄》。在當晚的歡迎晚宴上，臺灣僑委會任弘副委員長致詞，會長吳玲瑤及副會長石麗東分別致詞，然後有生動活潑的餘興節目。

十一月五日的開幕式由司儀引言，吳玲瑤會長致詞，總結了海外華文寫作的經驗與成果，也談到在網路及各種高科技媒體資訊娛樂衝擊下華文寫作所面臨的困境，稱之為「孤絕的堅守」。蕭萬長先生致詞祝賀會議開幕，鼓勵大家要「快樂地寫作」而不僅僅是「孤絕的堅守」。

接下來的會議中分別有趙淑敏主持的「女性書寫的新視野」、范銘如演講「眾裡尋她」、譚湘的「中國女性書寫三十年」、平路的「經驗與地域／真實與虛構」、陳若曦主持「海外華文文學的回顧與前瞻」、業舒「流放與流浪……海外華文寫作的困境與展望」等等。

六日上午是兩本年會專輯新書發表會；會員書展作品贈致中央圖書館儀式；選舉會長；正副會長交接；簡宛主持討論章程，及福華文教館庭院拍攝全體合照。

七日，會議安排了宜蘭文化參訪，得以欣賞臺北後花園的好山好水和傳統藝術中心。旅遊車一路行來，讓我們得以欣賞蘭陽平原的美景與風土：一窪窪水田均勻整齊地排列，一間間小庭院似的農舍分佈其間，讓人感到臺灣農人的安定與富足。在臺灣戲劇館、國立傳統藝術中心，我們欣賞到了宜蘭傀儡戲、臺灣歌仔戲等以及臺灣特有的纏花藝術：纏花之境，透過傳統手藝細細盤轉纏繞，緞美光澤中透露出編織者含蓄的絲絲心情。在宜蘭餅食品公司，品嘗並購買了臺灣著名的鳳梨酥、老婆餅、牛舌餅等等。宜蘭之行，既飽

了眼福又飽了口福。

＊　　　　　＊　　　　　＊

八日早上的重頭戲：臺灣領導人馬英九接見全體女作家。

早上七時許，我們驅車前往總統府，住處離總統府約十多分鐘車程，途經中正廣場，遠遠見一宏偉高大古典歐式的棕紅色建築，到達門前，有威嚴的士兵們持槍站立守衛。通過安檢進到總統府，大紅色地毯從長長的門廊一直婉延延伸至高高的階梯，進到一間半圓形的大會議廳，迎面是孫中山先生巨幅畫像，周圍及地面擺滿了美麗的鮮花植物及果樹，耀眼的水晶吊燈等發散著褶褶光芒，整個大廳莊嚴氣派豪華。

九十多位會員分坐成半圓形的兩排，扶手椅的左邊茶几上為每人準備有一杯茶水，古香古色的茶具頗為好看。

西裝革履的馬英九先生在陪同人員簇擁下進來了，他按逆時針方向與每個會員親切握手問候。輪到我時差不多是倒數第三人，奇怪的是，在經過與幾十個人的例行公事後，當馬總統握著我的手，眼睛直視著我，我卻感到馬總統好像在接見我一個人。這種感覺真是奇怪，我不知道他的這種親和力從哪裡來？是因為他的平易，因為他的真誠，還是因為他儒雅端莊的風範？我問候了馬總統好，告訴他：我叫爾雅，從美國舊金山來……

馬英九總統致詞祝賀「海外華文女作家協會」第十一屆年會圓滿結束，並討論了關於中華民族華文文學的傳承與發展的問題。並講到華文文學在當今的臺灣社會仍然活躍，受到重視，有很強的生命力和發展勢頭。並舉例說包括外勞都有很多文學愛好者，有個菲律賓來的女子，多年來給她戀人寫信全是用詩的方式。馬總統說：有文學，一個國家和民族才會有希望。

著名作家陳若曦致詞，感謝馬總統的接見與鼓勵，並代表大會

贈送給馬總統本屆年會的兩本專輯。

會後馬總統下到臺階與各位代表分兩批合影留念。合影後在總統府的階梯旁，馬總統再次與每個會員親切握手道別。

過後，有好幾個會員問我：馬總統和你談了些什麼？為什麼比和我們所有人都談得久？文友紅酒更是開玩笑：談的什麼？我們要告訴你老公喇。

其實我是想：難得到總統府來一趟，特別是馬總統給我印象非常好，學識豐富風度儒雅且一表人才，我應該給馬總統講一點什麼。其他人握手時一般是說：馬總統的發言很好或下次還要為馬總統助選等等，這種類型的話題，馬總統的回答一般都是謝謝，沒有更多談話空間，況且身為一國之君，他的演講肯定好，不需要我再來評價。別人都是以他的角度來讚美他，我想我應該換一下，以我的角度出發，也就是把自己擺在第一位來談點什麼。所以握手道別時我說：「馬總統，今天見到您很高興，這對我來說是一種很難得很珍貴的經歷和體驗」。他眼睛一亮，很感興趣地問：「真的嗎」？我說：「真的」。他馬上問：「你從哪裡來」？答曰：「我從美國舊金山來，但我是從大陸成都移民去美國的」。「哦，是這樣。你叫什麼名字」？他繼續問。「我叫爾雅」。一邊說我一邊舉起脖子上掛的名字牌給他看。馬總統看了看，微笑著：「你的名字很好聽」。

如果是日常生活中，這一段會話應該不會長，但在與九十多人的例行會見中，就顯得有點特別。我也真的很高興能和馬英九總統拉家常似的聊幾句。這對我確實也是不同尋常的經歷和體驗。

二、臺灣文學知性之旅

話說八日上午辭別馬英九先生後，我們一行兩車人踏上了臺灣

文學知性之旅遊。

　　旅行車穿越以地質地貌地況複雜險峻，施工難度為世界之最的臺灣著名的雪山隧道。沿途是綠意盎然的茶山。隧道施工中解決了很重要的技術難題之一：既要考慮隧道的通風排氣問題，又不能影響污染沿途農作物。

　　在新竹縣竹北市，參訪了客家文化園區。這是一處經歷了兩百多年歲月的新瓦屋，具有鮮明獨特的客家聚落格局，也是臺灣文化發展中的一段縮影。

　　來到一個環境寫意的所在，這所庭院依山而建，巨大玻璃門窗外是曲折的木質迴廊，迴廊山坡上有著各種常綠珍稀植物，沿迴廊邊有闊大的蓮蓮荷葉，在微風中輕搖……

　　這是位於苗栗的「力馬生活工坊」，集餐飲陶藝與演唱為一體。力馬（LIMA）來自臺灣原住民卑南族語，原意為「手」及「五」的意思，象徵勤儉刻苦的精神。

　　力馬工坊創辦人南賢天是卑南族人，妻子是客家人。男主人高大英武，女主人嬌小秀麗，是典型的現代王子與公主的故事翻版。

　　主人為我們提供了豐盛的客家與原住民美食，餐後是「天籟之音」：力馬工坊演唱會。男主人南賢天據說是張惠妹的舅舅。他的嗓音渾厚粗獷餘音繞樑。第一首歌用卑南族語，唱的是卑南族人自立自強的精神以及平時勤勞耕種，戰時踴躍上戰場保家衛國之精神。第二首「針與線」，表達他們夫妻同心攜手奮鬥，建設新家園，喻為針與線的關係。最後一首「天天天藍」，是我們女作協會員卓以玉女士早年的名作：「天天天藍／教我不想他也難／不知情的孩子／他還要問／你的眼睛為什麼出汗／情是深／意是濃／離是苦／想是空／……」

　　整個演唱過程中，女主人作節目串連，她娓娓道來的故事穿插其間：她的公公（丈夫的父親）早年富甲一方，每年收成後，公公

都要留一些稻穗給無田的人撿拾，讓大家都有飯吃。公公意識到僅這樣做還不夠，應該讓他們受教育，這樣他們才能真正站起來，不依附於人。公公捐出三千甲田辦教育，其中就是現在某校的雛形。直到現在，高山上的孩子們放學後，因父母外出耕作，回家後都無飯可吃。力馬工坊就捐助一些盒飯給學校，發給孩子們帶回家吃。他們以己微薄之力興辦教育，自己努力生根發展的精神，也給我們海外華人諸多激勵。

在力馬工坊，我買了一對淡綠的桐花杯。據說潔白美麗的桐花每年只有一天花季，早上雲霞般燦爛地開放，傍晚便飄飄灑灑地凋謝零落了。而桐花就像梅花之品格：「零落成泥碾作塵，只有香如故。」

＊　　　　　＊　　　　　＊

在台南，有一座日據時代的建築物——原台南州廳，已歷經一個世紀，建築師為森山松之助，為當時官制建築之典範。現在修復再利用為「國立臺灣文學館」，為官方「舊建築新生命」修復保存計畫的重要成果。

國立臺灣文學館為臺灣第一座國家級的文學博物館，除收藏、保存、研究的功能外，更將透過展覽、活動、推廣教育等方式，使文學接近民眾，帶動文化發展。

館內分為許多個展區，保留展示記錄了臺灣文學各個時期的發展與成果。也利用現代的聲、光、色來感懷緬思。諸多的文人影像、社團刊物書影、詩文吟詠，讓我們感受到臺灣作家的聲音笑貌，掌握他們所創造的文學成就與歷史足跡。

好的作品總是給人衝擊力，我讀到臺灣作家林泠充滿想像力的抒情詩《不繫之舟》：

沒有什麼能使我停留
──除了目的
縱然岸旁有玫瑰，有綠蔭，有寧靜的港灣
我是不繫之舟

也許有一天
太空的熬遊使我疲憊
在一個五月的燃著火焰的黃昏
我醒了
人間與我們重新有了關聯
我將悄悄地從無涯返回有涯，然後
再悄悄離去……

啊，也許有一天
意志是我？不系之舟是我
縱然沒有智慧
沒有繩索和帆桅

　　　　　＊　　　　　　＊　　　　　　＊

我站在海岸上
把祖國的臺灣島瞭望
日月潭碧波在胸中蕩漾
阿里山林濤在耳邊回響……

　　這首歌在我小時候就會唱，阿里山日月潭更是從小學課本上就
讀得耳熟能詳。可是多少年後，我才真正走到這裡：瞻仰阿里山高
山之巍峨，鞠捧日月潭潭水之清洌。

我們入住阿里山閣大飯店,第二天早上三時許就起床坐小火車去祝山等待觀看日出。夜色迷朦中,隨著海拔兩千公尺的爬升,我們穿越森林垂直分佈之熱、暖、溫三帶,林相變化顯著。下小火車後,空氣中散發著林中清新氣息,據說每天森林浴一小時,可延長壽命三分鐘。

起初一絲絲亮光彌漫,然後一點點圓形顯現……太陽像一粒耀眼的蛋黃,一跳一跳,最後騰了出來。整個過程就像一個女人,在一點點地經歷陣痛,這群山與大地的兒子,終於誕生。

日月潭是利用窪地積水成潭,水域由山巒環繞,層層相夾,水道蜿蜒紛歧,遠觀近遊,處處是景。海拔七百六十公尺的中高度,造就日月潭宛如圖畫山水的氤氳水氣及層次分明的山景變化。從高處看湖的形狀一邊像太陽,另一邊像月亮,故名:日月潭。

我們入住的日月潭鴻賓大飯店座落於日月潭畔,不管是清晨還是夕照,打開窗戶或踱到陽臺,日月潭的山光水影變化萬千的景致盡收眼底。夜幕低垂,出了旅棧,和朋友們散步在水社木質回廊,坐在水邊咖啡座上,面對燈火輝映的湖光山色,真是美好時光。

還有好多美好的記憶,比如:四草生態之旅的竹筏游古運河;臺灣首學之處的台南孔廟;瞭解臺灣佛教信仰與李祖源建築師作品的中台禪寺參訪;臺灣九二一地震災後重建的好山好水的桃米生態村……都給我們留下許多的思考與回味。

十一日在埔裡的亞卓餐廳,用完客家風味的午餐,下午將北上臺北,結束此次的臺灣文學知性之旅。而我們一行三人卻在此告別了「大部隊」,開始了新一輪的旅行:南臺灣之旅。

三、浪跡南部臺灣

預定到日本沖繩看楓葉的,可是在網上查了,說沖繩號稱東方

夏威夷，對於我這個去過天堂般夏威夷多次，已經對夏威夷有點審美疲勞的人來說，心裡就有了失望。不料茶和舞也改變了主意，說既已到了臺灣，何不一鼓作氣把南部臺灣也遊一遍，免得留個遺憾下次又千萬裡地再來。

　　從台南到左營，乘高鐵不到兩個小時。臺灣高鐵非常新與乾淨舒服。下到左營站，買了去墾丁快車票，我們三人已經「彈盡糧絕」。身上不多台幣，附近又沒有銀行換錢，所以我們決定「節衣縮食」，把晚餐錢留出來，明天上午在墾丁再找銀行。可是茶看到STARBUCKS就挪不動步了，結果三人坐下來，刷信用卡享受了午後咖啡與甜點。

　　墾丁快車像是我們三人的專車，沿途只稀落地上來幾個乘客。兩個多小時的車程，開墾丁快車的帥哥與我們一路閒聊，說每天走這條線路，卻沒有時間去墾丁的風景區遊玩。下車後茶的高檔相機忘在車上，帥哥走出好長一段發現後專程送回我們住的酒店，臺灣民風淳樸可見一斑。在臺北的幾天，我們感受到的也是人與人的友善。臺北沒有大規模的城建，它在一點點改變，雖有不少舊的建築，但整個城市乾淨整潔，讓人感覺過日子般的踏實溫馨，而不是浮華與燈紅酒綠。臺灣的廟宇很多，除了社區，好多家庭也自設佛堂，宗教對整個社會有很深影響，讓人懂得「敬畏」。不像「文革」時的大陸人天不怕地不怕：既不敬天地，又不畏鬼神，而人沒有敬畏之心是不好的。君臣父子，禮儀孝道……這些在大陸早已被破除的「四舊」，在臺灣，仍然得到很好的傳承。

　　我們入住的「雅客之家」就在墾丁大道邊。在雅客之家裡，有優雅的度假休閒套房、恬靜別致的室內擺設、自然奧妙的室外景觀……墾丁夜市人頭攢動熱鬧非常，有各種賣紀念品藝術品的小攤位，主要的還是以「美食一條街」著稱。臺灣的水果除了有蓮霧、臘八角、芭樂、柳丁等熱帶水果，最奇妙好吃的要算「釋迦」，因

它樣子長得像釋迦牟尼的頭，故而得名。我們吃到的叫「牛奶釋迦」，剝開綠色鱗狀外殼，裡面的瓤潔白潤滑香甜，非常美味。

　　睡到下半夜，迷糊中突然像在搖籃中晃了幾下，潛意識裡知道地震了，可又懶得動，只脫口而出：「要不要跑？」同樣迷糊的茶說「算了，跑也來不及了。」話音未落，三人又已呼呼睡去。第二天早上，拉開陽臺的落地窗，棕櫚樹在風雨中搖擺，雨點打在泳池碧綠水面上，激起一圈圈漣漪……。

＊　　　　　　＊　　　　　　＊

　　冒著冷風冷雨，我們去到附近的恒春古城。恒春有名的「小杜包子」，有各種餡的口味，排了很長隊，才買到我們要吃的品種。在恒春的銀行換到台幣後，我們又「財大氣粗」了。

　　恒春半島的最南端是「貓頭鼻」，從海岩上望去：一塊貓形礁石蹲坐海岸邊，遊人以此背景拍照留念。而臺灣的最南點則是墾丁國家公園內的「鵝鑾鼻」，在鵝鑾鼻木質瞭望臺上，面對浩瀚無際的海洋就是巴士海峽，右邊是臺灣海峽，左邊即是與美國相連的太平洋。

　　在墾丁國家公園和恒春半島，許許多多大型旅遊車接踵而至，不同方言的鄉音飄入耳膜，幾乎所有旅遊團都來自中國大陸，看來大陸對臺灣的旅遊業有很大貢獻，對臺灣的經濟也起了不可低估的作用。

　　因臺灣對大陸還沒有開發自助旅遊，所以我們三個散客常常引起別人好奇。有人猜我們從香港來，也有人說我們從新加坡來……我們乾脆玩笑說我們是大陸「跳機」的女子。

　　這個季節的墾丁風雨多，朦朦細雨中遊玩也是一種獨特的體驗。走得累了，我們就找一家咖啡館坐坐，並不像跟旅行團那樣急著趕路。那天在公園內的環保生態博物館，走得累了，我和舞竟穿

著雨披在館內長椅上頭靠頭睡著了，像兩個真正的「盲流」。

　　「流竄」回臺北，國立故宮博物館是必去之處。一九四九年，由於國共內戰，國民政府將總數約六十萬件的北京紫禁城故宮精品文物運到臺灣。在臺灣落地生根的五十多年歲月中，臺北故宮已發展成為一座現代化的博物館。差不多大半天時間，我們參觀了書畫、圖書文獻、各種珍貴器物等展覽。其中《清明上河圖》，以先進的數位科技現代的聲光圖畫，重現了明清時期普通市民的生活場景，非常真實有趣。而故宮的「鎮宮之寶」——翠玉白菜，這巧雕的藝術品翠綠晶瑩剔透，呈現天人契合之妙。

　　臺灣之行就要結束了，這美麗的寶島，情緣的臺灣。

　　想起臺灣詩人余光中，想起他的《鄉愁》：

　　　　小時候
　　　　鄉愁是一枚小小的郵票
　　　　我在這頭
　　　　母親在那頭

　　　　長大後
　　　　鄉愁是一張窄窄的船票
　　　　我在這頭
　　　　新娘在那頭

　　　　後來啊
　　　　鄉愁是一方矮矮的墳墓
　　　　我在外頭
　　　　母親在裡頭

而現在
鄉愁是一灣淺淺的海峽
我在這頭
大陸在那頭

碧潭黃土掩碧血

　　小時候隱約知道我舅舅在臺灣，是我母親唯一的親哥哥。那時他們兄妹離開老家的大宅院，同在成都讀書。每個週末，哥哥都要到妹妹學校，接妹妹外出吃飯遊玩，再把妹妹送回學校才放心地離開。旁人都羨慕有那麼好的兄妹情誼。

　　在那個兵荒馬亂的年代，為報效國家，哥哥考取了空軍軍官學校。校訓是：「以我熱血男兒身，報國家建國之大業」。既然選擇了做空軍軍人，擺在你們面前的只有三條路：一是駕機失事時摔死；二是在戰鬥中戰死；三是開小差當逃兵抓回來槍斃。若干年後，舅舅果真選擇了第一條不歸路。

　　秋末冬初的臺灣，未見一絲寒意，穿一件薄外套，竟常常汗沁了脖子。十一月六號的早晨，表姐五時許就起床了，她從南部的屏東市，穿越了差不多整個臺灣，午時前就到達了臺北。她來見我，主要的目的是帶我去位於臺北碧潭的空軍烈士公墓，給我的舅舅，也就是她的爸爸掃墓。

　　表姐是遺腹子，由母親和誼父養育。知道自己身世的那個夏天傍晚，九歲的表姐傷心地哭泣，同母異父的弟弟怯怯地叫她別哭，姐姐說：「弟弟，你看我好可憐喲，都沒有爸爸……」

　　受過良好教育的表姐善良溫婉，八〇年代末一個偶然機緣我們姐妹才彼此找到，從此，表姐與素未謀面的父親家的親人們保持著珍貴的血肉親情。

　　今天的臺北飄著細雨，像是為我們表姐妹安排祭拜的清明節，「清明時節雨紛紛，路上行人欲斷魂……」隔著歲月的重重幕簾，舅舅，我一步一步走向您：從小女孩走到成熟女子；從四川富順卑

木鎮您出生之鄉走到海峽對岸的臺灣──您埋骨之地；一步步走向
時空倒流……

計程車駛進了綠意環繞的空軍烈士公墓，雨水像傷心人的淚，
使整個陵園蒼翠欲滴，兩尺見方的綠色墓碑整齊地排列著，像軍人
們生前的列隊，據說整個巨大的空軍公墓，所有將士大都英年早
逝，且都是衣冠塚。

舅舅的墓碑上從右至左豎寫著：

陳文麟
五大隊
上尉分隊長
四川富順
二十九歲
官校二十八期
民國四十六年
二月二十八日
駕機返防失事
殉職
（舅舅的墓碑號是：○二四三）

您離世的這一年，我還沒有出世。我們中間的斷層，隔著好多
年長長的時空隧道，但您仍然是我血肉相連的親人。

我曾經捧讀您的日記，夜深人靜，挑開歲月層層幕簾，一步步
走進您的年代、您的日子、您的軍旅生活，走進到您的內心，那裡
有我小女孩時的母親，有我年輕時代的外婆，她們在您的日記本中
鮮活起來，像一段電影在我腦海放映。

舅舅，今天我來看您，是唯一一個從您少小離家就沒能回去過

的海峽對岸出發來的人，也是除卻表姐外唯一與您有血緣親情的人。我想要告訴您：您曾經愛護有加的妹妹，早在一九六七年就隨您而去；您親愛的母親，養育我長大的外婆，也在二〇〇六年的初夏以九十六歲的高齡逝去。生前的時候，你們隔海相望，互相苦苦尋覓，特別是外婆，終其一生都在尋找念叨您——她的兒子。

　　你們在天上，是否早已團聚，幸福地生活在一起。是否真有一個比人間更好的地方，地上的親人們最終都要去那裡相會？

　　細雨紛飛中，輕撫舅舅的墓碑，我憶起徐志摩的詩：「白楊在西風裡無語，搖弋／孤魂在墓窟的淒涼裡尋味／從不享，可憐，祭掃的溫慰／更有誰存念我生平的梗慨！」。「腳步輕些，過路人／休驚動那最可愛的靈魂／如今安眠在這地下／有絳色的野草花掩護他的餘燼……」

　　舅舅安息！

從臺灣，回成都

從臺北直飛成都，只需三個半小時。這樣近的旅程，不回來似乎說不過去。

這幾年總不停地回來，使我對成都沒有陌生感。表姐玩笑說：「要見你，比見成都的朋友還容易！」表姐夫一大批餐桌上牌桌上的成功人士朋友全都叫我小表妹，見到我總不驚不詫地說：「哦，表妹又回來了？」

表妹又回來了！成都的親人朋友們總是以極大熱情接待安排我。特別是二〇〇六年外婆走後，每次回來，親人們總是說：不能因為外婆不在了，讓你沒有回家的感覺。他們對我的好，好到有被綁架的感覺。

那天上午，我在電話中對表姐說：今天不用管美國人，美國人有約會。表姐在那頭問：男的女的？若是男的，我要來當電燈泡哦。答曰：女的。她才放心地放下電話。

多年不見的敏姐約我去寬窄巷子。這是成都新打造的仿古建築群，古香古色的飛簷雕樑中有天井的四合院，非常寫意舒適。我們的午餐就在一家四合院的榕樹下天井邊，很好吃的家常菜，價格也便宜。飯後我們逛街，有賣各種各樣的特色禮品及古玩字畫，室內室外茶館咖啡店。今天天氣好，除了好多當地人在這兒休閒，還有不少黃頭髮藍眼睛的西方觀光客。

難得的豔陽天，我和敏姐坐在STARBUCKS（星巴客）的露天咖啡座閒聊：想當年我到成都讀書，她在北門汽車站接到我，第一次見面的她：高跟鞋、細格子喇叭褲的腿格外修長，緊身襯衣，耳邊兩隻刷把，那種青春靚麗時尚時髦，令我至今記憶尤新。聊著聊

著，一個長鏡頭對準了我：你的氣質很好，能否為你拍照？他這樣問。後來他把照片發給了我，他拍的人像還真不錯。

四點鐘同學們陸續下班後，又趕到窄巷子與我會合，從STARBUCKS遷到幾步開外的茶館喝茶聊天。約六時許去附近餐廳吃飯。晚餐後同學們餘興未盡，又去卡拉OK唱歌跳舞，瘋到午夜才散，看來天下真沒有不散的宴席。

感謝我高中好友與同桌真蓉來看我。她清早就從雅安出發，到成都近中午。她約了成都的幾個中學同學相聚，喝茶吃飯聊天……度過美好的一天。

＊　　　　　＊　　　　　＊

美中不足的是，要離開成都的頭天傍晚我突然病了。急性腸胃炎使我變得虛弱不堪，朋友帶我去附近診所看過配了藥，第二天強撐去機場，甚至提不動隨身行李。我對迎面走來的空服員尋求幫助，她帶我直接進入檢票口，把行李幫提到去飛機的巴士上安排我坐下就離開了。還好同坐的重慶小夥子熱情地幫我把兩件行李送到飛機上我座位的頂上才回他位子。

飛機到達上海浦東機場，離開座位時我請求幫助，小空姐說：「我幫你提一個吧」。「可是還有一個？」「你自己提吧，我也只能提得動一個」。小空姐沒好氣地說。無奈吃力地走在她後邊，不料才走了不足十步，在機艙口她就把包遞還給我：「你自己提吧」。噢，我的天！這就是中國國際航空公司（簡稱「國航」）的服務品質？結果是一個旅客幫我提到有手推車的地方。

閨蜜小書的先生開車來接我，我告知此事，他說如果他是航空公司老闆，就招聘空嫂。女人有一點人生經歷後，知道怎樣工作怎樣體貼客人，不像那些小空姐光是嘴甜好看花架子。

小書爸爸李伯伯給了我最熱情的擁抱，多年不見他又老了好

多，這個早年留學美國的老人用英文對我這個法律意義上的美國人說：WELCOME HOME（歡迎回家）。我帶給他臺灣「老婆餅」，他很開心，說電視廣告上常見，很有名的，等不及吃飯，就到他房間悉悉嗦嗦拆點心，讓我覺得老人格外可愛。

本來專門留出一天的時間，為在上海與小書相聚，可是到上海就臥床不起了。小書一天幾次地為我熬粥，一次捧一小碗給我，而我只喝得下一點米湯。我問為什麼不一次煮一大鍋？省得這麼麻煩。回答說那樣不新鮮，要吃一次煮一次。可憐她家的煤氣，和她走到我旅店來來回回的腳步。

小書帶我去醫院，看過醫生後輸液。輸液的地方像會議室，一排排的椅子上面掛著輸液瓶，像「大排檔」。以前只知道吃飯有「大排檔」，沒想到輸液也有大排檔輸液。真的是不到魚市肉市不知道有那麼多魚販肉販，不到醫院不知道有那麼多病人。

在上海生病的時候就想家，這時候想的不是住過生活過好多年至今仍有房產在那兒的成都，而是萬裡之外的異國他鄉，這種感覺令我有點恍惚與奇怪。想念那一方樹木蔥蘢的小院，院中那兩個與我完全不同姓的，常常令我煩惱的兩個人。

他們兩個曾私下討論誰更愛我的問題。他爸說：我與你媽媽認識的時間比你長，肯定是我比你更愛你媽媽；兒子說：你這種說法不對。你認識我媽媽只能說多少年，而我認識我媽媽是一生，因為從我出生（或尚未出生）就認識我媽媽，所以應該是我比你更愛我媽媽。

愛還是不愛？愛得深還是淺？這是一個要用行動證明的問題。

亞特蘭大初為客

　　五月底，利用美國國殤日的長週末，週五中午我搭乘美國 AIRTRAN AIRWAYS 的航班從西海岸的加州舊金山橫穿美國，去往美國東部佐治亞州的亞特蘭大。

　　辦登機手續時被告知航班將晚點約二小時，心裡便後悔沒帶本書在手邊，轉念一想我電腦裡不是下載有維吉尼亞・伍爾夫的《一間自己的房間》嗎。便打開來看看：

> 不過，你們或許會問，我們請你來談談婦女與小說──可是，這與自己的房間又有什麼關係呢？我會與大家說一說這其中的究竟。……我所能做的，只是對一個次要問題跟大家談談我的看法：一個女人打算寫小說的話，那她一定要有錢，還要有一間自己的房間。……

　　對亞特蘭大耳熟能詳，是因為一九九六年舉辦過奧運會。它是美國三大高地城市之一，是佐治亞州首府，也是美國有線電視新聞網 CNN 總部及演播室和可口可樂總部所在地，著名美國民權運動領袖馬丁・路德・金的出生地並建有紀念他的博物館。美國南北戰爭時（一八六一──一八六五）南方軍的戰略要地，毀於南北戰爭後重建。所以它既是一座歷史名城，又是一座新興的工商業城市，非裔占城市人口的五二％。

　　亞特蘭大是著名的花園城市，屬亞熱帶潮濕氣候。時值五月末的盛夏，室外氣溫高達華氏九十度，可到處花草扶疏生機盎然。我們租住在亞特蘭大附近的小城 MARRIOTT，驅車行駛在高速公路，

行駛在城市與城市之間，滿眼綠意的參天巨木，像被包裹在大森林中。

今天運氣好，車行至亞特蘭大市中區，就發現有盛大的節日遊行表演，一打聽，原來是同性戀遊行，這對於從舊金山來的我們並不稀奇，因為舊金山每年六月的同性戀大遊行是世界級的，其開放程度和花樣翻新讓人歎為觀止，相較之下，這兒的同性戀遊行就顯得保守和單調許多，更像是黑人或印第安人的街頭舞蹈表演。

泊好車，正站在街邊觀看，一雙大手從後面把我攔腰抱住，嚇得我尖叫起來。我的右手順勢摸去，發現是籠滿手鐲的手腕，原來是一粗壯的黑人女舞者來和我共舞。待定驚魂和她跳罷，她在我臉頰深深一吻匆匆離去；又來一黑人男舞者，拉著我跳得更熱烈奔放。這時就慶倖，幸好平時學過一點非洲舞，沒想到今天實地派上了用場。

巨石山（STONE MOUNTAIN）是亞特蘭大最富盛名的旅遊景點。在森林中，一塊光禿禿的圓形巨石拔地而起，像外星球的隕石。巨石峭壁上刻有南北戰爭時南方軍總司令羅伯特·李等三人的大型雕塑。坐纜車上到巨石頂，走在巨大的石上，看到石頭上的凸凹起伏，感覺像是在月球上，走在月球表面。

＊　　　　　＊　　　　　＊

瑪格利特·米切爾（MARGARET MITCHELL）租住的故居和紀念館就在亞特蘭大市中區的大道桃樹街轉角處，這住處暗而逼窄，被她稱為「DUMP」（垃圾場），就在這裡，她耗時十年寫出了著名的暢銷書《GONE WITH THE WIND》（《飄》），後被好萊塢拍成電影《亂世佳人》，取得巨大成功。

這樣一位美麗聰慧才華橫溢的女作家，在事業上取得了巨大成功，依然過著深居簡出的簡單生活。在一個傍晚與朋友從影院出來

去酒吧的行車途中，在桃樹街與十三街交界處，被超速駛來的計程車撞倒，送醫不治身亡，年僅四十八歲。

世界上數以千萬計的遊客來到這裡，來到瑪格利特・米切爾的故居和紀念館，憑悼她懷念她感受她。當導遊問來自全世界不同角落的我們這批遊客，有多少人讀給這部小說？有多少人看過這部電影，全都齊刷刷舉起了手。

館內有翻譯成幾十種不同語言的小說版本，有作者各個時期的生活照工作照，其中我最喜歡她在PARTY上和男舞伴跳舞的照片，那樣青春美麗活潑；而她側面坐在窗前讀書的照片卻是那樣恬靜美麗，符合我心目中真正女作家的形象。小園的對面有一間放映室，循環放映媒體採訪報導這部小說和電影當年取得巨大成功的盛況。

其實與《飄》這樣的書名相比，我更喜歡翻譯成《隨風而逝》，既與英文的《GONE WITH THE WIND》字數相吻合，又更貼切故事內容。一切都隨風而逝了：家園家庭孩子丈夫以及心目中的情人。

直到最後，女主人公郝思嘉才恍悟：原來她青春歲月裡深愛上的表兄艾希禮其實是不存在的一個幻影，她真正愛和需要的卻是壞而霸道的浪蕩公子白瑞德。

郝思嘉站在濃霧迷漫的院中，想起了父親曾經對她說過的一句話：「世界上唯有土地與明天同在。」她決定守在她的土地上，重新創造新的生活，期盼美好明天的到來。

故地重遊華盛頓

　　十年前，我們到美國還算不上很久，哪裡都沒有去過，所以決定參加旅行社的美東及加國十二日遊。華盛頓是其中走馬觀花的一站。奇怪的是那次走了許多地方卻沒留下一點點文字，那怕是最著名美麗壯觀的尼亞加拉大瀑布。記憶猶新，那時感覺是：當年在高中地理課本上學到它時，做夢也沒想到有一天會身臨其境。

　　十年後，形式與心境已不同。這次是藉由先生公務出差隨他來玩。他現在的工作性質是「巡迴教學」，就是到有教學任務的教學點去工作月餘。這次是先到亞特蘭大半月，培訓從外州來的兩個學生，結束後隨即飛來華盛頓，頭半月只教一個學生，後半月教新來的另外三個學生。

　　我們租住的酒店，帶廚房廚具洗碗機等等，可以自己做飯；另外每天早餐和除週末外的晚餐都是免費的，客人可以隨意去酒店餐廳享用，生活很方便。可是華盛頓市中區的這家同樣的連鎖酒店價格卻比亞特蘭大貴出許多。亞特蘭大九十五元一天，這裡就要近二二〇元。看來一則是在首都，二則出行確實方便，幾乎就在各著名旅遊景點的邊上。

　　如果以為自己開車自助旅遊比跟旅行團輕鬆的話，那是一大誤區。旅行團大巴士是把客人在每個景點放下來，再把客人接走。可是我們開車出去，卻很難找到泊車處，若運氣好碰到一個便趕緊停下。距離遠點就只有靠腳板勁了。好處就是時間和空間都自己隨意。

　　華盛頓是美國的政治中心，白宮、國會、最高法院以及絕大多數政府機構均設在這裡。國會大廈建在被稱為「國會山」的全城最

高點上，它是華盛頓的象徵。這座乳白色的建築有一個圓頂主樓和相互連接的東、西兩翼大樓，美國國會參眾兩院都在國會大樓裡辦公。白宮是一座白色大理石圓形建築，是華盛頓之後美國歷屆總統辦公和居住的地方。國會大廈和白宮之間有「聯邦三角」建築群，其中包括聯邦政府機構以及國家美術館、國家檔案館、泛美聯盟、史密森國家博物館和聯邦儲備大廈等。華盛頓面積最大的建築是位於波托馬克河河畔的美國國防部所在地五角大樓。

華盛頓有許多紀念性建築。離國會大廈不遠的華盛頓紀念碑，高一六九米，全部用白色大理石砌成，乘電梯登上頂端可把全市風光盡收眼底。傑佛遜紀念堂和林肯紀念堂等也都是美國有名的紀念性建築物。

六月初的華盛頓氣候適宜，氣溫約華氏七〇度，比亞特蘭大低了二〇度，所以外出遊玩要舒服很多。週末我們參觀了國家圖書館。這棟歐式建築內穹頂及牆上的壁畫與浮雕美輪美奐金碧輝煌，館內有非常多珍貴珍稀的藏書。沿華盛頓紀念碑邊的草坪散步到傑佛遜紀念堂，夕陽西下時，湖畔密密匝匝的櫻花樹枝在風中搖擺，可以想像其盛開時的美麗。

＊　　　　　＊　　　　　＊

週末過後先生上班，我開始一個人真正的自助遊。週一我只去了一個地方──國家藝術館，接受了一整天的藝術薰陶。在西館的主層陳列館包括了十三至十九世紀歐洲藝術以及從殖民時期至二十世紀早期的美國油畫和雕塑作品。借助語音耳機，我輸入想瞭解的畫作編號，音響導遊就會有詳細的講解。莫內、凡高、高更、畢卡索、阿波里奈、馬蒂斯……這些在歐洲藝術史上閃閃發光的名字，這些逝去的靈魂，這些傑出的世界名畫──學院派、印象派、野獸派、立體主義、達達主義、抽象派……他們的原作就在我的眼前，

讓我盡情欣賞，馳騁想像他們在畫布上創作這些流芳千古作品時的靈感迸發……

藝術館內可任意拍照，有畫家架起畫架在臨摹。四周掛滿畫的畫室中間有背靠背的長沙發，我走累了就坐在沙發上一邊欣賞畫作一邊聽語音講解，耳機裡一會兒流水潺潺一會兒鳥語花香一會兒黑雲壓頂風雨欲來，讓人身臨其境如入畫中世界，真是一份美好的感覺和體驗。

第二天我參觀了印第安博物館、史密森博物館、國會山莊等等。進到國會山莊除了觀看一介紹美國建國定都及有關參眾議院的短片，還有專門的導遊帶領參觀講解，直上到山莊的頂層。這棟建築雕樑畫棟金碧輝煌美不勝收……

每天我在酒店吃過早餐後捧一杯咖啡就出門了，奇妙的是華盛頓各處旅遊點均免費參觀，有的還免費配備導遊語音設備及短片觀看等。我每天的花費，除了坐一站地鐵，就是在各博物館餐廳吃一頓午餐。印第安博物館四樓的室內影院給我留下很深印象：它像一個圓形大木桶，觀眾就坐在桶內四周臺階上，桶中間是四面木架，每一面掛了一張印第安風格的毯子當銀幕，銀幕下是一塊大岩石，頂上是逼真的黃昏天空。電影放映時從銀幕到岩石到天幕，不同的畫面呈現一立體的世界，太奇妙了！

從博物館出來走著走著誤入一玻璃房子，裡面有好幾層透明的樓，全是奇花異草珍稀植物小橋流水熱帶叢林。卻原來是「UNITED STATES BOTANIC GARDEN」（美國植物園）

最是蕭瑟鹽湖城

　　時值耶誕節前的十二月初，來猶他州鹽湖城度假。迎接我的是一場大雪。

　　「猶他」源於印第安部族的名稱，意為「山地居民（HILL DWELLERS）」。該州屬沙漠性地形，植物多為灌木和矮草，東面遠山即為洛磯山山脈美國部分。

　　週六早晨，在溫暖的酒店餐廳用完早餐，推門出去，風夾著大片雪花撲面而來，我不得不把自己緊裹在羽絨服和大紅披巾裡。而我們的汽車已被大雪覆蓋得嚴嚴實實。好一派蕭殺蕭瑟的景像，好在當地租借的車內都配備有一掃雪的大刷子，也算是這裡的一特色罷。

　　鹽湖城（SALT LAKE CITY）是西部山區的重要城市，猶他州首府，位於大鹽湖東南，臨約旦河，海拔一二九五米。市區面積一四五平方公里，全市人口十七·五萬，五〇％為摩門教徒。早期為向西部拓荒者和採礦者的物資供應中心。一八四七年七月二十四日耶穌基督教的叛逆者摩門教（MORMON）一四八名教徒在布裡格姆·楊的率領下逃至大鹽湖旁的山谷安營紮寨，自此建立了鹽湖城。現在鹽湖城是美國西部的文化、教育和技術中心。教堂廣場位於市中心，是摩教會的聖殿，美國摩門教的主要中心，壯麗的摩門教總寺院為城市象徵，也是猶他州最知名的旅遊勝地。摩門教會在美國乃至全世界傳播甚廣，在美國有很大聲望。

　　今天我們的遊覽計畫是鹽湖城市區，車行不久進入市區，遠遠見一組哥特式漂亮建築，在冰雪世界中褶褶生輝。原來這就是有名的摩門教總寺院。

　　泊好車，信步進入寺院。院子空曠中有一組組表現摩門教故事的雕塑，栩栩如生。

　　好幾層高的寺中結構宏闊莊嚴，有現代的聲光圖影表現摩門教的種種：比如大型雕塑、大型油畫、大型電影院、小型電影室以及金碧輝煌的大教堂⋯⋯

　　大型電影院裡循環放映摩門教先知JOSEPH SMITH創立摩門教的艱苦曲折，畫面美輪美奐。而整個可容上千人的電影院只為我們兩個觀眾放映。

　　上帝說，讓我們按我們的喜好，創造人類，讓他們管理海中之魚，空中之鳥，大地上的牲畜，以及大地上的一切生靈。於是，上帝按自己的形象，創造了男人和女人。

　　基督受洗後，徑直走出水面，天堂對他開啟。他看到上帝的靈像一羽白鴿降臨，照亮了他。天堂裡一個聲音說：「這是我摯愛的兒子，對他我滿懷喜樂」。

　　「IT IS MORE BLESSED TO GIVE THAN TO RECEIVE」。在這段教義前，先生考我：你知道這段話什麼意思嗎？他話音未落，我便脫口而出「施比受更有福」。他有點驚訝：想不到你還有點文化嘛。答曰：不是有文化，而是本人就是這樣一路走來，感受頗深。

　　　　　　＊　　　　　　＊　　　　　　＊

　　大鹽湖位於美國猶他州北部，首府鹽湖城位於湖的東南岸，是西半球最大的內陸鹹水湖，世界上含鹽度最大的內陸湖之一。乾燥的自然環境與著名的死海相似。湖水的化學特徵與海水相同，但因蒸發量遠超過河川補給量，湖水含鹽量比海水大得多。在大鹽湖中游泳不會下沉，不會游泳的人在這裡都能遊，但上岸肯定身上白花花一片鹽花，回家刮下來可以煮湯就不用花錢買鹽了。可惜現在冰天雪地，湖面上都結了一層薄冰，只好遙遙眺望一下遠處的湖光山

色罷。

附近小村落SUNDANCE的夜晚，耶誕節的裝飾氣氛濃稠得化不開，但就是太寂靜了。冰雪覆蓋著小路覆蓋著濃郁的樹林覆蓋著村莊中一棟棟小巧精緻的尖頂小木屋，小木屋視窗透出橘黃色溫暖的燈火……像極安徒生書中的童話世界，就想：小時候看安徒生，以為那些圖畫之美是作家的虛構，到了國外才知確是現實中的存在。

附近還有一漂亮的小城PARK CITY（公園城市），早期以開採銀礦出名，現是著名滑雪勝地。有提示說聖誕其間免費停車，所以很容易就找到泊車位。街上泊的車，一、二個小時後，都會被雪厚厚覆蓋。小城主街上有很多精緻商店和餐館咖啡廳，遊客們冒著鵝毛大雪在街上閒逛。我們逛進一阿拉斯加皮毛店，其中一紅狐披肩引起了我的注意：不僅紅得豔麗且邊上一圈真正的狐狸皮柔軟飄逸，令人聯想起廣莽雪原上一匹美麗的紅狐。披肩標價一千美元，沒買。重點是美得沒機會穿。走出店才想起忘記給它照個像，只好作罷，繼續閒逛。

逛進這家餐館，坐在窗邊吃一頓豐盛午餐，特別是看著窗外大雪紛飛裡面卻暖意融融，一邊賞雪一邊吃一頓可口午餐，感覺也不錯。先生說這是他吃過的最好吃的三文治，還有那排骨，烤得焦脆酥香醃薰過的味道。

呵，呵，幸福的感覺其實真的很簡單。

還鄉

年初訂了從美國舊金山途經韓國的機票回中國。

在韓國首爾,我們兩個華裔美國人成了真正的「土包子」,兩眼一抹黑:韓文看不懂韓語聽不來,中文不管用英文也難行得通。

在積雪的風中等待機場巴士四十五分鐘,望穿秋水不見來,寒意刺骨,好幾次我忍不住跑回機場玻璃門內,隔一層透明感受春天,把他和三大件行李扔在冬天裡。

改變策略去機場下層乘地鐵,經中國女留學生幫助在自動售票機買好車票,卻比退掉的巴士票便宜許多。韓國幣值超大,使人一不小心就成了「千萬富翁」。可是地鐵需轉兩次才能到達出發前我們在網上預訂的酒店。我們從舊金山到達是首爾的仁川機場,明早出發去北京卻是首爾的金浦機場,訂這個酒店是為了方便明天去機場。

在地鐵裡向一典型的韓國版小帥哥問詢。他略通英語,在搞清楚我們要下的站後,他比劃著告訴我們怎樣轉乘,可比來劃去還是面對倆呆頭鵝,小帥哥只好說了一句最管用最讓我們踏實的英語,那就是:「FOLLOW ME」(跟隨我)。好在有小帥哥帶路並幫我們拖行李,不然樓上樓下幾趟轉地鐵真要費大勁。小帥哥在前一站與我們友好揮手道別。我們下車時,迎面碰見一頗有風度的韓國大姐向她問路,不料大姐英語甚好,溝通沒有問題。她一直帶我們走出機場,為我們打電話問酒店具體地址,又為我們招來計程車。因去酒店走路太遠開車太近,第一輛計程車拒載,攔下第二輛後大姐不由分說把我們及行李塞進車中,再給司機交涉去哪裡後與我擁抱告別。看來若沒有這兩位韓國陌生人的幫助我們真是寸步難行呢,

為此我對韓國印象美好對韓國民眾素質頗為讚歎，也讓我時刻謹記吾祖國之古訓：「老吾老以及人之老，幼吾幼以及人之幼」且推而廣之……

　　據說從酒店到金浦機場清早很難打車，酒店前臺就主動為我們預訂了計程車。辦完這些及入住後已是晚上九點，原本以為我們到達韓國時間尚早，可悠閒來個一夜遊的，無奈時辰已晚肚子也餓只好去找些吃的。兩人出得門來踏著街上薄冰相互攙扶生怕摔跤，兩個街口外的小街有許多小餐館，時間雖晚但食客仍多。踏入拐角餐館，老闆娘招呼我們盤腿上坐，那是個像榻榻米一樣的地盤，擺有四，五張矮餐桌，食客須脫鞋上去盤腿坐地板上。回頭一瞥幸好有幾張正常餐桌，便謝絕了老闆娘好意坐在下面。好在牆上有菜式圖片便看圖說話點了來，卻原來是羊雜燴小湯鍋倒也熱乎乎暖意融融……

　　第二天清晨六點多離開酒店，前臺值班遞給我們各一小瓶燙熱的豆奶，這細小的舉動在寒冷的冬天凌晨讓異國人感到溫暖。可惜計程車司機沒搞清「國際出發」，把我們下在「國內出發」，結果我們又折騰了大半個小時去到「國際出發」，好在我們時間留得寬裕才沒誤了飛機。

　　　　　　＊　　　　　　　＊　　　　　　　＊

　　話說我在機場玻璃門內外遊走，以及反復在高溫的酒店房間出到寒冷的室外空間，感覺就像一塊肉一會兒被烤在炭火上一會兒被浸在冰水中，幾經折騰我已承受不了，回到成都就已感冒，在瓊表姐處找藥吃了幾回勉強把症狀壓了下去，這下子我就可以和他們一起混吃混喝混在一起玩了。

　　照例去都江堰山上的陵園祭拜親人，燒錢紙若干放鞭炮大卷。這是一處樹木蔥籠山水秀麗的風水寶地，祈願逝去的親人們在天上

過得好並保佑世間的我們。

驅車去了青城山，參觀了表兄在山中的花園別墅以及瓊表姐山中的度假屋，吃了山中最好吃的農家飯菜。真是酒香不怕巷子深，汽車在山間小路七彎八拐進到一處很偏僻的簡陋農舍，據說這兒每天車水馬龍慕名而來排隊吃飯。我們來時店家早已打烊，正忙著準備明天的食材呢，可是我們不甘心地纏著老闆娘，老闆娘不得已透露：大廚不點頭我們誰也不敢答應的。接著我們這幫人便轉頭去纏大廚，大廚被纏不過，一刀砍在菜墩上（相當於一錘定音）：好，做就做吧！結果我們就幸運地吃到了豐盛的十大碗或十大盤，計有甜燒白鹹燒白涼拌土雞蒜苗老臘肉糯米排骨等等等……閒聊中得知大廚即是老闆娘家招的上門女婿，大家羨慕地讚歎：招個這樣的女婿上門多好啊，相當於招了個財神……

我們在成都浣花溪公園散步喝茶聊天的下午是個難得的豔陽天，與著名詩人張新泉老師和散文家伍松喬先生共進午餐後，我們沿著浣花溪詩歌大道散步，我與李清照合影時，新泉老師說：爾雅和李清照，你們兩個臉型很像呢！

傍晚依約去四川師大的著名學者龔明德先生處（通常我稱他龔大哥）。他和小夫人陶霞小兒子老語早已在樓下迎候，上樓進到龔先生龐大的私人藏書庫，這是川師專門為他提供的藏書庫，全是龔先生大半生傾其所有辛苦搜尋所得，被他視為珍寶的精神財富。看到龔先生與陶霞老語一家三口其樂融融，我們由衷高興並祝福他們。龔先生問我還是否寫作，我告知本人近來出書一本，贈送對象為要讀我書的人，相當於「寶劍贈英雄」。考慮到他龔大哥藏書巨多，基本無暇讀我書，所以沒打算送他。他一聽就急了：你一定要送來，我不僅要收藏還要我的研究生用來寫畢業論文呢。

＊　　　　＊　　　　＊

　　沒過幾天我就喉嚨發癢嘶啞接著再度感冒然後是拉肚子……這讓我在舊金山家中就擬好的「好吃清單」全部泡了湯。至愛親朋全都奇怪：每天我們吃的同樣，為何我們沒問題你倆卻有問題？再請我去餐館海吃海喝也全被我改寫成去人家裡喝粥。薇帶我去她家附近的祖傳江湖郎中處看病，此郎中年紀不老醫術甚好，診所不大生意興隆。他看我又來了不禁偷笑，因為過去每次還鄉都到他這兒看病，不是感冒就是拉肚子。在這裡須鄭重聲明：本人常年在美國堅持健身房鍛鍊，跳舞游泳桑拿SPA……經得起水蒸火煲，絕非林妹妹般弱似楊柳扶風，在美國一年也難感冒一次，平時不是擔心拉肚子而是擔心不拉肚子。此江湖郎中診斷為：「水土不服」，說你在美國空氣清潔環境優雅已洗淨了肚腸降低了抵抗力，不像我們中國人目前仍百毒不侵……

＊　　　　＊　　　　＊

　　此次回國主要任務是辦兩三件大事，除卻身體不適外，幾件事情辦理卻出奇順利似有神佑。就連貌似神聖竊以為難度很大的「重新結婚」（因找不到原件而補辦）也在一小時內搞定，我們特此存照並在新婚感言留言板上留下「重婚」對聯，本人出了上聯：「嫁漢嫁漢穿衣吃飯」，老公的下聯也不示弱：「娶妻娶妻吃飯穿衣」。我的橫批：「嫁雞隨雞」，他的橫批：「娶狗遛狗」。

　　相對於我的思想觀念，我恐怕是生不逢時。我出生的時代是標榜婦女解放的年代，「婦女能頂半邊天」成了最時尚的口號。可是依我之見，婦女不僅沒被解放，反而是被帶上了更沉重的枷鎖和鐐銬，婦女不是頂半邊天而是頂了大半邊天。因為女人不僅要像男人一樣八小時勤奮工作回家還要洗衣做飯帶孩子……絕大多數女人沾

沾自喜以為自己真的被從家庭中解放出來了，走進了社會成了經濟獨立的個體不再依附於男人。卻沒意識到自己上當受騙了：以前被老公養活只有家庭角色，現在有社會角色不被老公養活卻成了家庭中自帶工資的保姆，疲於奔命身心交瘁，鋼鐵沒煉成黃臉婆就是這樣煉成的。所以回歸家庭是我的孜孜以求，遺憾的是「革命尚未成功，同志仍需努力」。

和老公打個平手沒占到上風，我心有不甘地說：等你發財了我一定要使勁亂花你的錢！他卻像個老夫子似的淡淡道來：高樓萬丈日睡三尺，良田萬頃一日三餐，發財了我也要你和我一樣粗茶淡飯布履平生。

呵，看來真是道高一尺，魔高一丈呢。

夢影留痕記歐遊

　　歐洲是歷史的豐倉。歐洲是藝術的寶庫。歐洲是田園山川之美的總匯。歐洲是萬種風情。

　　歐洲——是我的病與我的夢！

　　想歐洲好多年了，總是不能與之相逢，因為這樣那樣的原因，延遲或取消。

　　身居美國，我的足跡還僅限於美洲與亞洲大陸。多少年來，我在這兩洲之間穿梭往返，為了我們的親人與朋友。

　　三年前當我約先生歐遊時，他瞪著牛鼓眼萬分不解地問我：「為什麼？為什麼你一定要這個時候去歐洲？」在他心目中，可能回中國各地探親訪友更具實質性的意義。在他的反詰下，其間我隨他回了中國多次，並在美國各地遊走。三年後當我再次邀約他歐遊，他居然同樣神情同樣覺得我不可思議：「我就不明白，為什麼？為什麼你一定要這個時候去歐洲？」我終於忍無可忍，實在不明白在他心目中何時才是去歐洲的最佳時機？

　　這個若干年前赤手空拳勇闖美國的男人，如今只想閒坐在舊金山自家院中喝茶讀書曬太陽，而為妻我，卻仍然具有走遍世界的熱情與勇氣。

　　所以有一天，我就正式通知他本人參加了旅行團要獨自歐遊了，他反倒忙不疊地要「親自陪同」。

　　馬上要去歐洲了，心中充滿了期待與嚮往……可是，當我把旅行社發的歐洲七國十三城行程表讀完，還未動身已經膽怯，彷彿已累到快趴下。先生趁機在邊上冷嘲熱諷：「到時不許喊累，誰喊累我就打誰！」

　　＊　　　　　＊　　　　　＊

　　飛機穿越大西洋和白極冰川，像一條拋物線，十小時後把我們從美洲的舊金山帶到了歐洲的法蘭克福。

　　我們從德國的法蘭克福轉機去義大利的羅馬與旅行團回合。上午十時許，飛機平穩抵達法蘭克福機場，起身下機時遇到和我們年齡相仿的一對華裔，一聊才知我們是同一旅行團的團員，馬上結伴而行。

　　因轉機是下午三點五十五，中間有好幾個小時，所以我們四人決定進城逛逛。打的十五分鐘三十歐元去到市中心的法蘭克福中央廣場，有時尚商店漂亮花店精緻點心店，有哥特式教堂，有美麗的萊茵河穿越市區……令人感歎的是街上寶馬平治等高檔車比比皆是，我甚至看到一輛垃圾車也是寶馬。臨街公寓的陽臺小巧精緻有鮮花盆栽，抬頭見一帥哥正斜倚在陽臺喝啤酒，一付悠閒自在的樣子。

　　在羅馬與旅行團回合已是華燈初上。我們是四十位團員的旅行團隊，另加導遊和司機。因不同語言的需要，我們的導遊要講三種語言：英文、廣東話與國語，也就是一路上他說的每一段話都要用這三種語言重複一遍，比起單講一種語言的導遊確要辛苦許多。

　　羅馬是義大利首都和最大城市，也是羅馬天主教廷所在地。古羅馬市集廢墟是古羅馬帝國的發源地及市中心，更是古羅馬帝國市民聚集的場所。鬥獸場建於西元七十二年，是古羅馬帝國和羅馬城的像征，是世界八大名勝之一。那天遇到當地居民反墮胎的大型集會，所以君士坦丁凱旋門內的市場上人頭攢動熱鬧非凡。放眼望去，羅馬的每一道城牆每一塊地磚，都是那麼古老那麼恢弘那麼博大那麼飽經滄桑，見證了這座城市幾千年的風雨變遷與繁華沒落……

*　　　　　*　　　　　*

　　晚上是酒店的意式晚餐，我感覺比美國的義大利餐好吃，怪不得早有人說：美國人最大的本事就是「不信邪」，往往把繁複的東西變簡單，把高貴的東西變平庸，把稀罕的東西變通俗。也曾有朋友對我說過：你在巴黎街頭隨便喝的一杯咖啡都比美國咖啡好喝，那種精緻浪漫一下子就把美國咖啡的粗糙簡單比下去了。為了這句話，後來我真的忙裡偷閒專門在巴黎街頭喝咖啡，品味那種不一樣的感覺。同桌有一對美國臺灣華裔老夫婦，老先生已八十一歲且中風過兩次，看來恢復得不錯，她太太每次旅遊都帶他一同前往，據說去年他們還去了西藏，這種精神真令人欽佩呢。

　　老先生杵著三腳拐杖，需要坐時可支開來像高腳凳，另一隻手則搭在太太肩上，就那樣顫巍巍地走。他太太則舉著IPAD，一路拍照錄影，兩個老人都表現從容。而身為詩人的我先生，卻坐在羅馬街邊感歎：「唉，這十二天還挺難熬的！」我白他一眼：「你這人怎麼這麼沒文化？你把花的旅遊費還我，我保證一腳把你踹回美國！」走累了我也感歎：「人真是奇怪，家裡舒舒服服的床不睡，花錢跑到飛機上去睡；家裡安寧平和的日子不過，跑出來奔波勞累。」看他沒有趁機報復，我開始亂發言：「其實我是有點葉公好龍，人為什麼要用有限的腳步丈量無限的大地呢？現在網路這麼發達，以後人們可以像電腦遊戲那樣在虛擬的空間旅遊，未來真實的旅遊說不定會衰落呢？」這個問題馬上得到他的否定，他認為隨著高科技的發展，真實的旅遊只有越來越發達絕不可能衰落，且旅遊的含義將更為擴展，說不定將是星球與星球間的星極旅行呢，你現在這點辛苦只能算小兒科了。他如是說。

＊　　　　＊　　　　＊

最辛苦的是清晨早起坐了七小時旅遊車到達巴黎的那天，馬不停蹄地遊覽了巴黎聖母院，俯瞰了巴黎市區和艾菲爾鐵塔等處，晚上接著坐遊輪夜遊美麗的塞納河，我們兩個坐在下層船艙忍不住磕睡連連，任憑塞納河水在腳下靜靜流淌……

打完磕睡冒著寒風登上頂層甲板：夜幕中的艾菲爾鐵塔，通體晶瑩輝煌燦爛，像一件完美無缺的藝術品閃閃發光。搭頂的探照燈在城市的夜空掃過，一來一回，劃出兩道筆直流動的光柱，為巴黎這座浪漫的城市平添了更多的風韻。

巴黎聖母院，這座氣勢恢宏的大教堂見證了法國歷史的諸多事件，包括法國革命及帝國和宗教的改朝換代。教堂融合了不同時代的不同建築風格，瀟灑的拱頂、彩繪嵌花的窗、木製厚重的門，雕樑畫棟間數不盡的雕塑……就想起雨果的《巴黎聖母院》，不見了的卻是廣場上勁舞的美麗吉普賽女郎愛斯梅哈爾達、鐘樓怪人凱西莫多、英俊瀟灑卻自私殘忍的皇家侍衛長以及道貌岸然卻心懷鬼胎的副主教……

如果說巴黎是世界上最浪漫的城市，那麼，巴黎聖母院大概是世上最有名的教堂，艾菲爾鐵塔是世上最唯美的建築，塞納河是世上最供人遊玩享樂的河，羅浮宮是世上最多藝術瑰寶的博物館，而香榭麗舍是世界上最美麗的大街。沿著凱旋門望過去，高大蒼鬱的法國梧桐伸向古老建築的陽臺窗戶，彷彿攜帶從前的悠然時光，探頭望出來……

＊　　　　＊　　　　＊

維蘿娜是義大利北部阿迪傑河畔的迷人小城，有悠久歷史綺麗風光和美麗傳說，是莎士比亞筆下羅密歐與茱麗葉的故鄉。

　　到達維蘿娜已是傍晚，穿街走巷進到朱家小院，無數遊人與院中茱麗葉的銅制雕像合影留念。我囑咐先生在外面等我，自己買門票進到樓上茱麗葉家中看看當初的大戶人家。來到二樓陽臺——當年羅密歐深夜爬牆上來與茱麗葉幽會處，騷首弄姿拍照後，先生招手讓我下來。我穿過二樓客廳準備下樓，發現還有樓梯便拾極而上，結果不僅有三樓還有四樓五樓，展示有畫家們關於此故事的繪畫作品、莎翁此劇作的世界不同版本、茱麗葉當年的日常用品衣裙飾物等等。茱麗葉香閨中，床上衣被尚在，壁爐裡餘薪未盡，好像才是昨天，倒不像與我們已相隔幾個世紀。

　　在朱家樓上樓下晃蕩了好久，發完思古之幽情，下樓出門卻找不到自家先生。遊人如織又無手機聯繫，我院裡院外穿梭好幾趟正感事態嚴重，先生卻滿頭大汗急慌慌找了進來。他本來目不轉睛盯著門口就怕我走丟，向陽臺上的我招手後就轉身進背後禮品店，一秒鐘的視線離開門口就不見了我，以為我出去了。在這愛情千古絕唱的地方把自己老婆弄丟總是不大說得過去的事，所以他萬分內疚地在附近到處找我。見到我後如釋重負，他問我是否會離開此地到處亂找？我告知：有個典故不是叫「寧存抱柱信，豈上望夫台」嗎，是說古代有個人在河邊約會，還沒等到對方來，河就漲水了，為不失信，這個人在原地緊緊地抱著柱子，死也不肯離開。結果我們一致約定，以後有類似情況就在不見了的地方不見不散。

　　別了，茱麗葉！在傍晚的維蘿娜，一輪月兒正在升起：「不要指著月亮發誓，它是變化無常的。每個月都有盈虧圓缺；你要指著它發誓，也許你的愛情也會像它一樣無常。」

＊　　　　＊　　　　＊

　　其實，歐洲浪漫的地方很多：比薩的斜塔、歐洲文藝復興發源地佛羅倫斯、名士廣場上米開朗基羅的大衛雕塑以及其他、湖光山

色的瑞士、阿爾卑斯山層巒疊嶂的鐵力士冰川雪峰、琉森湖裡的白天鵝肥碩到我懷疑牠們是否飛得動、義大利名片《甜蜜生活》攝影地之一的許願泉等等……

　　導遊說要背對著許願泉水從左肩扔三枚硬幣許三個願，因當地人們大都信奉天主教終身不能離婚，所以一許找到如意伴侶，二許愛情甜蜜家庭幸福，三許若遇人不淑能找到相愛情人來補充（導遊是個愛開玩笑的人，我差點被他這說法懵了）。他還諷刺：巴黎的男女是帶著棍子麵包和紅酒坐在塞納河邊，你啃一口我啃一口麵包，你啜一口我啜一口紅酒，巴黎人說這是浪漫，我卻說是浪費時間。

　　巴黎羅浮宮有太多的珍藏，大家必欣賞的有維納斯、勝利女神雕塑及達芬奇名畫「蒙娜麗莎」。以塞納河為界分為巴黎左岸與右岸，左岸誕生過無數褶褶生輝的藝術文化大師，右岸則代表商業金融與時尚財富。而「紅磨房夜總會」則把巴黎燈紅酒綠的享樂推到了極致。

　　在荷蘭阿姆斯特丹風車村我才知道風車原來也是有語言的，若指向一點，表示風車主人心情很愉快，若指向十一時則表示主人家有不開心的事，若呈X則表示休息不工作。連阿姆斯特丹紅燈區也是別具特色，她們像模特兒站在一扇扇櫥窗中。

　　還有英國倫敦金碧輝煌的溫莎古堡、白金漢宮、大英博物館等等——人類有太多的歷史太多的文化太多的藝術，置身其中受益無窮。

＊　　　　＊　　　　＊

　　更有水上威尼斯，乘坐獨具特色的威尼斯尖舟貢朵拉漫遊在城市的水巷，曲曲彎彎的河道曲徑通幽，是別樣的韻味。坐完遊船來到岸上的聖馬可廣場，廣場上無數鴿子在遊人腳下悠閒漫步覓食，

卻顯得比遊人從容。

　　廣場邊有露天咖啡座，露天咖啡座有鋼琴提琴等音樂現場伴奏，比坐在室內有額外的收費。我們選廣場外側的位置坐了，有侍者來，我點了咖啡，還沒容我選擇何種咖啡，侍者就匆匆卷菜單走了，我想可能是普通咖啡吧，就像我們在美國星巴克喝的一大杯那種。可是等送上來我才大吃一驚，原來是像玩具樣小小的一個瓷杯子，裡面是黑黑苦苦少少的一口咖啡。我知道這種叫「ESPRESSO」，是非常濃縮而苦的咖啡，過去我一直以為是很資深的咖啡客才喝這種咖啡。轉頭四望，發現每個客人面前都是這樣的咖啡，看來在義大利，這樣的咖啡才被他們認定為普通意義上的咖啡。

　　有人說：義大利的咖啡雖然很苦，可是一旦你喝過了喝久了喝上了癮，那麼其他的咖啡，都會讓你有一種曾經滄海難為水的感覺。

　　就像生活那樣，如果你經歷過苦難，經歷過貧窮，經歷過慌張，經歷過忙亂，那麼，以後的日子，都會是一馬平川。所以，當困難來臨的時刻，不要哭泣不要慌張，總有一天，這些苦難會變成你的財富，只要你不輕易放棄。

　　在歐洲，由南往北，遊了太多的教堂河流廣場宮殿博物館……不好意思地說，由於走馬觀花，我甚至有點把它們混為一談攪成一鍋粥。歐洲彷彿就是由這些組成，由這些千年不變的古老組成。穿梭在歐洲大街小巷走馬觀花，你常常看不到時間的滄海桑田，好像每代人的生活都是一樣，像永遠的春夏秋冬一成不變。所以歐洲不是給人走馬觀花的，歐洲是需要靜下心來潛入它的內心，用自己的心去感受它的心臟與脈博，感受它的古老感受它的時尚，感受它的深奧它的通俗；感受它的高貴與平易……

　　別了歐洲，在晨霧中的英國倫敦機場，遂想起徐志摩，想起《再別康橋》：

悄悄地我走了，正如我悄悄的來。我揮一揮衣袖，不帶走一片雲彩⋯⋯

三人旅行團

　　旅行團由三人組成：團長，財務主管與團員。

　　兒子作為唯一的團員，又是發起人。他以前從來和我們「耍」不到一起，嫌我們BORING（枯燥乏味），這次居然主動提出要和我們一起外出，開車「自駕遊」，像是太陽從西邊出來了，真的讓我們「老倆口」受寵若驚呢。

　　團長剛從美國中部出差一個半月回來，住了一個半月的酒店，吃了一個半月的西餐。其實他心裡只想坐在舊金山自家院中喝茶讀書曬太陽，吃本廚師做的四川豆瓣魚或酸辣泡面。難得兒子有這樣的提議，也為了在暑期結束之前，讓成天都待在電腦旁的兒子抽身出來，所以只好「舍命陪君子」了。

　　這個假期兒子在電腦上幫學校及電影公司製作電影動漫等，頗有一點進帳。當他頭天拿到第一張六百塊錢的支票，第二天就買了一張五百塊錢的電腦椅子，好像他的屁股很高貴。我和他爸只好在他背後擠眉弄眼相視偷笑，小字輩的消費觀就是這樣賺以致用？

　　星期六下午我從舊金山灣區家中出發，兒子從聖荷西租住的公寓出發，約定晚上集中在團長平日的據點——我們在塞林納斯的度假屋，以便第二天早早出發。

　　第二天還未出發，行動計畫就被打亂，因為團員睡到日上三竿還不肯起床，出發只好推遲到下午。

　　整個行程中，團長每天清晨都苦口婆心催促團員和財務主管早點起床，早點出發，多點時間遊覽風景欣賞壯麗河山。團長說你們是出來遊玩的，不是出來睡懶覺的。可團員的理論是：既然是自己開車出來，就應該隨心所欲，毫無拘束才是真正的遊玩，何必把

自己搞那麼緊張？結果平均每天上午十點半才退酒店房間，然後出發。團長不時感歎：現在才體會，原來當導遊那麼辛苦，帶只有一個團員的旅行團都這麼費勁！

　　到達好萊塢時已近晚上九點，整個城市燈火輝煌熱鬧繁華，出乎意料地好泊車，一不小心就泊在星光大道上。人行道上，明星的名字刻在金色的星星中間，褶褶生輝。這是所有闖蕩好萊塢演員共同的追求與夢想。

　　在洛杉磯，見到十年未見的老朋友胡先生，受到他夫婦的熱情款待。早年，胡先生在北京，供職於《中國日報》。當年的《中國日報》英文版用了大半版的篇幅報導我先生，就是胡先生的手筆。那次胡先生出差到成都的採訪也是我們第一次認識與見面，沒想到後來在美國又有了機緣見面。如今的胡先生早已是美國保險業界事業成功的百萬經紀。

　　去年，中國《環球時報》的副總編輯與部主任來美國考察行情，計畫在美國創辦分社。沒想到效率如此之高，他們在洛杉磯的分社已順利運作了大半年。因副總編輯是我先生的同學，所以我們專門去參觀了他們的分社並共進晚餐。席間還有幾年未見的朋友，派駐美國的劉領事女士及其兒子。前幾年他們夫妻來舊金山我家做客時，兒子還沒出生呢。

＊　　　　　　＊　　　　　　＊

　　在拉斯維加斯入住酒店後，當天晚上去看了BALLYS的大型歌舞表演。這種表演我和老公十年前來時就看過，印象裡美輪美奐氣派非凡，可這次怎麼沒這種感覺了呢？老公說是因為我世面見多了。我也不知，就像小時候我吃過的我家隔壁「一口鐘」的包子，這輩子再也找不到那麼好吃的包子了。到底是東西不一樣，還是人的感覺不一樣了？

　　看完表演回來已是深夜，酒店樓下的賭場照舊熱鬧。團長要上樓回房間睡覺了，本人要求留下來玩一會兒「老虎機」，兒子主動說：我在這陪媽媽。本來我純粹是賭機遇打著玩。可兒子偏要先尋根究底搞清楚遊戲規則才讓我玩。他按了「老虎機」上的要求服務鍵，循聲就來了工作人員，這個人搞不大懂又叫來了另一個人。這人用鑰匙打開機器，把遊戲規則一條條詳細解釋給我們聽。兒子提出各種各樣疑難雜問，把人家麻煩「彎酸」夠了，終於總結出：玩這個是完全沒有規律的。結果他在邊上當觀眾看著我玩，時輸時贏，心情也隨之時起時伏，最終結果輸掉一百塊錢。看來真老虎是吃人的，假老虎是吃錢的！這也是團長允許我們輸掉的上線。無奈我們只好打道回府休息。

＊　　　　　＊　　　　　＊

　　可是麻煩來了——賭場太大，我們兩個轉來轉去找不到上樓去酒店房間的電梯，只好回到服務台問。服務生說有兩棟樓，問我們是去那一棟。我們也不知是那棟，只記得辦理入住手續後，走不多遠就是電梯。那就再自己找找吧，可是前後左右來來回回好幾趟，就是找不到電梯，只好重新返回服務台。我突然聰明起來：我手裡不是有門卡麼？我要求服務生根據我門卡在電腦中找是哪棟樓，可服務生說門卡上沒有這些資訊。靈機一動，我想出一個更聰明的辦法：我們是用老公名字登記入住的，我把老公的名字寫給服務生，要他幫我在電腦中查找。可這位年輕帥氣專業味十足的服務生問我們是他的什麼人？答曰：兒子與妻子。服務生彬彬有禮平心靜氣的回答令我哭笑不得又氣又恨：「對不起，我們不能把客人的資訊透露出去，除非他本人在場！」

　　我恨聲問他：那你告訴我，最近的電梯在哪裡？他手朝前方一指：就在STARBUCKS後面一直走過去。噢，眾裡尋他千百度，居

然藏在這裡！母子兩人終於找到「回家」的路，心中鬆下一口氣來。電梯很快到了我們入住的八樓，可是新的麻煩又來了：只記得是八樓，可是八樓多少號房間呢？我依稀記得在「老虎機」前老公交給我門卡時說了一下，是八一二還是八二一？當時忙著想贏錢，沒特別上心。其中八一二掛著「請勿打擾」的牌子，我說：我們還沒回來，你爸肯定不會掛這個牌子，應該不是這間。可是八二一插不開，只好回頭插八一二，還是不開。結果我們倆像小偷，深更半夜鬼鬼祟祟把左右兩邊十到二十號的房間差不多都偷插了一遍，終於有扇門「芝麻開門」了。趕緊溜進去，因為「做賊心虛」。

　　黑暗中，床上傳來聲音：「上樓時，我撿到二十五塊錢！」

　　看來有人因撿到錢興奮得還沒睡著呢。而無形中，我們輸錢的損失又降低了四分之一。呵，呵，呵……

　　可是不要高興得太早喔，第二天趁團員還在蒙頭睡懶覺的時候，本人對團長說下樓去逛逛，逛的結果是把撿來的二十五塊錢又餵給「老虎」吃掉了。團長說像我這樣的品質掌管財務大權太危險，差點要把本人「財務主管」的職位撤掉。可我辯解：俗話說，常在河邊走，哪能不濕鞋。人是經不住考驗的，誰叫你身為團長把團員帶到這燈紅酒綠紙醉金迷的地方！

　　可笑的是，這個老土，長途奔波上千英里，晚上就睡在賭場樓上，他居然一塊錢也捨不得餵給「老虎機」！

　　離開拉斯維加斯後，三人旅行團繼續前行，直奔名列世界八大奇觀之一的大峽谷。兒子是第一次來，而我們已是故地重遊了。

　　與拉斯維加斯燈火輝煌的人工之美相較，兒子最愛的還是大自然的壯美。他被大峽谷的宏偉瑰麗鬼斧神工震懾了，覺得真是「不虛此行」！

不沉的泰坦尼克

　　當我進入這艘豪華郵輪之前，泰坦尼克在我心中只是一個抽象的概念。

　　當我踏入這豪華郵輪的瞬間，泰坦尼克立即在我心中復活，變得鮮明生動起來。

　　原來，泰坦尼克式的奢侈享樂與繁華離我們並不遙遠。

　　這艘十幾層樓高的大船，與其說是條船，不如說是一個移動的度假村。酒店、商場、餐廳、酒吧、劇院、舞廳、卡拉OK、電影院、健身房、游泳池、美容按摩院、賭場、電子遊戲室、圖書館、棋牌室、醫療室、籃球場、乒乓球室、水上遊樂場、小型高爾夫球場等等，應有盡有。

　　我們乘坐名為CARNIVAL INSPIRATION的郵輪。從舊金山出發，飛到洛杉磯長灘機場，然後，從長灘碼頭登船啟程，往南向墨西哥海灣航行，中間經歷兩個島：加洲的CATALINA島與墨西哥的ENSENADA島，其航程三天二夜。

　　船票已經包括所有的食品和不含酒精的飲料。在船上，放開了吃喝，不用再付一分錢（小費除外）。船上有好幾個不同的餐廳，從早到晚，餐廳隨時開放，食品多數都是自助式的，適合不同的口味。那麼多好吃的食物，那麼多誘人的甜品，感覺全船的人像一群蝗蟲，成天都在「嚙，嚙，嚙」不停地吃，對我這種意志力薄弱經不住美食誘惑的人真是一大考驗呢，怎樣不吃或少吃成了「TO BE OR NOT TO BE」這樣嚴峻的問題。游泳池、SPA、甲板躺椅邊等處，隨時有侍者侍奉在側，遞上飲料香檳等等……在船上的這些日子，你就是真正意義上的「有錢人」（兒子私下說：假裝幾天有錢

人），生活的唯一目的與任務就是「享受」。

豪華的度假郵輪航行在大海上，人們悠閒地躺在甲板躺椅上或泡在滾熱的SPA池中，一邊享受著日光浴，一邊啜飲著飲料，真是愜意極了。

舊金山這幾天寒流來襲，我們正好逃開。時令雖值冬天，但郵輪越往南邊的墨西哥海灣越暖和。蔚藍遼闊的海上清風徐來，水波不興，不時有海豚或鯊魚冒出水面，海鷗飛翔或站立船舷，萬物沐浴在暖和而非炎熱的陽光中。我靠在甲板躺椅上，上身搭一披巾，不一會兒，陽光透過腿上絲襪進入皮膚，再滲入血液，你甚至能感到血液中陽光的溫暖，一絲一縷從腿部向全身蔓延開來……

這時候，你什麼都可以想，什麼都可以不想，才覺是個真正自由的人。確切說，這時候，你才真正成了這大自然的一分子，就像海中的遊魚天上的飛鳥，既不種也不收，更不積蓄在倉裡，自有上天養活他們。

＊　　　　　＊　　　　　＊

可是，並非所有人都喜歡「享受」的，對有的苦行僧來說，「享受」就是「難受」的代名詞。

有個人在博客中這樣寫道：「二〇一三年十一月二十三日，出差四周後剛剛返家，又有人要拉著我去旅遊，並承擔全部費用。這次是去坐郵輪。今年五月的歐洲之旅，這位熱愛旅遊的人，在旅途中認識了一對華人夫婦，聽他們說起阿拉斯加郵輪遊，吃得好，玩得好，很是心動，於是，拉著我先去短途體驗一下」。

我想要他ENJOY LIFE（享受生活）。吃完午餐，他想回房間午睡，我說現在是餐後甜點時間，開始喝咖啡吃點心。不一會兒就見他歪在椅子上打起了瞌睡；我又說既然是坐船就應該在甲板上享受日光浴午休，為何要到窗簾低垂黑黑的房間去睡覺？他很不情願

地隨我上到頂層甲板，男女老少膚色各異的人們，全都很享受地舒展身體日光浴，可怎麼看他怎麼難受，蜷縮在躺椅上像無家可歸的流浪漢，弄得我心裡很內疚，感覺有虐待他的嫌疑，無奈只好牽著睡眼惺忪的流浪者回「家」午睡。

躺上軟和寬大的床，我情不自禁感慨，說了一句最不該說的大實話：在床上睡覺好像是要舒服一點哈！結果他馬上借題發揮滿腹委屈聲討我：唉呀，你不曉得當你的老公有多難，讓人家這個椅子上歪著打一下瞌睡，那個椅子上蜷著打一下瞌睡，都不讓好好睡覺。老公意猶未盡接著控訴：不僅不讓睡覺，還不讓人家吃飯！

其實我只是不讓他吃傍晚的BUFFET（自助餐），晚宴才是一天中最正式最講究的亮點和重頭戲。船上有好幾個專門用於晚餐的巨大豪華金碧輝煌的西餐廳，我們的那間餐廳可容納上千人。因客人眾多，晚餐需分兩輪，第一輪六點十五開始，第二輪八點十五開始。我們被排在第二輪，相當於夜宴了。夜宴環境華麗高雅客人們也著裝正式，充滿羅曼蒂克情調。當他傍晚肚子餓的時候就去吃自助餐，胡亂吃飽了他就不想去夜宴了。自助餐雖也很豐富美味，可是與夜宴相比就太粗糙草率，簡直不是一個檔次。

從侍者為你鋪上餐巾到點菜用餐，從頭盤的開胃菜，主菜，吃到甜品，一盤盤一道道吃下來，加上中間侍者們助興的歌舞表演等，耗時約二小時。早有耳聞，船上正餐後的甜品非常美味，所以當我點完主菜就迫不及待地問及甜品，侍者玩笑說，主菜吃完才給你甜品，主菜吃不完就不給你甜品了。當我吃完看上去精緻小巧份量不多的頭盤和主菜後，已撐得不行，但為了不辜負甜品的聲名遠播，還是堅持戰鬥到底。

三天兩夜的度假郵輪海上生活，本人總結出三累：一是吃得累（從早到晚可以一直不停地吃喝，把腸胃弄得很累），二是玩得累（花樣繁多的運動娛樂設施，有天跳舞跳得我髮尖都在滴水），

三是看得累（成天面對茫茫無際的大海，審美疲勞，確也有點無聊）。

　　就想，若一個人太有錢，以至於生活的全部目的，就是想方設法怎樣殺時間消磨時光來享樂，恐怕也是不甚美妙的。「有時候，那種努力工作以糊口的生活可以消除生存的苦痛。『靠汗流滿面你才能賺取你的麵包』——這不是對人類的詛咒，而是一種讓人跟生存相協調的福祉」。毛姆如是說。

絕色，與一棵開花的樹

說起時光如水，已是老生常談。

不經意間，從中國廈門參加「海外華人女作家」雙年會回來，已是好久。

回憶如夢似幻：那麼多來自世界各地的文學姐妹，見了老朋友，會了新朋友。

新朋友D與M，我與她倆曾分別共處一室。雖初次見面，卻似相識相知已久。

夜裡我和D閒話閨房，寂靜黑暗的房間，躺在各自床上被窩裡，不知講了許久許久，直到我起了輕微鼾聲……第二天她頗為不平：奇怪為什麼我講著講著，你就沒聲音了？後來發現你已經睡著了。

我喜歡新朋友D，發現她是性情中人且頗具少女情懷，雖然早已是四個孩子的母親。

文如其人，回來後看她的文字，又如若回到那個夜晚，回到她傾訴的那個愛情故事情景中。

故事美麗而糾結，我感到無力，給不出正確答案。可能好多時候，傾訴並不需答案，而在於面對知己時那種訴說的渴望。

許多時候，我們人類的情感，是一種殺傷力很大的祕密，只能深埋自己心頭，不可以說出。能夠面對正確的人說出，是一種釋放，甚至幸福。

會後她沒和我們一同旅遊，另有計劃去了別處。那天早餐後我回酒店房間，以為她還在，結果人去房空，讓我生出淡淡惆悵，遺憾分別時沒給她一個擁抱。

因了她的故事，遂想起席慕蓉和她的詩《一棵開花的樹》。

席慕蓉教授和余光中先生是我們此次會議特邀嘉賓。因了兩位大家的出席，會議盛況空前。

早上會議開幕式，是在廈門大學克立樓二樓會議室，可我和文友們早餐後去，發現大廳電梯擠滿了人，我們改走樓梯，走到一樓半，樓梯也水泄不通。我正奇怪學生們今早有什麼特別的課要上？卻原來是要參加我們的開幕式，聆聽余光中席慕蓉演講。

為此會務組只好臨時另行安排，改變了兩位大家的演講時間地點。學生們讓出通道，我們才依次進入會場。而下午席慕蓉的演講，聽眾高達六千多，在廈門大學與整個廈門市，掀起文學詩歌的巨大熱潮。

晚餐席間，有幸與席慕蓉老師同桌，與她合影。慕蓉老師說：你的眼睛真美！再看照片，發覺我自己眼睛像貓呢！

> 如何讓你遇見我
> 在我最美麗的時刻
>
> 為這
> 我已在佛前求了五百年
> 求佛讓我們結一段塵緣
> 佛於是把我化做一棵樹
> 長在你必經的路旁
>
> 陽光下
> 慎重地開滿了花
> 朵朵都是我前世的盼望

當你走近
請你細聽
那顫抖的葉
是我等待的熱情

而當你終於無視地走過
在你身後落了一地的
朋友啊
那不是花瓣
那是我凋零的心

　　我意識到，在慕蓉老師這首詩中，「如何讓我遇見你／在我最美麗的時刻」，她述說的是「時刻」，而不是最美麗的「年華」或「年齡」。這讓我想到瑪格麗特‧杜拉斯在《情人》中的描寫：

　　我已經老了，有一天，在一處公共場所的大廳裡，有一個男人向我走來。他主動介紹自己，他對我說：「我認識你，永遠記得你。那時候，你還很年輕，人人都說你美，現在，我是特地來告訴你，對我來說，我覺得現在你比年輕的時候更美，那時你是年輕女人，與你那時的面貌相比，我更愛你現在備受摧殘的面容。」……好像有誰對我說過時間轉瞬即逝，在一生最年輕的歲月、最可讚歎的年華，在這樣的時候，那時間來去匆匆，有時會突然讓你感到震驚。衰老的過程是冷酷無情的……

　　看來，一個女人，不管年青年老，都有自己「最美麗的時刻」，而在最美麗的時刻，遇到自己之心儀，是一種緣分與幸福。

＊　　　　　＊　　　　　＊

　　而與另一新朋友M，一夜「私語」，我和她竟有不願與外人道的「同病相憐」。我們唏噓感慨，惺惺相惜，互相鼓勵。她就是在會上向余光中先生「提錯」問的那個女子。會後大家反而讚揚她問得好，因余老為她的問題生氣之下，竟妙語連珠……

　　會後，我與余光中先生步出會場，嘈雜人聲中，我提高嗓音對余老說：每當我遭遇自然中的最美，不知道怎樣形容，就想起您形容花的美麗「美得令人絕望」──這「絕望」二字用得太絕了，令任何形容詞蒼白無力。

　　余老身邊攙扶他的工作人員接口說：「你講得太好了！你看過余光中先生的詩《絕色》嗎？那寫得更好！」

　　回來我就在谷歌上查到了，果真好詩，現摘錄分享如下：

　　　　若逢新雪初霽，滿月當空
　　　　下面平鋪著皓影
　　　　上面流轉著亮銀
　　　　而你帶笑地向我步來
　　　　月色與雪色之間
　　　　你是第三種絕色

　　　　不知月色加反光的雪色
　　　　該如何將你的本色
　　　　已經夠出色的了
　　　　詮譯成更絕的豔色？

　　我彷彿看到雪原上，那遺世獨立傾城傾國的女子：「北方有佳

人，絕世而獨立。一顧傾人城，再顧傾人國。寧不知傾城與傾國？佳人難再得。」

　　會後遊覽了奇異的泰寧仙境、郵輪大金湖、竹筏上清溪，目擊天穹奇岩，仰望壑壁上一寺凌空的甘露岩寺⋯⋯

　　可惜余光中先生與席慕蓉老師沒去，那山水靈異，群峰爭秀，震懾人的視覺與心靈的美，又該是余光中先生筆下的「絕色」。若是春天，那懸岩峭壁上盛開的，不止是「一棵開花的樹」，是繁花似錦燦若雲霞。

　　而每一片飄零的花瓣，都是一場華美的死亡啊！

到德克薩斯去！

出發！重上旅途！一五八五英里！四天行程。住LOS ANGELS，BLYTHE，DEMING。黑色豐田冠美2013 LE。爾雅的小白車已停入自家院內。要帶走的廚房用具床上用品。房客將給樹木和竹子澆水。一路平安！詩人老程一家。

因為接兒子，中午才出發。路上多處停留吃飯、休息。晚八點才抵達洛杉磯。餐館吃飯後，入住聖蓋博喜來登酒店。明日計畫與幾位老友午餐，然後，奔赴下一站BLYTHE。

午餐後已快兩點。驅車登程，一路向東。沙漠景觀甚是美麗，風力發電機群蔚為壯觀。沙漠中遇見巴頓將軍紀念博物館。最小的郵局，以及仙人掌樹幹。傍晚時分入住BLYTHE的酒店。這裡離鳳凰城已經不遠。加州與亞利桑那州邊界就在五英里之外。今夜我們還在可愛的加州。

今天是五月七日。不僅是爾雅的生日，也是我們舉家移民美國十六周年紀念日。早晨從BLYTHE出發，中午抵達鳳凰城中國文化中心「老四川」餐館午餐。晚上九點抵達新墨西哥州DEMING市，入住酒店。「德明」，好中國的名字！

八日傍晚，順利抵達目的地SAN ANGELO。今天驅車五〇五英里。途中在一加油站買到CLINT EASTWOOD拍攝的影片HEREAFTER。片中有兩三秒的場景在爾雅經營的店前拍攝。導演為此支付了場地費，並和爾雅親切交談合影留念。

五月十日，抵達德州的第一個週六，下午驅車兩百英里，去奧斯丁看夜景。第六街被稱為世界現場音樂之都。夏夜裡音樂滾滾，人流如潮，我們居然順利找到停車位。兒子吃了一份街頭大排檔印

度咖喱飯，很滿意。我們只有比薩可吃。

　　週日上午驅車一小時許，抵達聖安東尼奧，開車逛了市中心後來到「飢餓農夫牛排館」。一大一小兩份牛排，只要三十六美元。餐畢開車三小時回SAN ANGELO。在陌生而遼闊的德克薩斯州，我們一日三城，在美國的大地上自由奔跑。

Larry的寵物

　　從加州舊金山灣區開車出發，沿著美國西南部東進，穿越亞利桑那州，再穿越新墨西哥州，就進入了德克薩斯州。我們到達德州小城聖安吉洛（San Angelo），歷時四天三夜。

　　汽車以近八十邁時速行駛在高速公路，車後備箱裡裝滿了日常生活所需廚具，以及醬油瓶醋瓶辣椒瓶料酒瓶油瓶等等。它們互相撞擊，發出劈劈啪啪庸常生活的聲響，讓人心裡感覺踏實。

　　從繁花似錦的加州到沙漠景觀頗為壯觀的亞利桑那州、新墨西哥州，沿途可見遼闊的灌木叢高大的仙人掌叢，遠處不時有小型龍捲風在沙漠中游走，頗為新奇好看。進入德州，土地開始肥沃，樹木開始茂盛，有許多麥田與奶牛場。原來德州是美國的糧倉與牛奶庫呢！

　　南方氣候十分炎熱，可有次中途下車在加油站休息，天色突變烏雲密佈大風起兮，老公好心脫下外套卻被我婉拒：我從容拿出行李箱中輕便羽絨服穿上，令老公大為驚訝。因裝箱時他總說天氣熱，要我儘量少帶衣服，而羽絨服是我怕他阻止偷偷裝上的，現證明自己太英明了！

　　因老公將在聖安吉洛工作三年，所以到達第二天，我們就與出發前在網上聯繫好的房產經紀人Larry一起去看房子。準備買棟房子，一為自住，二為投資。

　　Larry是典型西部牛仔形象，粗獷壯實肌肉發達。為探聽他作為房地產經紀人是否資深，我聊天似地問他做這行多久了？他幽默笑答：時間不長，才三十年，我還很年輕呢！不過，年近六旬的Larry看起來確實比實際年齡年輕許多。離異單身的他擁有一私人

牧場，主要用於休閒時騎馬玩。他自己家就在城裡最好社區，看房途經，他邀我們進入院中，看他正在自己動手做的小型池塘，水從較高處潺潺流下，水中開了好幾朵睡蓮，是他早上才從別處弄來的；池中色彩斑斕的魚兒們悠閒自在搖擺遊弋。他的寵物是兩條大狗與一隻母雞。一進門，狗們與母雞都跑來在他腳邊轉來轉去，他拍拍摸摸親親狗狗們，狗狗們就玩去了。Larry抱母雞在懷中，不斷地撫摸牠親牠，據說只要他在家，他走到哪兒母雞就跟到哪兒，吃飯時他吃一口母雞吃一口，母雞每天為他下一顆雞蛋。

多年前，到擁有整匹山的一富人家中做客，他家半山腰上蓋了一排雞舍，我原以為是自給自足，可主人說，雞們相當於家庭成員，所以絕不會受到傷害。主人只吃雞蛋，要吃雞便去超市買。

而今天，是我第一次看到寵物母雞，呵呵呵……

飢餓農夫牛排

進入德克薩斯州地界就感覺到了富裕。這從州界邊的遊客接待處就可窺一斑。接待處占地頗大，建築美輪美奐。印象最深的是洗手間，裡面整面牆鑲嵌了彩色馬賽克壁畫：一個西部牛仔牽著一匹馬。而十幾扇洗手間隔門全是光可鑒人的不銹鋼材質，感覺很氣派。

上車準備離開，隨口誇了句洗手間，原來老公也有同感。他特別提到壁畫，說他那邊是個男牛仔，猜我這邊肯定是女牛仔。吔，好像我這邊是男牛仔，而他那邊該是女牛仔？兩人爭執不下，但又不想回去考證，只好不了了之。

車窗外沿途可見大型奶牛場，兒子立即斷言：德州牛排肯定是美國最正宗的牛排！全家達成協議：一定去餐館吃德州牛排。

據說德州最有趣好玩的兩個城市：一是聖安東尼奧（San Antonio），另一是奧斯丁（Austin）。前者有一條河低於水平面，穿城而過。來之前就聽朋友繪聲繪色描述：當年他們旅遊抵達該市時，到處死寂一片像鬼城。可穿越一隧道，豁然開朗，景色優美，活色生香，街頭藝人比比皆是，非常熱鬧好玩；後者則是德州首府，世界有名的現場音樂之都。所以到達目的地德州小城聖安吉洛的第一個周末，我們便開車去呈等邊三角形，約三小時車程的這兩個城市。

週六下午出發，傍晚到達奧斯丁，辦好入住酒店手續後，我們開車外出，在城裡繞來繞去，繞到非常熱鬧繁華的市區，原來這就是有名的六街。長長的若干個街區的六街全是緊鄰的酒吧，每家都有現場音樂演奏，人們喝酒聊天跳舞，整個城市爵士搖滾打擊樂等

等攪在一起混淆不清吵翻了天；酒吧及街上人頭攢動摩肩接踵，像在慶祝盛大節日。漫步街上，我們是全城僅有的亞洲人，三個「老外」完全遊離於這種氣氛之外，像油浮在水面。

回到酒店已近午夜，第二天上午出發去聖安東尼奧，老公溢滿父愛地對懶覺中的兒子說：兒子，老爸今天中午請你吃德州牛排！兒子立即雀躍起來。

＊　　　　　　＊　　　　　　＊

到達聖安東尼奧已近中午，因沒吃早餐都饑腸轆轆，決定先找牛排館，可看似寂靜的市區卻怎麼也找不到泊車位，老公不耐煩起來。兒子去找洗手間，我和他等在街邊車中，他眉頭緊皺十分不解地問：我就不明白，為什麼？為什麼你們一定要在這個城市吃牛排？難道我們不可以晚上回聖安吉洛吃牛排？不都是德州麼？我瞪大眼同樣不解：又不是我要吃牛排，明明是你自己獻愛心許諾兒子今天中午吃牛排的！接著我又提醒：兒子來了，千萬別這樣，不然你們兩個吵成一團，一家人便氣鼓氣脹了。

改變策略，決定找一家郊外的牛排館，網上一查，就查到了「飢餓農夫牛排館」。開車十五分鐘出城，餐館停車場很滿，生意興隆。我們很運氣停好車，很運氣快速入座。兒子點了招牌餐：飢餓農夫牛排，我和老公則點了一家庭套餐。待侍者端上桌，嚇我一跳：兒子那份牛排比在加州吃過的大兩倍，而我們那份又比兒子的大兩倍，還有三大碗蔬菜沙拉、兩大個奶油土豆及鬆軟小麵包若干。看來我們真要當一回「飢餓的農夫」了。

老公左手叉右手刀左右開弓把牛排切割成小條，放進我盤。為防不消化，我慢嚼細咽，覺得沒吃多少已飽，轉頭看他盤裡已空。我驚訝地感慨：我吃好少你吃好多喲！他冷笑：看來我們每人都覺得自己是吃得最少的。我再次驚訝：難道你吃得少嗎？答曰：我一

直在切最好的肉給你和兒子，自己僅啃骨頭而已！再看桌上，兒子那份基本沒動，原來兒子說我們這份更香濃，他爸就不斷切給他。蒙冤得洗，老公委屈地說：五十年才吃一回德州牛排，難道我會不管老婆兒子，只顧自己吃麼？

餐館出來，皆大歡喜。而我遺憾還未看到這城市的獨特。老公不願再開車回去，兒子則說我只對牛排感興趣，其他我都不關心的。

只好打道回府了。

兒子歐遊歸來

　　暑期，兒子既想去中國，又想去歐洲。

　　我建議他去歐洲：一是歐洲他從未去過；二是私心裡覺得，他去歐洲比去中國更讓我放心。

　　在歐洲，他是一個講流利英語的外國人；可在中國，他看上去是中國人，但沒中國人的思維與溝通方式（既講不好話又認不得字），像剛從外星球著陸。

　　這不，兒子從美國去歐洲遊歷了一月餘。

　　他本該昨天返家的，可錯過了飛機。自我中心的人，以為連飛機都會剎住腳一直等他。

　　好在機場工作人員為他安排了第二天的航班，代價是罰款不菲。

　　這人在歐洲瑞士登機，在美洲舊金山著陸，從頭到尾沒來一個電話。傍晚就突然進了家門，站在你面前，笑嘻嘻的，給了你一個長長的大大的擁抱！

　　他在瑞士好友菲力浦陪同下，遊歷了大半個歐洲。兩個陽光男孩！

　　他說收穫與體驗頗多：許多有趣的事，許多有趣的人……

　　他在歐洲各處時，發到微信上的照片，閃閃爍爍的，看也看不清，據說是立體照片，反正我沒弄懂怎麼看，只當是報平安的資訊。

　　他喜歡咖啡，乘地鐵去舊金山機場時，他帶了兩打美國的罐裝咖啡，一打準備自己喝，另一打是送給朋友菲力浦的見面禮。這一「沒見過面」的舉動被他見多識廣的老媽──我，取笑：呵，兒子，告訴你，歐洲街頭任何一家咖啡店的咖啡，都比美國咖啡好喝！他懷疑地看看我，繼續低頭用手機在網上查詢。當確信這種東

西不許帶上飛機，才戀戀不捨交給了我。害我下車時，徒手抱著一大堆咖啡回家。

我的「見多識廣」，不久就被他證實：從美國帶咖啡到歐洲是多麼可笑的舉動！而他還特別指出：歐洲咖啡店的點心既精緻又美味！

在德國街頭咖啡店，邂逅了一漂亮女孩，喜歡喝咖啡，喜歡旅遊，分別時互留了Facebook（臉書）。

在歐洲的最後幾天，是在菲力浦家中休息和在瑞士山中露營。

菲力浦的祖父在瑞士山中有一空置的小木屋。他們去露營，住在木屋中，點油燈，劈木材烤火，水管裡很少的水……這對平時生活在現代文明中的他，確是特別的體驗。

菲力浦父母熱情接待了這個外國小夥子。他們講德語和英語。小夥子說：他媽媽人很好，但跟您一樣，太囉嗦，一會兒問要不要這樣？一會兒問吃不吃那樣。唉，這身在福中不知福的傢伙！

他家種了許多藍莓，從地裡直接採了來吃，新鮮多汁。兒子告訴菲力浦媽媽：我媽媽在院子裡種了好多果樹，有蘋果、櫻桃、李子、橘子……他媽媽就很羨慕：我們這裡氣溫太低了，種不了大的果樹。

兒子說：他媽媽非常喜歡那塊布，讚美它太漂亮了！她家正好有一張大小相當的茶几，他媽媽就把布鋪在上面。

哦，我恍然：是我讓兒子帶去送給菲力浦媽媽的中國桑蠶絲圍巾，很大的正方形，耀眼的不同層次的寶藍色，繪有大朵富麗妖豔牡丹花。就因太美了，平時沒捨得用，這次正好用來做禮物。

因圍巾標籤上是中文，所以她不知道其用途。我對兒子說：你讓菲力浦轉告他媽媽，是圍巾不是桌布。

兒子答曰：沒必要，如果她用來當桌布就很高興了，為什麼一定要用來當圍巾呢？

　　兒子歐遊歸來後，評價是：歐洲人比美國人友善；歐洲女孩比美國女孩漂亮。

　　看來：「生活在別處」，此言不虛。

德州去復來

「有朋自遠方來。那人說，是走親戚。帶來一隻板鴨，要帶走幾條乾魚、臘肉、核桃，和德州的幾朵雲彩。」老公在微博中如是說。

耶誕節當日，從舊金山打「飛的」去到德州小城聖安吉洛（San Angelo）。與老公約會，他被派駐那兒工作。

晚上飛抵達拉斯，老公從住地開車四個多小時來接到我，入住希爾頓酒店。第二天在網友香港牛仔的陪同下，吃小肥羊火鍋，車遊達拉斯，然後在華人超市採購，滿載而歸聖安吉洛。途中不小心超速，被員警攔下卻被放過，沒吃罰單，非常幸運！

聖安吉洛一日閒：早晨一杯咖啡，看河，河對岸的豪宅；中午一頓火鍋，兩杯酒，一陣酣眠；下午看湖，看湖岸的鷗鳥和荒林的野鹿。暖陽如春，浮生少閒，無所事事一天。

接連兩日豔陽，逛遍了小城，便坐在自家院中曬太陽，也曬老公自製的臘貨：乾魚、醬肉、臘雞……用錘敲吃德州隨地可拾的核桃。

人不留客天留客。如果天公作美，三十一日上午我們應該驅車去三小時車程外的聖安東尼奧，遊玩後入住機場假日酒店，元旦清早送「客」回舊金山。可早晨起來天寒地凍，氣溫降到華氏十九度，道路全部冰凍，人走摔跤，車走打滑，無法剎車，只好從兩個街口外開車返回。上自家車道時，因坡道打滑，汽車無法前行，墊了車輪還是不行。靈機一動，用幾桶熱水化冰，立刻奏效。

立刻打電話取消預定的酒店，幸好歸因於氣候原因，未收罰款；改機票，竟然要收兩百美元罰款，補兩百多美元機票差價。盤

算一下，還不如重訂一張划算。於是立刻行動，在網上訂到最後一張幾日後的廉價機票。

安排好「客人」的回程後，我們在暖氣充足的屋子裡吃熱騰騰的重慶麻辣火鍋。呵，呵，好在無論吃多少天都不要錢。

擁被高臥，任外面天寒地凍，雪花飄落⋯⋯

＊　　　　＊　　　　＊

臨時起意，上週五從加州舊金山灣區出發，乘機轉機，去德克薩斯州小城聖安吉洛「走親戚」。實在無啥見面禮，便從家中小院採摘柿子若干。到達目的地，見我家柵欄旁一樹石榴果實累累，忍不住摘而食之，可惜季候未到，甚酸。

週六上午，驅車六、七小時，造訪休斯頓，途經小城鎮若干，一路藍天白雲，平原廣茂，牧場遼闊，地大物博。中途在聖安東尼奧午餐。傍晚時分到達老朋友魯華家，主人已備好一桌佳餚，喝酒聊天，相談甚歡。

第二天開車去休斯頓市中心遊玩。因是美國勞工節長週末，占地頗大綠樹成蔭的赫曼公園，竟車位難求。值得一提的是，朋友家附近就有散步上好去處，既有小樹林又有湖泊，負氧粒子很豐富。

週日傍晚赴陳瑞琳家晚宴。她是著名作家與評論家。對推動與介紹當代海外文學與作家功不可沒。席間，她讀了一段她的散文《禪意臺灣》，係二〇一五年《人民文學》獲獎作品。此段寫我們在北京機場轉機時的巧遇：「看見前方一家已開張的咖啡店，走近一看，只坐著一個清秀的女子，再一看，卻是來自舊金山的女作家爾雅。真是一番驚喜，因為她也是去臺北參加海外女作家協會的第十一屆年會⋯⋯」

瑞琳的文字，又勾起我對那次臺灣行的回憶。想起我寫過的文章《碧潭黃土掩碧血》：我的舅舅，埋在了臺灣，他是空軍軍官。

週一長途返程，回家下午四時許。稍事休息後，去河邊釣魚。僅釣得小魚一條，晚餐時，主人烤之，客人食之。

＊　　　　　＊　　　　　＊

情人節約會「執政黨」。經過一夜從加州到德州的乘機轉機，「夜鷹」把面色困倦蒼白，披頭散髮的我，馱到了約會地——德克薩斯州的小鎮聖安吉洛。

我給他的見面禮：左手一隻雞（臘雞），右手一隻鴨（板鴨），還有一隻胖年糕。

舊金山機場安檢時，安檢人員如臨大敵拎出這塊年糕，我告知是中國新年糕點。好幾個工作人員圍攏來，把年糕前後左右查看，最後笑還與我，問：是甜的嗎？

迎接我的玫瑰花，美麗浪漫得不像真實的他。只是嬉戲情人節晚餐太差，害我差一點連夜逃回舊金山。哈哈哈……

（他同學回貼：「龍蝦還差？難道想吃龍肉麼？」）

話說美國：好山好水好寂寞。地處美國西南的德州小城聖安吉洛愈加寂寞。這裡百分之九十九均為白人。幾乎見不到華裔面孔。

我所居住的舊金山灣區，文化多元，族裔眾多，四季如春，鮮花盛開。可這裡是樹木蕭瑟，曠野無邊，地廣人稀（昨天，我在曠野散步，把信用卡遺失，幸而在草叢中找到）。怪不得他在此處購置的「豪宅」，其價格才是我舊金山「蝸居」的零頭。

傍晚，在家附近新修的步道散步，此步道被他命名為「發財步道」，而此公園就順理成章為「致富公園」。

雨後，空氣濕潤，氣溫適宜；視野廣闊，叢林無邊；萬籟俱寂，唯聞鳥聲；落日絢爛耀眼，晚霞與孤鷺齊飛。步道中幾座小石橋，橋下流水潺潺，曠野之美，令人流連。

我主觀上喻之為：鳥不生蛋的地方，其實錯也。這裡是美國的

糧倉棉倉奶庫及石油產地，土地肥得冒油。這裡的居民，可能大多沒去過舊金山紐約等「大都市」。但感覺他們未必嚮往。這裡少有外來流動人口，所以治安良好。居民們安居樂業，和平安寧，在這片土地上過著幸福的生活。

對於被派駐此地工作的他，平日找不到另一個講中文的同類，確實寂寞。所以，他在自家院中，種了三棵果樹陪伴自己：蘋果，李子，無花果，成等邊三角形。

他上班去了，每天上午，我坐在這三棵樹中間：陽光和煦，麻雀喳喳。我喝茶，讀書，上網，倒頗自在。

下午，我散步去星巴克，約十五分鐘。路不遠，但奇怪的是，小城的街道並無人行道，害我磕磕絆絆從人家門前的草坪上走。舉目四望，車來車往，全城恐怕也只我一位行人。

坐在露天咖啡座，看車，看街景，看不多的人。

＊　　　　　＊　　　　　＊

週日上午開車外出，天氣陰冷，樹林蕭瑟，沿路風景，彷彿呼嘯山莊。

看到德克薩斯廣袤的棉田及倉庫。收穫過的田邊地頭有好多細碎的棉花，像雪花。棉花枝頭上也殘留了些棉花。我問：明年這些枝頭上還能長出棉花嗎？答案是否定的。

聖安吉洛的湖邊，許多房子臨水而居，主人有自己的機動船。也有可租借的小船與載客輪渡遊湖。岸邊有沙灘的湖，是設定可游泳的區域。可惜時令尚早。湖中悠遊的，是：「春江水暖鴨先知」的野鴨。我在蘆葦叢中找鴨蛋，未果。

進入聖安吉洛的老城區，衰敗破落，街道店鋪死氣沉沉。而河濱公園卻人氣頗盛：散步的，玩耍的，垂釣的，野鵝閒庭信步，美人魚在水之湄……

他說，辛苦你來寂寞的聖安吉洛做客。為盡地主之誼，我儘量把節目安排豐富。

每週二，是附近電影院半價票優惠。所以他請我看電影《荒野獵人》。他已看過，說是年度大片，十分驚險好看。

快開映時，我正想表達對陪看者之謝意。他卻說：看我對你多好，看過又賠看。我白他一眼，笑道：什麼語言是畫龍點睛，什麼語言是畫蛇添足？對一個寫作者來說至關重要！

電影的大自然畫面很美，但因了故事情節的血腥刺激，而變得沒能欣賞。相較，我還是喜歡浪漫優美溫馨的電影，比如《遠離非洲》《青木瓜之戀》……

德州以產「牛仔」著名。在美國久負盛譽的「聖安吉洛年度騎術錦標賽」，昨晚在本城運動館舉行第八十四屆比賽，來自加拿大和美國的牛仔們各顯身手，運動館人聲鼎沸，熱鬧非凡。

比賽分「馬鞍顛」、「牛背顛」、「套牛追」、「摔牛追」、「捆牛追」、「馬繞圈」等多項，妙趣橫生，現場口哨聲、吶喊聲不絕於耳。一場由牲畜展演變而成的騎術大賽，可以連續舉行八十四年而無中斷，成為聖安吉洛最有名的傳統節目。

有幸若我，此次巧遇本城盛事。也是難得的經歷與體驗。

他請我吃牛排。這是德州最有名的牛排連鎖餐館：「德州路邊屋牛排」（Texas Roadhouse Steak）。

我們點了：「仙人掌開花」（炸洋蔥）和一大份外焦內酥的牛排。餐館附送香軟的小麵包和一筒炒花生。食物香氣撲鼻，可是份量之大，我倆隻吃完一半，另一半打包。

飯後去聖安吉洛州立大學，消食與夜逛。此大學建立於一九二八年。學生中心的長廊裡，懸掛著留學生們的各國國旗。有學生在打檯球與跳舞。山羊是本城的標誌，校報即為《公羊報》。

穿過活動中心的後門，是空闊靜謐的校園。草坪間，濃蔭華蓋

的大樹比比皆是，酷似榕樹。看上去樹齡不小，我猜是建校之初種植。真可謂：前人栽樹，後人乘涼。

抬頭望月與滿天繁星，感歎：古人曾見今時月，今月曾經照古人啊。

承蒙主人熱情款待：吃龍蝦，吃牛排，吃海鮮自助餐，吃義大利餐……吃得主人阮囊羞澀？便藉口割後院草坪，採下一大把野草（薺菜），加上散步時野地採的莧菜，做為本兔之晚餐。我說憶苦思甜，他曰健康食品。

給院中果樹澆水，奇怪早春二月將盡，還未吐苞？突想起舊金山我家桃樹，離家時已腥紅點點：呀，待我回去，是否已錯過花期？那人在邊上竊笑。我以為幸災樂禍，他卻說：難道看一朵花超過看自家老公？答曰：不是一朵，是幾樹！

他便作打油詩：「客回加州心情急，生怕誤了李花期。李樹本是我手植，為修房子數度移。可喜春天我不負，鵝蛋李子甜如蜜。且待盛夏六七月，一樹紅果壓枝低。」

本栖寺的月

　　本栖寺座落於日本山梨縣境內，位於本栖湖旁邊，本栖湖則在富士山腳下。

　　富士山腳下有五個湖，分別是山中湖、河口湖、西湖、精進湖和本栖湖。其他幾個湖都被開發成了旅遊景點，唯本栖湖依然保持其自然原貌，少有人跡，像個世外桃源。

　　那天下午，我們北美華文作協一行人，從東京附近千葉縣啟程，旅遊大巴士穿過東京市區的繁華熱鬧，穿過寧靜古老而潔淨的小鎮，穿過一個果園與玉米地，漸行漸遠，漸行漸黃昏，漸行漸遠離塵囂，約三小時後抵達了佛光寶地本栖寺。

　　本栖寺，是星雲大師之佛光山設立在日本的一個道場。「仁者樂山，智者樂水」，依山臨水的本栖寺，要山有山，要水得水，山清水秀，靜謐怡人。

　　待安排好寺內房間收拾停當，夜幕降臨，本栖寺罩上了一層神祕的面紗。

　　此時，寺中山門尚未關閉，有文友提出寺外走走。雖然主持師傅說，最好不要外出，怕遭遇野生動物。但仗著「人多勢眾」，一行六人便走出山門，沿著湖邊公路散步開來。

　　從城市鋼筋水泥的叢林中出來，此刻，朦朧的山色、斑駁的樹影、細微的水聲、偶爾的蛙鼓、夜的深沉黑暗……均讓我們交談時壓低了聲音，生怕驚擾了這大自然的安然祥和，也令我恍惚：不知身在何處，今夕何夕？

　　公路左邊，是陡峭的山壁，山壁上端，兀立著幾棵巨松，像是這山與天之間的剪影。因背景被黑暗隱去，竟有些像我在美國加州

蒙特雷十七英里黃金海岸看到的景致。公路右下邊，即是本栖湖。
我們沿著湖邊圍欄走，「夜色多麼美，心兒多陶醉」，湖對岸的富
士山，夜霧籠罩，像一位神祕而害羞的新嫁娘，藏而不露，只待那
特定時刻的驚豔。

＊　　　　　　＊　　　　　　＊

　　可是此刻，令我驚豔的，是湖對面左上方，鑲嵌在烏雲邊緣，
那小小的一輪———一輪美麗的紅月亮！

　　開初，我沒反應過來，還誤以為是日出。據科學解釋，紅月亮
的產生，是光線的折射作用。太陽光通過地球兩側的時候，波長較
長的紅色光線通過折射照射到月亮上面，再從月亮上反射到地球
上，讓陷入黑暗中的人們看到紅色的月亮。一般只是發生在月全食
時，平時極難看到。

　　湖水倒映著血紅的初月，月色迷蒙，湖面閃爍著金光。同行的
小曼美女由衷讚歎：太美了，太美了，我要跳了，我要跳了……小
曼不是詩人，卻吟出了最激情浪漫的詩。我頑笑慫恿：跳呀，跳
呀，說不定有英雄救美呢。

　　小小的，圓圓的，紅紅的，像一顆跳動的心臟，若捧在手心，
你定能感受到她胸腔的溫度與博動的力度。這樣熱情溫柔又堅定的
一顆心，為追求自我完善，表達對天穹闊大胸懷的愛戀，她在努力
掙脫烏雲的束縛與羈絆，一點點地漸離黑暗空洞的底色，向上游
走，可烏雲緊隨其後，圍追堵截，一點一點地遮蔽她，讓她光線柔
弱，繼而陷入完全的黑暗。

　　我站在湖邊圍欄，凝注這輪紅月與烏雲的戰爭。我之剪影，也
隨著月的勝利或挫敗，時而明亮時而暗淡。

　　不一會兒，紅月穿破了烏雲，她柔弱的光線變得明亮，可她的
面色也蒼白了許多。這時，背後有文友感慨：看，爾雅的側影，在

月的襯映下多美！正忙著跟蹤拍攝月亮的文友典樂，馬上調轉她專業的長焦距鏡頭，記錄下我與月的合影若干。

＊ ＊ ＊

文友典樂，不管她寫詩與否，都是個真正意義上的詩人。今夜，她詩心滿懷地從不同角度不同時段，用像機捕捉月亮之美；平日她與朋友或家人走入大自然，不經意間便落於人後。因她在認真地看一朵花或一棵草。而經她看過的花，總是：你未看此花時，此花與汝同歸於寂；你來看此花時，則此花顏色一時明白起來……

這令我想到美國著名女藝術家喬治亞‧歐姬芙的花卉系列，在寫實中加入抽象的意識，充滿美感與詩意。她以大幅的花朵佔據整個畫面，是因為：沒人真正仔細看過一朵花，它是如此之小，人們沒有時間，而觀看需要時間。我把它畫得很大，人們就會大吃一驚，花點時間去注意它……而這一注視，卻令人們看出許多的意外與驚訝。

平日裡，我們繁忙浮躁到沒時間看一朵花。在禮佛之地本栖寺，與一場美麗的月出邂逅，神定氣閒地欣賞與解讀這大自然之奇妙，這是怎樣的緣份啊！

不知想了多久，紅月已一次次破雲而出，一次次成長壯大，紅潤的面色卻逐漸消褪，一次比一次蒼白倦怠，我不忍地低下頭，為她的憔悴難過，真可謂：見花落淚，對月傷懷。

不知過了多久，當我再度抬頭看月，卻又被驚呆了：她已遠離烏雲，高掛天空，清輝傾瀉蒼穹。月與天，像相依相偎不離不棄的一對有情人。月亮先前的蒼白已嬗變成了皎潔！我心裡默誦起來：

江天一色無纖塵，皎皎空中孤月輪。
江畔何人初見月？江月何年初照人？

　　今夜，雖不是張若虛千年前的「春江花月夜」，卻也與千年前一樣美麗。

山梨縣的雨

我們到達日本東京的當晚，導遊發給大家的見面禮：一隻巨無霸的梨及一隻橙色的硬柿子。

柿子清脆香甜，十分可口；那顆梨卻不敢獨吃，因實在太大，只好幾個文友約定，今天分吃這隻，明天分吃那隻。剝開棕色果皮，裡面白皙透明，咬一口，汁水直流，細膩柔滑，美味無比。

不經意間，看到水果箱裡剩有一掛紅瑪瑙似的葡萄，晶瑩碩大，美得像假的工藝品。誘人禁不住，這人悄悄摘一顆，那人偷偷掐一粒……待導遊驚覺，其私有財產已損失過半，呵，呵，呵……

導遊告訴我們，今天吃到的，梨與柿及葡萄皆是山梨縣特產。所以，我們還未目睹山梨縣芳容，已嘗到山梨縣味道。這與「聞香識美人」大有異曲同工之妙。

山梨縣位於日本本州中部，是富士山所在縣，森林資源豐富，是日本重要的水果生產地區，號稱果樹王國。其氣候為內陸型，季節溫差較明顯，降水量較少。我想，其水果甘甜如許，怕是與降水量少有很大關係，糖份都儲存於果肉，沒被過多的雨水稀釋。

我們北美華文作家協會日本文化之旅，在東京集結後，第二天將前往本栖寺，而佛光寶地本栖寺就位於山梨縣的富士山腳下，本栖湖旁邊。

旅遊巴士進入本栖寺，星雲大師的塑像迎向來路：「佛光永普照，法水永流長」。幾尊小沙彌石雕，練武的模樣姿勢十分有趣可愛，逗得人也想跟著拳打腳踢起來。不久入夜，寺內住宿樓素潔淨，山寺清幽，旅途勞頓，一夜酣眠。

凌晨約六時醒來，睡眼惺忪中，透過小窗，遠山如黛，煙雨瀟

瀟。院中樹木青蔥，花草扶疏。屋檐上墜下一串串的雨點兒，濺起許多小水珠子。屋檐下的臺階斜坡，覆滿青苔：「苔痕上階綠，草色入簾青……」原來，少雨的山梨縣，迎接我們的，竟是一場淅淅瀝瀝，溫柔無比的夜雨！

　　撐著油紙傘，踏著濕的碎石小徑，雨的清涼沁人心脾。寺中蒼松翠柏、楓樹梧桐，依然朦朧。進到莊嚴宏偉的華嚴寶殿做六點半的早課，體驗禮佛頌經和反觀自心。

　　華嚴寶殿外觀像一柄巨傘，庇護眾生。整個建築由從內至外的四根斜柱支撐，殿內無任何橫樑與支柱，意為：四大皆空。

　　這是個能容納千人的禮佛大殿，大殿正中幾十尊佛像高踞蓮座，金光閃閃，拈花微笑，俯臨人間。蓮座下燭光青煙繚繞，僧尼唱詠，信徒俯首。此時木質門窗外的大自然，晨曦微露，萬籟俱寂，唯雨聲細緻，鐘磬經文聲中，頓覺心無掛礙，清淨自在。

　　聽到打板聲，就知道要用膳了。本栖寺位於二樓的餐廳闊大明亮，落地式窗戶，令窗外景色盡收眼底。我坐在面窗的位置，一邊享受可口營養的素食料理，一邊欣賞湖光山色中山梨縣的雨。如絲如縷的雨水從天而降，雨點小，雨簾密，卷起一陣陣輕煙，煙雨迷漓，如夢如幻。本栖湖對岸的富士山是看不見了，而近處的湖與山似披上了蟬翼般的輕紗。

＊　　　　　＊　　　　　＊

　　日本茶道的精髓，在於「和、敬、清、寂」四字，是日本茶道與禪宗結合的總結。最末的「寂」字，是平靜寂然的境界，隔絕俗世紛擾，專心當下。所以，依我之見，室內的日本茶道，若有室外的一簾雨意，才必是絕配。有幸若我們，上午在寺內的日本茶道體驗，正是如此情景交融，甚合吾意。

　　日本茶道的「一期一會」理念，是認為：當下的每個情景，每

個神情，都應珍惜牢記，因當下一閃即逝，獨一無二，沒有兩次聚會是完全一樣。這倒像西哲的名言：人不可能兩次踏進同一條河流。據說，日本茶道文化，原本是經由中國唐朝傳入。

當我們專心打量眼前茶具，卻發現有坑紋或缺口，這也正是日本美學追求的「侘寂」，提醒人們，世上並無任何完美無缺。有生命力的事物，總會因生命多變的本質，而令人難以完全掌握。

相傳舊時，豐臣秀吉到茶聖千利休家品茶與賞花，發現茶園中大片美麗的牽牛花被盡數剪去，豐臣秀吉大為惱怒地踏進茶室，卻見陳設簡單的茶室中，一株牽牛花獨放，花仍帶露，清新脫俗，令他神清氣爽。而千利休所要表達的是：人何需看遍所有花，只見一株，反而更能欣賞其獨特的美。這又令我想到中國文化中：「弱水三千，我只取一瓢飲」的共通理念。

在本栖寺，下午是日本和服文化講座與和服試穿。日本和服寬鬆修長，典雅豔麗。東瀛女子並非天生麗質，她們既沒歐美女人高大，也不及中國女人身材勻稱，但一襲絢爛、飄逸的和服，一藏一露，一放一束，既掩飾了某些先天不足，又凸現出東瀛女性獨特的魅力。

這理念，倒有些像此刻窗外如煙似霧的水墨畫，淡墨輕嵐，水暈墨章，濃淡有致，層層渲染，意境豐富。日本女人一穿上和服，立即出落成一個嫵媚嬌柔，儀態萬般的美人。

當我穿上和服，立於二樓窗前，像個深居閨閣的舊時日本女子，山梨縣的秋雨，竟不分時代與國籍地，給人心上平添幾許寂寥惆悵：

守著窗兒，獨自怎生得黑！梧桐更兼細雨，到黃昏，點點滴滴。這次第，怎一個愁字了得！

京都物語

　　京都是世界聞名的千年古都，是日本文化保留地，頗具東瀛特色與風情，也是日本人心靈的故鄉。

　　在京都，有許多神聖莊嚴的寺廟神社，人們在寧靜安詳的古寺中祭祀神靈，祈福許願，修身養性，以達到內心的純淨平和。與之相反，京都花街夜生活的尋歡作樂，風月場的浮華奢靡，又滿足人們身體的感官享受。所以，京都是日本社會的濃縮，一個充滿了魅力，五光十色的矛盾體。

　　此次秋遊日本，無緣於春天的櫻花，但秋季的楓景卻十分誘人。東瀛的魅人之處還有許多。富士山與金閣寺及藝妓，並稱為日本的「三大名片」，係日本國寶。

　　到達京都金閣寺那天，巧遇中國長假，一輛輛旅遊大巴士魚貫而來，使原本清靜的佛地金閣寺人湧如潮，摩肩接踵。但建於碧綠的鏡湖池旁，圍欄中的寺閣只能遠觀，不可近靠，如一位遺世獨立的佳人，任人頂禮膜拜。

　　金閣寺最初是幕府將軍足利義滿的私人佛堂與藏經樓，建築精緻玲瓏，端莊方正，金箔外牆，四角飛簷，頂端像徵吉祥的金鳳凰，是京都永恆的精神象徵。

　　若說金閣寺美如大家閨秀，銀閣寺則是素樸低調的小家碧玉。銀閣寺的寺閣並無任何銀飾，除非冬天銀裝素裹的天然雕飾。其時，庭院間小徑已不復見，綿延的山寺「千山鳥飛絕，萬徑人蹤滅」，更添靜謐寂然禪境。

　　在銀閣寺，我第一次看到並認識了枯山水。顧名思義，枯山水既沒山，也無水，而是用山石和白砂為主體，用以象徵自然界的各

種景觀。日本藝術講究精緻，追求內在涵義勝於外表。其獨有的枯山水，被譽為日本庭院藝術的最高峰。

清水寺為京都最古老的寺院，山間小道楓林蔽日，漏下細碎斑駁的光影，楓葉開始有層次地泛紅變黃，可惜時為初秋，並未層林盡染。

清水寺廟宇高踞群山之巔，深殿廣廈，闊柱寬簷，結構巧妙，氣勢恢弘。大殿延伸出的清水舞臺，據說是為邀請天上諸神觀戲。而山中一日，世上千年。神仙們一日之中便可看盡世間千年戲劇，善男信女們怕是來不及彩排呢。但人世間的悲歡離合，因緣際會，喜劇悲劇，正劇鬧劇，哪一齣，又由得人來編排，還不是上天註定？

我在清水寺求得一籤：大吉。「但存公道正／何愁埋去忠／松柏蒼蒼翠／前山祿馬重」。我一直相信，冥冥之中有主宰，人能改變的，僅是上天允許我們改變的部分，其餘皆是命定。正所謂「謀事在人，成事在天」。

＊　　　　＊　　　　＊

那天傍晚，我們遛躂至花見小路。花見小路，很美的名字，是京都祇園南北橫貫的神祕小徑，自古便是全日本憧憬的夜生活尋歡地。日語中「花見」即賞花。而此花非彼花，是特定的美人如花——藝妓。

花見小路主街遊人如織，十分熱鬧。雖不時見一些和服女子，但神態韻味均感不對，後反應過來，是同為遊客的裝扮體驗。我們被旁邊的小街町細窄巷吸引，深入其中。

此間十分清靜，保留了日本江戶時期的古民宅建築，門面精巧，房簷低矮，小花細草，自有味道。有許多各具特色的小茶室與居酒屋，有的門邊豎有藝妓表演廣告及招貼畫的小木牌，有的懸掛

「舞妓」字樣的紅燈籠。燈籠微明，有燈光在紙窗後柔和地閃爍，半截花布簾子的木門後，給人「猶抱琵琶半遮面」之感。

漫步花見小路，令人想起美國作家亞瑟‧高頓的小說《藝妓回憶錄》，以及章子怡主演的同名電影。小千代子捧著會長送給她的錢幣，跑去神社許願，「篤篤篤」的木履聲急響。她跑過伏見稻荷大社的千本鳥居，千本鳥居金桔色的美麗通道深邃綿長，像千代子綿延細密的心思。這個她生命中最重要的人，被她奉為偶像式的男人「會長」，與後來成為藝妓的她，展開的是一場精細絕倫卻帶殘缺之美的愛情。花見小路，即是電影主要外景拍攝地。

突然，驚鴻一瞥！從前面右巷中，翩然飄出一位藝妓：華麗的寶藍色和服，長長的紅色垂帶，開得很低的和服後領；高高髮髻上插著頭飾，粉白的臉上點綴著猩紅的嘴唇與黑亮的眉眼。她踏著厚厚的木屐，腳步細碎，足音清脆，目不斜視，旁若無人，迎面款款走來。

在這暗香浮動的黃昏，寂寥無人的小巷，剎那間，時光倒流，恍若隔世。我用殘存的意識舉起手機，想拍下這驚鴻一現。這豔光四射的藝妓，臉上卻掛著揮之不去的愁情，似一縷來自古畫的幽魂魅影，穿越長長的時空隧道，轉瞬間不知所蹤……

作為遊客，我們只看到藝妓們光鮮亮麗的表面，其實她們的生活非常艱辛且封閉，特別是現代社會，需用堅毅擺脫高科技的誘惑，回歸古老傳統的生活。所以，傳承四百年的日本藝妓文化，行規要求嚴苛，裝扮禮儀依舊，無任何改變。

置屋相當於藝妓學校，從美人坯子的挑選，到磨煉其從事雜役，進而升為舞子，最終成為藝妓，需要度過漫長時間與耗費大量金錢。琴棋書畫、茶道花道、俳歌三弦、儀容姿態，以及怎樣運用眼神、肢體動作等散發迷人魅力。打造一位藝妓，其實就是打造一位完美的極品女人，優雅而高貴。

日本藝妓是非常神祕的行業，很多人誤解藝妓就是妓女，其實她們賣藝不賣身。與她們交易的，都是上層社會有錢有勢的男人。她們是男人們的「夢中情人」，滿足男人們的夢想、享樂、浪漫、尋歡、風花雪月……

日本文化中，女性脖子成為包含性意識的審美對象。所以，日本藝妓，和服的後領刻意開大，像花瓶口向外張開，白妝在髮際線及頸後留下部分原來肌膚，刻意裸露，惹人遐想。

「最是那一低頭的溫柔，似一朵水蓮花不勝涼風的嬌羞……」這東瀛魅影，風情萬種，詩意而性感，志摩之詩，真可謂不著一字，盡得日本女子的風流！

回成都虛度光陰

上月中旬某天從舊金山啟程，十餘小時後上海轉機，抵達成都已凌晨。入住酒店後，簡單洗漱倒頭便睡，以為旅途勞頓會睡至日上三竿，不料清晨早醒，倦意全無。

「偷得浮生半日閒」，趁著還沒被親朋好友「綁架」，安排飯局，隻身前往成都總府路的「夫妻肺片」總店，點了我在美國朝思暮想的夫妻肺片——紅油紅亮，肺片剔透，芹菜粒翠綠，花生末香濃，令我垂涎欲滴，迫不及待大快朵頤。另伴樟茶鴨一碟、米飯一碗、菊花茶一盞。

茶足飯飽出得門來，看到外賣店鋪的兔頭，想起若干年前，國外來蓉朋友對我說：我在你們成都，有次一轉頭，驚見一排骷髏頭，整齊排列櫥窗中，著實嚇我一跳！此次拍照再嚇嚇外國人，不僅有兔頭，還有鴨脖子和豬腳呢！

接表姐電話，晚餐在一老字號的火鍋店，為我接風洗塵。火鍋麻辣鮮香，漂浮厚重一層牛油，筷子也會凝上一圈。入鄉隨俗，吃得熱熱鬧鬧過癮解饞。

嘴饞後遺症，說來就來了。第二天口腔上火，說不出具體哪顆牙痛，但就是鈍鈍的，口有點張不開。買了清火藥吃，又喝涼茶，把症狀壓住，沒大發作。從此不敢吃麻辣，再吃火鍋也是白味的菌火鍋或文殊院素火鍋。

第二日中午，望哥兒（外甥也）陪我逛春熙路旁邊的「太古裡」，遠遠望見「鼎泰豐」招牌。此臺灣包子連鎖鋪，不久前在舊金山南灣的聖荷西開了分店，據說生意興隆，想飽口福需網上預約或排隊幾小時。我非美食家，自然不會自找麻煩且長途開車去吃。

但今天看店堂寬敞，無須排隊，便打趣讓望哥請客，吃得這小帥哥阮囊羞澀（事後紅包壓驚）。

「曾經滄海難為水」，此名聲在外的包子，還是遠未及我小時吃過的，家鄉雅安「一口鐘」的包子！那時要一兩糧票、一角錢兩隻。彼包子皮薄油亮，熱騰騰一扳開，肉香蔥香襲人也（流口水了）。小時沒錢，兩隻包子吃得心欠欠的。夢想時光倒流，依我現在之財力，肯定要買一籠筐，一個人抱著籠筐吃，誰來搶跟誰急！

從美國回蓉，四川胃總是不太適應，便申請把閨蜜晚宴改成去她家喝粥，未果，執意要接風。邀我去餐館包間喝酒吃菜，漂亮乾女兒（閨蜜女兒）作陪，她百忙中的總經理老公買單。

之後數日，飯局不斷。陸續吃過：盤殖市滷味、龍抄手小吃、陽澄湖大閘蟹、三聖鄉農家樂以及小街巷中家居式餐廳。親朋好友們點了我想吃的糖醋脆皮魚、甜燒白、蒜苔肉絲、萵筍燒雞、水煮青蛙、清炒大豆苗、霍香魚等等，儘量滿足我之四川胃。在此，不點名地，向眾親們一一謝過。

＊　　　　　＊　　　　　＊

妖蛾子表姐，約我去按摩，不幾日又約我去推拿，令我上當再上當，後悔不迭：原本周身舒服的我，平白無故全身被弄痛好幾天。做推拿的幾個小女子，一邊工作一邊與本「貴賓」親熱地閒話家常。一會兒問：姐，你的鼻子這麼棱，整過的？嚇得我一疊聲否定。一會兒又問：姐，你的胸肯定是整過的！弄得我喜憂參半。喜的是：在表揚我？憂的是：現在整容整身如此時尚，稀鬆平常？我等竟落伍到「不知有漢，孰論魏晉」？推拿出來，夜幕降臨，表姐請我喝銀杏夜茶，在我一疊聲「我倆需要吃這麼好麼」的疑問聲中，她點來了燕窩木瓜盅等物，令她鼓漲的荷包縮水不少。

成都十餘日，每日吃喝玩樂，後悔沒把當日日程記錄下來，以

至現在根本想不起每天是怎樣度過的，既忙忙碌碌卻又無所事事。本想回老家雅安一趟，居然忙到分身無術。最遠是去到都江堰山上的陵園，祭奠我的外祖父母和姐姐，這是每次回去的頭等大事。算來，我親愛的外婆已離開十年了。

　　悄悄地我離了鄉，正如我悄悄地回鄉。沒發微信與QQ，是怕興師動眾地無端「擾民」。印象深刻的是，在「太古裡」上下三層的星巴客咖啡店，居然座無虛席，不明白小年輕們為何如此有閒有錢？小杯普通咖啡二十六元，摩卡三十八元（在美國，前者一・九五元，後者二・九五元）；在文殊院露天茶坊，一邊啜飲杯中竹葉青，一邊看人閒閒地掏耳朵。掏耳師穿中式唐裝，老得有點資深。他除了用細長的銀耳勺和小刷子為客人服務，手中另有一付金屬打板，時不時像打快板樣敲打幾下，發出銳耳的脆響，不知是啥意思？或僅是此行業傳統習俗？後來成都閨蜜告知：「掏耳師手中邊走邊搖的東東叫響鉗，一為招攬生意，二為顧客夾取耳內挖不出的耳屎」。此情景彷彿時光倒流，像看電影。

　　看來，我們的人生，並不是每天都要活出意義，有些日子是需要虛度的。像天上的鳥，水中的魚般，虛度光陰，無求功名，不問前程。

漂洋過海來見證

五二〇是網路語言「我愛你」。詹望和小凇領了結婚證（五／二〇／二〇一七）。回想他媽媽離開我們已三十二年。如今小望成家，姐姐也含笑九泉了。想想姐姐，才二十八年的生命，太可惜了！

現在詹望有了自己小家，長期分離的父親一家，也從高原地區退休遷居附近城市，再加上有小凇父母。讓我感到他身邊多了許多親人，這些親人都會關心他，令我放心不少。以前多年，總覺得他在成都孤零零一人，很Lonely（孤獨）的，讓我想起就心疼。

親愛的小望，小凇，今天（十一／十八／二〇一七）是你們婚禮大喜的日子。祝福你們新婚快樂，百年好合，從此過上幸福的生活。

新娘小凇，溫柔懂事，小鳥依人，甚是可愛。為她的父母培養出這麼好的女兒驕傲。好美的新娘，好美的婚紗！

看著婚禮上的新郎小望，我腦中浮現的是他小時的情景：圓圓的腦袋，圓圓的眼睛。小小的他抱著洋娃娃坐在三樓家門口的走廊，遠遠看見下班回來的我，便高興得又叫又跳地跑下來：三孃回來了，三孃回來了……

當時還是男友的我先生，常騎自行車背著他，去我們報社的幼稚園。同事們開他玩笑：程寶林還沒結婚，就有兒子了……

光陰似箭，往事歷歷在目如若眼前。

先生微信附言：「永遠記得那一幕：和你的姨媽，一左一右，牽著你的小手，在成都難得的陽光下走路。你吃著冰糕，新皮鞋亮亮的。忽然，你手上的冰糕掉在了地上，你用小皮鞋踢我，又叫又鬧：都是你！都是你！你一直稱呼我『程叔叔』，直到最近幾年才

改稱『姨爹』。我竟然一點也不介意。祝福你們，年輕人！」

　　飄洋過海，為的是見證你們人生這一重大時刻。現在，有兩對慈愛的父母愛你們，感覺我做為姨媽的歷史使命圓滿完成。新的人生階段拉開了序幕，祝福你們相親相愛，幸福美滿，永結同心。

　　「執子之手，與子偕老」。

　　永遠的祝福，給我愛的小望小凇。

　　在侄子婚禮上巧遇二十多年未見的藏族朋友，她曾是我姐的閨蜜。她立刻熱情地予約請吃藏餐，在武候祠附近，一家名「熱來」的藏餐廳。她發微博，感謝我家在她人生最困難最低谷時，伸出援手。其實事隔二十多年，具體情況我已記不清，但她能一直感銘在心，也令我感動。

　　婚禮次日，我們去都江堰山上陵園祭拜外公外婆和姐姐，以告慰他們在天之靈。

　　焚香燃燭燒錢紙後，當我們燃放鞭炮，在升騰的煙霧中飄出一個小圓圈，禮佛的陳薇妹妹指給我看：這小圓圈持續了好久好久，我看到的是「圓滿」！

故地重遊

　　來美國二十周年的故地重遊。舊金山漁人碼頭，遊人如織。
今天我們又當了一回身在本地的Tourist（遊客），被我私下戲稱為
「兔兒」。二十年前曾與銅塑海獅一家合影，今天再度立此存照。
小海獅還是小海獅，他卻長成了大小夥，反奇怪自己媽媽為何越長
越矮？

　　本想坐船巡遊太平洋到達天使島，卻不料錯過了當天最後一班
輪渡。好在漁人碼頭售票處當即歸還了我們的網上予付款。

　　漁人碼頭的糖果鋪一如從前。我曾感慨，小時夢想床下有一大
紙箱花花綠綠的糖果，拉出來隨便吃。當夢想能成真，卻一點都沒
興趣了。正如叔本華所說：生活就是痛苦與無聊的交替：欲望不滿
足，則痛苦；欲望一滿足，則無聊。

　　兒子送的來美二十周年，及我生日及母親節禮物，是一個電腦
像冊。雖說一物三禮，但卻是用心良苦。因他用了一兩年業餘時
間，把家中幾千張照片陸續掃描入電腦，然再存入新買的平板電
腦。此電腦像冊便一直幻燈片似的播映，讓家人主動被動地舊景重
溫。他說，你們沒事肯定不會想起把舊照片翻出來看。所以通過這
種方式，就把陳古十八年的照片都看到了。

　　　　　　＊　　　　　　＊　　　　　　＊

　　美妙的「卡妙兒」（Carmel），是蒙特瑞地區美麗的海濱小
城。整個城市皆是童話般的小屋，有精緻可愛的店鋪與商品，更有
許多高雅的藝術畫廊與雕塑坊。走在卡妙兒的小街小巷，如同走入
安徒生故事中。綠意環繞的深深庭院，陽臺窗沿的鮮花吊籃，階沿

邊五顏六色的小花細草……

　　在一間專營帽子店，買了一頂可愛的遮陽帽；在閒適寫意的街邊餐館，點了義大利海鮮濃湯，乳酪通心粉及雞肉三明治，作為午餐。

　　可惜沒去拜訪克林頓・伊斯特伍德的酒吧，不然應把曾與他的合影轉送一張。據說他曾任職此市市長。

　　卡妙兒離我們Salinas的住處，車程僅半小時。因頭天意猶未盡，第二天上午又驅車去。在卡妙兒的咖啡店小坐，見牆上的照片十分有趣：「美國女孩在義大利　一九五一」。照片中的那些義大利男士，沒見過美國美女？口水流得滴滴答答……

　　這令我想到油畫般的電影《在托斯卡納的豔陽下》（Under the Tuscan Sun），美國美女作家法蘭西斯走在羅馬街頭，被義大利男人跟蹤追逐的境頭。情急之下，她挽了帥哥馬卻羅，由此展開了一段浪漫唯美的露水姻緣……

　　尋訪了克林頓・伊斯特伍德的酒吧，由一道巷子進入的小院，舒適安逸的就餐環境，價格與附近其他相當。

　　唐老師說：「從Ocean Ave向海邊走到底再左轉到Scenic Rd。那條路右邊是沙灘，左邊是一棟一棟非常漂亮的房子。年輕的時候，我去過十幾次。每一次都要在那裡住一夜。」所以我們驅車去了卡妙兒的海濱：海景，蒼松，白沙，庭院深深，深幾許的豪宅……

　　好友Hongli說：即使不久居，這個美麗的小城，也值得尋訪千回。

　　而今天，是距昨天，我們間隔最短的故地重遊。

　　　　　　＊　　　　　　＊　　　　　　＊

　　週四下班後，晚上與兒子開車去賽市他爸處，明早便一家開車去洛杉磯。此事因蓉兒從成都來美讀暑期班而籌劃。

　　週五早上，一家人從賽市驅車，行程七到八個小時去洛杉磯附近歐文接到蓉兒。以前去德克薩斯，去拉斯維加斯，去大峽谷等，均路過洛城，但竟未停留。此次專程來洛杉磯，也算故地重遊罷。

　　週五晚入住酒店後，在對街吃過波斯餐，便去了好萊塢，星光大道。雖夜已深，仍遊人如織，銜頭藝人頗多。有畫畫雕塑噴圖，有魔術雜耍及電影中各種稀奇古怪之人物裝扮。有個偽邁可・傑克遜，在強勁音樂中，不知累地一直跳舞，我覺跳得很好，希望他能遇到伯樂，實現其明星夢。

　　第二天上午，有人要去遊樂場飆車，飆完車後去小東京逛街及午餐，小東京好熱鬧，摩肩接踵。午餐等了好久，去格里菲斯天文臺便比較晚了。在天文臺四周露臺，可俯瞰整個洛杉磯。洛杉磯好大喲，應是全美第四大城市？遠眺欣賞大自然中這一大片建築，這大地上生長之精神植物，感覺人類智慧真是了不起。可進得館內，各種高科技天文展示，又頓悟，在宇宙洪荒之中，人類何其渺小而局限。

　　聖塔莫里卡的日落很美，很多人在沙灘乘涼，海中游泳及衝浪，這兒的海風是涼爽宜人的，不像三藩市的寒冷刺骨。來洛城，感受了夏天之酷熱，而在四季如春的三藩市，我們都被慣壞了。

　　離開聖塔莫里卡海灘，去到比佛利山，天已晚。美麗的城市燈火璀璨，高檔名牌店的廚窗琳琅滿目，美輪美奐，卻均已打烊歇息。一邊回洛城一邊找晚餐，有人提議吃牛排。在網上找到一間營業至深夜的連鎖牛排店和酒吧，到達，竟食客如雲，排隊等候。待牛排等端上桌，已近午夜時分，體驗了一把美國人的夜生活。

　　第三天上午要離開洛城，打道回府。余心有不甘，希望再上比佛利山，看看名揚天下的千萬豪宅區。有人百般不情願，推脫說：有啥好看的？再怎樣，好歹你也算有錢人，別這麼沒出息好不好？但終敵不過本人之威脅利誘：若再不讓看，就要你直接買了！

　　呵，呵，呵……嚇他一嚇，還是管用的。

第三輯

日子：靜水幽幽

時間不知不覺過去，但願多年以後，在回顧往昔時，發現自己的一生幸福。日子雖然普普通通，簡單平和，卻是生活在美之中。

湖邊木屋

SHERWOOD LAKE，我把她音譯為杏樹林湖。

其實一點都不確切，湖邊並沒有杏樹林，甚至連一棵杏樹也沒有。有的是玫瑰雛葉菊劍蘭馬蹄蓮以及色彩繽紛叫不出名字的花花草草，一叢叢一片片開在湖邊及小徑旁，湖中閒遊著天鵝野鴨鴛鴦和不知名的水鳥們，湖面及岸邊飛著或棲息著成群鴿子，遠處連綿山巒隱約起伏，湖光山色美不勝收……

二月十四號，美國情人節那天，我們在好幾個競價者中勝出，拿到了這套湖邊木屋的購買權。因為是銀行SHORT SALE（譯為「短售屋」），需要相當長時間才能通過銀行審核，真正拿到房子。幾個月後的七月四號，美國國慶日那天，我們收到了銀行的審核批准通知，辦完房產的所有交割手續，成了這棟屋子的真正主人。

這是我們在美國的第二個家，也算是度假屋。從我們居住的舊金山東灣家中開車約需兩個小時。這是兩睡房兩浴室約一千二百平方英尺的連體屋中的一套，兩層的小樓外觀全是木質結構，相當簡樸低調，與自然的景色融為一體；室內則要氣派許多，客廳有壁爐有高高的穹頂，穹頂上有巨大結實的橫樑與柱子，客廳外有長長的陽臺，陽臺正對著湖光山色，樓下則是綠草如茵的小型高爾夫球場。

一切都很完美。我們開始買家具，在IKEA（中國叫「宜家」），我們訂購了床沙發茶几餐桌等必需家具，把家中多餘的電視櫃書櫃等車過去。一致約定不能有更多家具和雜物，因為一個房間的SPACE（空間）才是最重要的。但我堅持要一張KING SIZE（最大尺碼）的床，因為以前在酒店睡過感覺太舒服了，又購置了相應尺碼的床上用品等。

　　週五下班後，我坐地鐵去FREMONT，兒子從半小時車程租住的公寓來接到我，我們一起開車去杏樹林湖邊。他爸爸早已等候在那裡做好了晚飯。

　　夜色中的湖水倒映著岸邊小徑，不同顏色的燈火波光點點，有點像世界名畫印象派畫家凡高《星空》中的景色，想今後我們老了就像畫中的兩個老人，互相攙扶著看流星雨似的天空和湖水，會是怎樣的一種感受？

　　第二天我賴在床上睡懶覺，享受我巨大的床。這是我在自己家第一次睡這麼寬大的床，埋在被子裡好像人都找不到了。我特別喜歡這白底粉紅小玫瑰花的被套，捂在鼻子上好像嗅得到玫瑰花的香味。

＊　　　　　＊　　　　　＊

　　但杏樹林湖是寂寞的，晚上見不到人，白天也難見人影。黃昏的時候在湖邊散步，我只看到角落上一戶人家在陽臺上燒BBQ，烤肉的香味飄出老遠；早上我也只遠遠看到一對男女在自家陽臺上共進早餐，感覺蠻浪漫的。陽光灑在湖面灑在小徑灑在高爾夫球場灑在社區的露天溫水游泳池和SPA池上，人們可以隨時享用這一切，只要願意。好像生命天生就該如此平和如此寫意如此美妙。

　　奇怪的是，這裡並不地處偏僻，它居然屬於SALINAS的市中心，更為奇怪的是湖外面居然有一大片農田，有的剛剛翻耕過，有的齊齊整整種滿了蔬菜。也難怪，因為這裡是加州最大的沙拉生產地，有美國「沙拉碗」之稱。

　　怪不得我兒子笑說：「爸爸農民者又回到了農村」。我說：這裡的農村和中國的農村是很不同吧？兒子答曰：「中國的農村更有趣，有牛有狗有雞有鴨還有豬……」回想他兩三歲時第一次回湖北老家鄉下，一進門就追得雞飛狗跳的情景，真是好玩噢。

　　我們的住家背後是好幾個連鎖酒店，其中包括四星級的假日酒店。邊上有兩三家西式速食店，早上去吃早餐：一杯咖啡一個小三明治或其他，有點像在中國吃豆漿油條，也是很方便的。開車十多二十分鐘就有購物超市ALLGREEN，CVS，COSTO等等。只是沒有中國超市，因為這裡少有中國人居住。值得一提的是，這裡也是諾貝爾文學獎獲得者約翰·斯坦貝克的家鄉，市區設有他的紀念館，其代表作是《憤怒的葡萄》。

　　不管怎麼說，這寂寞是我愛的。人的性格不同，需要也很不相同。有時候，廁身人群，反而寂寞得像在沙漠，兩條腿無論怎樣努力也不能使兩顆心靈更加接近。適當的寂寞是有利於健康有利於思想的。而且，太陽風雨花草樹木春夏秋冬……大自然不可描寫的純潔和恩惠，這生命的不歇之源泉的大自然啊，提供給了我們取之不盡的康健和快樂。

　　我愛這杏樹林湖，我愛這杏樹林湖邊的木屋。

二泉映月

　　下班後的黃昏，匆匆走出地鐵站，急著回家。

　　突然間，一段悽楚飄進耳膜，擊中了我。我的心變得傷感而軟弱。停下腳步，回頭望去，只見一個瘦而黑的老人，在夕陽的一抹餘輝中，坐在地鐵出口的左邊石凳上，面前有一個筐。他拉著二胡，胡弦裡就咿呀地飄出「二泉映月」的旋律。

　　就想起阿炳，那個瞎子藝人。想起他的長衫和那柄胡琴，想起他的漂流和討生活，想起那幅江南美景下的悽楚……

　　「風悠悠，雲悠悠，淒苦的歲月在琴弦流。無錫的雨是你肩頭一縷難解的愁，惠山的泉水是你手中一曲憤和憂。

　　夢悠悠，魂悠悠，失明的雙眼把暗夜看透，無語的淚花把光明尋求。太湖的水是你一杯壯行的酒，二泉的月是你生命中一曲不沉的舟……」

　　我走回十步開外，放進一些零錢。他肯定在海外漂泊已久，因為從他的面容與氣質，我已認不出他是哪國人。

　　一邊走一邊忍不住想：他應該是中國人才對。因為只有中國人才拉「二泉映月」吧？只有中國人才會拉胡琴吧？而「二泉映月」必是胡琴才能相配的。

　　侄子問過我：為什麼在美國那麼富裕的國家，還會有流浪者？其實我也答不上來。有些人可能喜歡這種生活方式吧，他們身體健全，面前放一個罐子，一邊討錢一邊看書，或一邊討錢一邊撫弄身邊寵物，好悠閒自得；可當我看到那些身體或精神殘疾的流浪者，想他們也是父母所生，父母所養，落到這般田地，父母又怎麼想？眼淚就不禁流下來。還有用手推車拖著黑色垃圾袋，沿街撿拾易開

罐礦泉水瓶的華裔老婦人,我會心生憐憫。美國並非遍地黃金,像世界各地一樣,好多人也都在艱難地「討生活」。

記得《紅與黑》中,女僕蘿莎對養尊處優但憂愁哀怨的女主人說過的話:如果您不得不每天六點就起床做工,勞碌終身而僅得溫飽,您又會怎麼想呢?世界上有的是這樣的人,生活並不像人們想像的那麼好,也不像人們想像的那麼壞。

想起這世界上每天發生的戰亂、疾病、貧窮、大自然的災禍,而我們每天呼吸清新的空氣,行走在藍天白雲下。我們健康平安,衣食無憂,我們是有福的。為此真的該感恩,感謝我們所擁有的這一切,所以我們要開心要快樂才對。

喜歡有故事的音樂,比如「梁祝」,比如「人面桃花」,比如「春江花月夜」,比如「二泉映月」……它們總是讓我想起一個故事,讓我與故事裡的人同悲歡共喜悅。

卓文君的情書

電話聲起，是詩人的早請示。詩人說，長期課少時間多，曾感十分無聊，不過從今起要振作精神，抓緊時間學習國學和英語。

「可是你的國學和英語已經很好了呀？」

「學無止境，還可更上層樓嘛！」詩人答。

「哎呀，你樓上的太高了，咋追得上呢？你學那麼好，為妻怕是配不上呢！」

「還不知誰配不上誰，你是女作家呢！」他順手甩我一頂高帽子。

「不過咱蜀中女子確實不可等閒視之，海水不可斗量喲！現講個故事與你聽：話說卓文君與司馬相如在臨邛開了個小酒肆清貧相守，十分恩愛。可後來司馬相如的文章受到漢武帝賞識，飛黃騰達，在京城任上的日子裡，逐漸冷落卓文君，後來乾脆寫了封信給留在臨邛的卓，信中寫著一行數字：『一二三四五六七八九十百千萬』唯獨缺『億』，令卓文君知司馬相如對自己已『無意』。

卓文君傷心欲絕，回信如下：『一別之後，二地相懸。只說三、四月，誰知五、六年。七弦琴無心彈，八行字無可傳。九連環無故折斷，十里長亭望眼欲穿。百思念，千掛牽，萬般無奈把郎怨。萬語千言說不完，百無聊賴十倚欄。重九登高孤身看孤雁，八月中秋月圓人不圓。七月半燒香秉燭問蒼天，六月間心寒不敢搖蒲扇。五月石榴似火，偏遇冷雨催花瓣。四月枇杷未黃，我欲對鏡心煩亂。急匆匆，三月桃花隨水轉。飄零零，二月風箏線扯斷。噫！郎君兮，盼只盼，下一世你為女來，我為男！』司馬相如讀後萬分慚愧，於是馬上親自前往臨邛迎接卓文君。」

　　「歷史上最有才華的一封情書，是我同鄉卓女士寫的嘞！」

　　詩人在電話那頭笑噴：「哎呀老婆，這明明是我早上才發給你的微信貼子，讓你分享，你咋現學現賣這麼快，轉眼就要賣給我？」

穿越時空

　　奇怪自己為什麼這麼用功，上周花了大半天來設置安裝QQ，昨天晚上又研究了好久其使用功能。我承認自己相當落伍，好像游離於現代社會之外。以前只是在幾個文學網站遛遛，貼貼文章，大都與文友交往。

　　雖然我哥長久以來苦口婆心地要求我設置QQ，說便於我們兄妹的聯繫，我都不以為意。因為我更情願一拿起電話就能找到他。這次是他自作主張自己幫我申請號碼、密碼，然後輸入個人資訊云云，再不厭其煩地寫給我安裝步驟。為了不負他的好意，我就照著做了。其實去年，我身邊的一個好朋友，網蟲一個，常在網上和相識不相識的人聊，多次鼓動我上QQ，看我推說不懂，便專門上門來，幫我完整設立好，說可以啟用了。

　　可是我一直未用，加上後來又換了電腦。我竊以為：一個人怎麼可能有那麼多時間在網上聊來聊去？而且你們都聊些什麼呢，特別是和陌生人？當我把後面這個問題問這個朋友時，她啞然失笑，看我一臉天真也不像打探她隱私，回答說想聊什麼就聊什麼吧，反正是無聊對無聊。

　　可是我又沒有無聊。促動我啟用QQ的，應該是我的同學們。春節回成都與他們相聚，告訴我有一個群網號，座右銘是：算盤打掉了青春，數字圈去了靈魂。

　　聚會上見到了她，她，她，她……還有他，他，他……飯桌上還接到了遠在外地的，他及他的電話。席間同學們還透露了一些過往趣事：比如他們怎樣在深夜的學校操場徘徊又徘徊，商量怎樣把信交到我手上，又怎樣在我課桌邊猶豫遲疑……喧囂笑鬧聲中，

發覺不管走多遠，不管多少年未見，同學間的情意還是濃得化不開……

因是中午，他要忙著上班去，我們相擁而別，同學們全都鼓掌起來，說他：那麼多年的感情，終於圓滿劃了句號。另兩個男同學開玩笑催促他：你快走吧，再抱我們怎麼受得了？想來當時年輕的我們多麼純潔美好，喜歡的與被喜歡的，就那樣默默放在心上，連手都沒有拉過一下。

穿過漫長歲月的時空，通過網路，彷彿又回到過去。雖然同學說：那麼多年，你還是沒變。其實我心裡一直有個利他目的：我想像一朵水仙花一樣愛護好自己，不管是容貌是身體還是心靈，不要讓喜歡過或正在喜歡我的人失望（玩笑而已。人是無法與歲月抗衡的）。

況且，歲月在我們每個人的心裡都留下太多太多的東西，相信每個人都會有一個故事。再也無法回到從前，就像：人不可能兩次趟進同一條河流。

＊　　　　　＊　　　　　＊

這兩日，我的微信超熱鬧。因兀地入了好幾個群，蓋因家鄉母校四川雅安中學，組織初中全年級四十周年慶。

我雖未回鄉，卻感到身臨其境的熱鬧與喜慶。以前一直拒入群，比如早前高中理科班要拉我入群，我以數學差，不好意思面對理科學霸為由婉拒。可此次初中同學因了此活動，熱情地邀我入了群。初中群裡的高中文科同學又邀我入文科群，初中群裡的小學同學又邀我入小學群……理科班再邀，便入了，反正已經入了那麼多，再多一兩個又何妨？

丁班長說：「哈哈，沒經得允許強拉入群，打破寧靜生活。但也打開了兒時的回憶。架起了家鄉的同學友誼架。不怪我吧？」

確實，從各群裡，我便看到感受到了濃濃的鄉情與同學情。

當年分文理科，我一直糾結不定。因有「學好數理化，走遍天下都不怕」的時訓。而文科？不曉得今後找不找得到飯吃？

記得放學後，黃昏寧靜的雅中操場，有兩個小女孩一直繞圈。那分別是我與小雪，我與小衛。我們一邊走，一邊分析文理科對於我之利弊。憂心忡忡的我，在小衛，小雪陪伴下，丈量了操場若干圈後，終於作出了後來看似正確的抉擇。為此，我要向小雪，小衛說一聲：謝謝。雖然這聲感謝遲了近四十年。

值得一提的是，在小學群裡，聯繫上了班主任朱老師，並傳給她前些年的合影。很慶幸小學五年，有朱老師，駱老師（教數學）這麼好的老師教導，鼓勵，陪伴與愛護，這種好的基礎，令我終生受益。

那幅全校「三好學生」留影，怕是沒人，找得到其中的那隻醜小鴨？

另外，此次得知，我書中寫到過的家鄉「一口鐘」餐館，已由我初中同學傳承與發展。她邀我回鄉家宴，並列舉若干私房秘制，要郵寄與我。可惜郵路阻隔美食，但若回鄉，必定口福不淺。「一口鐘」的美食，就是我的鄉愁！

雅安又名雨城，小學周班長傳來，這兩日雨城煙雨圖：霧朦朧，山朦朧，水朦朧，心便也朦朧了……

同學精心製作，送給我音樂像冊。其中收集了我的書，書評，訪談資料等。

同學說：「讓我們更多地瞭解曾經的同學，海外的遊子。」

「她的成就，也就是我們五三班的成就。」

「她的快樂，也就是我們五三班的快樂。」

「遊子再有成就，根永遠繫在雅安這塊土地上。」

「我們甚至很開心地看到，她的先生也是四川人。或者說，他

先生，哪怕出生在湖北，哪怕移民海外，都喜歡把自己當成四川人。」

「用實際行動歡迎遊子回家，這裡是我們的根！」

同學們的厚愛，令我感動。其實每個同學都有自己的成就，只是內容不同而已。這裡只是我自己一點小小的成績。穿過幾十年漫長的時光隧道，讓我們彼此看見。

聽英文的果樹

在超市買東西，他去拿食品雜貨去了，我總喜歡在鮮花攤位流連忘返。

他問：「買不買？要買就買，不買就走。」

「那些盆栽鮮花，確實很讓我喜歡。可是，為什麼我總養不好，每次過不多久就被我養死了。」我萬分不解且滿心歉疚地說。

「唉，那不是你的錯，是因為你太好看了，花兒在你面前都羞愧而死。」他拍了一超極大馬屁來安慰我。

街對面的鄰居，臺灣籍著名作家喻麗清老師是園藝高手。去年她送給我她精心培置的非常漂亮的小楓樹盆景，至今還放在她家前院「寄養」，因為我實在擔心搬回家又被我養壞了。

前天喻老師告訴我一經驗：新拿回家的果樹花草等，先要把它放在固定的地方，不要移來移去的，更不要馬上栽在地裡，因為它已經換了不同的環境，它需要時間來適應新環境。

今天早上開車路過舊金山新建成的海灣大橋，發現新移置了一排，約八株高大的棕櫚樹在車道分隔帶中央，樹葉在被捆紮後成為火矩的形狀還未散開，高大挺拔蔚為壯觀。

我感歎：「這麼大的樹不會移死吧？」

他答：「是用巨大裝載機運過來，保持了所有的根，它甚至都不知道自己搬了家。」

「不可能！樹的根牽得很遠的，與周圍其他樹也會相互交纏，所以不僅它自己知道搬了家，連它周圍的樹也會知道走了同伴，肯定會感到寂寞難過的。」我如是說。

「就是，特別是女樹旁邊走的是一棵男樹或男樹旁邊走的是一

棵女樹，那就更難過哈！」他打趣道。

　　「假如兩棵樹是情侶，那市政園林部門簡直就是拆散牛郎織女的王母娘娘了。」

　　那天他見我站在桃樹前良久，問：「你在幹嘛呢？」答曰：「正念唐詩呢『去年今日此門中，人面桃花相映紅……』，據說，經常和果樹們說話，它們才長得好，結出來的果子才甜。我直接給我家果樹念詩，他們受到的醺陶不就更高麼？哎，我家除了桃樹，還有梨樹蘋果樹櫻桃樹柿子樹枇杷樹等十幾株，能否麻煩你翻翻唐詩宋詞，把有關於這些果樹的詩都找出來，每天對他們念念？」

　　「可是？可是每株都念一下也是要花不少時間的。」他說。

　　「要不我們把這些詩詞錄下來，每天把收錄機放在院子中間放一遍不就得了。」我自認為聰明沾沾自喜地說。

　　「可是有個問題」，他皺著眉頭：「人家是土生土長的美國果樹，恐怕你得念英文才行，念中文人家怕是聽不懂呢。」

　　「啊？」

頭上長鹿茸

　　坐在餐桌旁吃大紅葡萄，快吃完時，老公推門進來，我慷慨地
請他吃最後的兩顆。他扔進嘴裡就吃了，既不剝皮又不吐籽。

　　我說：「你吃了葡萄籽頭上會長出葡萄藤來，不過到時我吃葡
萄就方便了，順手就可以從你頭上摘。」

　　他答：「我這麼聰明的腦袋，要長至少也是長鹿茸，長葡萄太
可惜了。」

　　「嗨，長鹿茸最好，等你睡著了我就可以偷偷鋸掉去賣，以後
我就發財了。」

　　關於怎樣發財，我倆時有討論。有天看關於野生動物的電視節
目，其中有關於中國四川雅安我家鄉的大熊貓，我感歎：「唉，要
是我有一隻大熊貓就好了。」

　　「你要是有一隻大熊貓，不僅它是國寶，你自己都成美國國寶
了。」

　　我靈機一動：「哎，你長這麼胖，說不定你可以扮成大熊貓
呢。把你身上塗成黑的白的白的黑的……」

　　「有什麼聚會或慶典的時候，你就把我當大熊貓租出去賺
錢。」他自己建議。

　　「就說是我回國時，我熱情友好的家鄉雅安人民送給我的。你
說別人會不會相信？」

　　「除非那人是白癡！」他如是說。

　　接著又看到電視裡熱帶叢林中的鳥類，一群小鳥嗷嗷待哺，它
們的媽媽一次次外出覓食，回來後把嘴裡食物餵到小鳥口中。令我
倆百思不得其解的是：所有小鳥都仰頭大張著嘴，鳥媽媽怎麼知道

誰吃過誰沒吃過？會不會發生重複餵食？

他疑惑地猜：「可能被餵過的小鳥，自己就自覺地不張嘴了吧？」

「不可能，那麼小的蟲子，吃都吃不飽，怎麼會不張嘴？要是我肯定還會張嘴。」

老公頗為「鄙夷」地看我一眼：「這點我相信，你就是這麼不自覺，每次為兒子在餐館訂的外賣，兒子還沒來，你就忍不住掀開嘗一塊：嗯，味道不錯，一會兒又掀開嘗一塊：嗯，真好吃……我都不好說你！」

「哎，是先有兒子還是先有老婆？當真你們兩個都姓『程』嗦？其實我是故意考驗你，因為我知道每當這時，你心裡就像貓抓似的難受。」

這個冬日雨天的週末，圍爐連續吃了兩天火鍋。他說：「晚上我們吃清淡一點，喝粥吧。」

「好啊，是煮白米粥還是養生米粥？」

「白米粥！我不喜歡亂七八糟的米混在一起。」

「是用中午的剩飯煮還是直接用大米煮？」

「直接用大米煮。」

「誰來煮？」

「嗯，這個問題不好回答。」

「為什麼前面問題回答順溜，這個就難於回答呢？」

「你怎麼像說相聲的，前面的話都是為後面關鍵問題做鋪墊的？」

趣看電影

好久沒看電影了，其實電影院離我家挺近的。這是個酒吧式的影院，在前臺訂購了食物，拿個牌放在座位面前的桌上，一會兒就有侍者送來。你可以邊看電影邊喝啤酒邊吃披薩三文治等等。由於電影放映中光線暗淡，有次他分給我吃一個三文治，吃完我感歎：「哦，原來這三文治是素食的！」「不是啊，是牛肉的。」他答。我才恍然大悟：原來牛肉餅無意中全分在了他那一半，我一點沒吃到！影院螢幕上的廣告詞是：讓我們盡情地吃，盡情地喝，盡情地胖下去吧……

今天週日，他約我看下午三點鐘的電影。外面陽光燦爛，卻跑到黑黑的屋子裡看電影，我總覺得有點對不住這大好時光。但鑒於他好久沒看電影了，就答應一起去看。我建議他買兩張散票，可他執意要買為期一年的套票，並說我枉為會計師出身，連賬都不會算：「明明套票要便宜很多嘛，且隨時可以來看。」可我的理由是：上次的套票剩一張就快過期了，被他像完成任務一樣去看了，看的是英文歌劇《悲慘世界》。當時他想再買一張散票我們一起看，可我嘀咕：「你叫我看歌劇？歌劇這麼高雅的東西，萬一看到中間我不小心睡著了，那豈不是有辱斯文貽笑大方？」「看來你這人還比較誠實嘛。」他只好一個人附庸風雅去了。

結果今天出套票的機器壞了，但售票小姐還是按套票的價折賣了兩張散票給我們，無意中省了好幾塊錢，心裡沾沾自喜劃得著。

今天看的是關於索馬里海盜的電影，船長海盜貨輪遊艇飛機槍炮……相當地驚險刺激，可是看著看著，我頭隱隱痛起來，身體感覺不舒服，因不想影響正看得起勁的他就忍著。忍著看到一小半，

我實在難受，就叫他把鑰匙給我，自己先回去休息。他要陪我一起回去，我安慰他沒事，叫他看完才回去。

他看完電影回來，我像霜打過的茄子，正懨懨地靠在床頭。問他電影結局怎樣，他興致勃勃地給我講我沒看到的部分，我婉惜：「本來想陪你看場電影的也沒看成，人家好心賣給套票的價，以為節約了，結果還是你一個人看了兩個人的票。退得到錢不？」

「哎呀老婆大人，快別丟我的人了。電影看了一半還要人家退錢？」

「我們在美國，發財也不是這樣發的！」他補充道。

搶佔出生指標

那天因頭痛懨懨地躺在床上，一雙腳冷得像冰。他看完電影興致勃勃回家後主動為我捂腳——把他的胖肚皮直接趴到我的雙腳上。平時總要他減肥，這時才發覺胖肚皮也不是一無是處，至少脂肪多，暖和又軟和，我的腳吸收他體溫後馬上暖和起來。

「哦，好感動喇，你這樣令我想到成語：臥冰嚐膽或臥冰取魚。」

「你這人就是沒文化，那叫臥薪嚐膽和王祥臥冰。後者是說古代有個叫王祥的小孩，他媽媽病了想吃魚，他就用肚皮趴在河面冰上，把冰化開後捉魚給他媽媽吃。」

「那太殘忍了，讓一個小孩子去臥冰。中國古代有好多諸如此類摧殘小孩身體的故事，用來教育孩子，宣傳『孝道』觀念，其實是不對的。父母生養孩子是盡責任和義務，就像水往低處流是自然規律。若干年前我與兒子有過這樣的討論，現說與你聽聽？」

我：「兒子，你小時候我養你，以後我老了就該你來養我了。」

兒子：「沒問題，小時候你餵給我，你老了我就餵還給你（他的中文表達有點奇怪）。到時你只需坐在海邊沙灘椅上喝茶喝咖啡曬太陽。」他畫了一個餅給我。

接著他繼續和我討論：「媽，我總覺得有點奇怪，我被生到你們家，好像我就是你們的Property（私有財產）？為什麼我就可以隨便在你們家吃喝花你們家的錢，你們也不會心疼；而我不可以到別人家吃喝花別人家的錢，別人家的小孩也不可以到我們家來吃喝花我們家的錢？」他如釋重負地鬆了一口氣說：「幸好我的父母是你們，我好Lucky（幸運）喇。」接著不忘補充一句「幸好你們的

兒子是我，你們也好Lucky（幸運）喲。」

接著他一臉壞笑：「媽，你們生我養我，不是有目的的吧？不是僅為了要我到時養你們吧？這樣我覺得是不公平的，因為生我是你們自己主動要生我的，而我是被動地被生到你們家的，又不是我自己選擇要來的。」

「你兒子的觀點弄得我的思維有點混亂，細想好像是有那麼一點點道理呢：父母是主動的，兒女是被動的。主動的為何要求被動的養老，你說呢？」我問老公。

「他這是什麼混帳邏輯？『百善孝為先』，人類社會的繁衍發展不就是要靠孝道嗎？當初成千上萬的精子，為什麼他要衝鋒陷陣跑到最前面，搶佔那個出生指標？所以，他不僅不是被動，反而他是最主動的！」

Oh My God！看來這父子倆都有一共同特點：有一張「三寸不爛之舌」。

有兩個男人的家

　　一清早起來就面對雜亂的廚房。這是以昨日晚餐的不勞而獲為代價的。

　　昨晚下班，坐在回家的BART（灣區捷運）上，我又餓又困。倒楣的是我居然又坐過了站，這種情況往往是在我發呆或想心事的時候發生。有次中間忘記換車，坐到很遠的陌生城市去了。好在不出站不算錢，可隨便坐來坐去耍（玩笑）。我應該是頗自我的人，常沉浸於自己內心，往往忽略身邊的人與事。以前在國內大辦公室，同事們湊在一起嘰嘰呱啦，我在自己小隔間裡可充耳不聞，完全不知他們在聊什麼。

　　兒子昨晚做了熱騰騰的義大利PASTA，他熱切地盯著我吃。為配合他表情，我邊吃邊誇張地說：好吃，太好吃了！兒子，你怎麼這麼聰明！他就很開心，一蹦一跳去他房間了（其實心下，我更情願吃我自己做的速凍抄手）。

　　吃完，發現整個廚房已經慘不忍睹了：地上、灶臺上、爐頭上一片狼藉，水池裡堆積如山。碗盤還好，我把它們排到洗碗機裡，讓洗碗機工作。可是各種各樣的鍋——大的小的，深的淺的平底的，洗了好久才弄完。這讓我開始心生煩怨。

　　這個廚房，把我懶覺後本已不多的整個上午都搭進去了。而接下來，我得開車去超市。下午他會回來，我要寫一個晚餐菜譜，購回所需原料或更多東西。

　　他住在太平洋中間的一個島上，這個島介於美國與中國之間，有著最美最綺麗的熱帶風光，我太喜歡了，我去了一次，兩次，三次……我寫了最激情澎湃的文字來讚美它，差一點想搬去。這個島

就是天堂的夏威夷。

他愛家，然而卻並不能常回家。一個太平洋，就是天上的銀河，隔著兩邊的他和她。

第一天讓他做客，第二天就把家務清單交給他，好讓他行使家長的權力與義務——比如清理院子，修剪樹枝，給花木果樹施肥，用割草機割草……

有時候就想，有個老公，就像有一件穿舊的睡衣般舒服熨貼，不必像一件華麗的袍子高高掛起。有理沒理的時候，情緒不好的時候，這世上有個人可以容忍自己無端發洩，無理取鬧，也不記自己的仇，不與自己一般見識與計較，可是過後卻把內疚留給你。

開車去地鐵站接他，他拖了一個大箱子出來。我們左擁一下，右抱一下，然後他作為我唯一的乘客，我載他回家。

陽光依然很好，但沒有他那個熱帶雨林島嶼的熱度。他說：還是這兒好，那島雖然美，但美得太單調了。

別無選擇

今天週六，沒睡懶覺，七點三十分就起來了。因為昨晚答應兒子，開車送他去附近的大學Expression College for Digital Arts試聽一天課。他去學校開放日看過兩三次了，但一直沒下定決心去讀。用他的話是：I'm not ready yet。

一則是這所私立大學學費非常貴，二則是課程非常密集。如果像他這樣懶散，每天睡到「自然醒」，怕是到了學校，已是「月上柳梢頭，人約黃昏後」了。

所以他的理由是：你如果要催促我，到時候學到中途又放棄了，欠一大堆錢，「很有可能的喲」，他加重語氣說。

他今天要主動去試聽課，我自然是高興的。早上的交通很通暢，不一會兒就到了學校。停車場裡稀疏地停著一些車，整個校園和教學樓都很靜，不大像有人上課的樣子。我主動提出陪他一起進樓去，卻被他一口拒絕，好像我會使他很丟人。殊不知，常常不願與他走在一起的是我，因為他不修邊幅，衣服褲子東拉一塊，西破一洞，頭髮又長又亂，簡直就像我剛從垃圾桶邊撿來的流浪兒，他還不自知，以為自己很「酷」。

等他消失在門內，我尾隨而至。確實已有很多學生晃來晃去，晃來晃去的還有各種各樣螢幕音響發出的圖像聲音閃爍其辭及牆上展示的未來世界之奇奇怪怪。兒子想學的就是這些關於電影製作，動漫設計的課程。

正在樓內目不暇接，漫無目的地東張西望，有個白女人警覺地問我：「你是這兒的學生嗎？」「不是，我是學生的媽」。她馬上熱情起來：「哦，對不起，是Benny的媽媽？」（看來要吸收住

一個學生，不得對其「荷包」所在掉以輕心）。她友好地請我去登記，說按規定登記後別一個牌才能進教學樓。我說不必，我走了。她又熱情地請我去樓內的咖啡店等Benny。我玩笑說：「真的不必，因為他不喜歡我和他在一起」。她就善意地笑，說：「我理解」。

這個學校及舊金山藝術學院一次一次地給他發入學申請書，是否他們知他是有這方面潛能的？他自己製作的電影動畫都非常好，可他就是懶。

有時候就歎息：為什麼和他這麼沒緣份？這世上沒哪個男的敢對我凶，會對我凶，只有他敢。常常是你第二句話還沒說完，他就嫌你囉嗦，好像你是他仇人。

就想起《碩鼠》，詩經裡的：「碩鼠碩鼠，無食我黍。三歲貫女，莫我肯顧。逝將去女，適彼樂土，樂土樂土，爰得我所」。

可是他不是你身上的一件衣服，是你身上掉下的一塊肉。就像英文中的這句話：「No other choice」（別無選擇）！

一地雞毛

有時候止不住地心煩。就想：高興與否其實不是自己主觀可以控制的，也許是身體內部少了某種物資——化學的，不然為何有憂鬱症、燥慮症等等，要依靠藥物讓身體內部合成缺失了的化學物資？那種藥真的可以讓人人工地快樂起來？

這世上有兩件事是別人代替不了的：一是孤獨，二是疾病。哪怕是最親近的人，都幫不了，只有自己承受與面對。

一個女人，要學會「不愛」，才不會受傷，才會快樂。有時候，「愛」是容易的；「不愛」才是困難的，才是女人一生最難的功課。

這裡的「愛」是一個廣泛的概念，指的不僅是男人女人，也指孩子。孩子往往利用我們的愛，毫無忌憚為所欲為。因為愛，才會操心其前途，焦慮其人生。如果不愛，自己活自己一生，下世也不會再見，這些與我們又有什麼關係呢？

為什麼我從小到大如此嚮往遠方，遠方總對我有著神祕的誘惑？一步一步我從雅安青衣江邊走到成都浣花溪畔，走過東北長白山走過南方西雙版納……走過中國大半個的山山水水，又走到更遠的美國。我計畫的下一本書是關於漫遊世界圖文並茂的散文集。至此人生，雖不大富大貴，聊以自慰的是：自己心中想追求的渺小願望，通過努力與機遇已基本實現。

可是兒子是那麼不同，你要他同去旅行，他嫌太累，要你軟硬兼施方能成行。他爸說：你已經把他帶到美國了，他還有什麼遠方可嚮往呢？唉，看來人與人是大不同。有的人喜歡天空，有的人就喜歡籠子。

今天早上，因下水道堵塞，廚房裡溢滿了水。本來昨天週六我要找工人來修，卻被兒子阻止，他說他能修好（目的是要從我這兒賺錢），可是卻越弄越糟（本來昨天只有洗衣機下水道堵，被他弄成廚房下水道也堵了，竟有那麼笨的修理工！）。

為此我很煩惱，他卻安慰我：有房子就會有這些問題，你這是富人的煩惱，你看好多人都沒有自己的房子住，沒有食物吃，好多人都沒有兒子，你兒子也沒有你想的那麼糟，而且你又沒有Divorce（離婚），所以Nothing to worry about（沒有什麼可擔憂的）。

一邊說一邊給我一個Big Hug（熊抱），然後拿著昨天的工錢（不僅沒修好，反而更糟），外出會朋友玩耍去了，把一地的水汙和爛攤子留給了我。

＊　　　　　＊　　　　　＊

話說前些天修管道之事，起初以為只是一般堵塞。兒子倒是表現出難得的工作熱情，在朋友處借來鑽探工具，又買來鉗子扳手及配件若干，在電腦上查詢管道結構及修理方法。經過二三天試修，未果。星期天早上，面對一屋子的凌亂，他如釋重負地向我正式宣佈：Sorry，我已經盡力了，看來你得找專業的修理工。

師傅來查後，發現不僅是堵塞，地下室粗大的鐵管道已經銹蝕破裂，他鑽進去拍了錄影給我看，舊管道正不斷往外粘粘糊糊地滲漏……

需換地下室約五十尺長的主管道，換好後可維持幾十年；安裝洗衣房排水出氣管，這樣水就不會漫出來；提高廚房洗碗機排水管，若遇堵塞水才不會倒流進洗碗機；更換已顯老舊的鍋爐。

幾次電話往返，與師傅的老闆談妥需做的以上工作，及每項工作的價錢和付款方式，答應他們第二天來施工。因我第二天要上班，便吩咐兒子在家照應，同時委託懂行的朋友下午來巡視一下。

在美國還好，一是任何東西不管貴賤，不會有假貨；二是工人都很敬業，不會有「豆腐渣」工程。

美國的Home Depot，供應五花八門的建築材料及工具，滿足人們自己動手的所有需要。我發覺好多美國人都很能幹（這可能是因為美國教育從小注重培養動手能力），連房子都可以自己修建。不過美國房子都是木結構，有點像小孩子搭積木，只是更巨大而已。

美國是材料便宜，人工貴。剛來美國時不理解：擁有三層樓十幾個公寓出租的房東，為什麼要自己修衛生間屋頂漏水？擁有一棟建築好幾家生意的店東，為什麼要親自來修我店內的抽水馬桶？這可能還不僅僅是經濟上的原因，而更多是思想觀念的不同。

晚上八時許我回到家，還未完工，約九時許，大功告成。老闆開了收據與保修單給我——各種修理更換保修期一年，鍋爐保質期六年。我開出支票兩張，付清了這次開銷。感覺輕鬆許多，心想我的房子現在是大病已愈，至少好多年不用操心。

有時候就想：什麼是生活品質？像流浪者可以簡單到一隻行囊的程度，一無所有萬事不操心；還是倉廩實人富足，有時候卻不得不做物質的奴隸？

＊　　　　　＊　　　　　＊

我並不隨時看手機，今週一上午約十一時，當我打開微信，就看到這樣的資訊：「你起床後去看看街上我的車。那裡是否在施工？我有點擔心。」

飛奔出院門，見縱向幾條街左右無一輛車，唯有我家車孤零零，膽大妄為地泊在門口街邊。而前後間隔不遠便有標牌：TOW-AWAY（強制拖走）。No PARKING（不能停車）。8:30am-4:30pm。週一至週二。

火冒三丈，責問他為何咋晚不把車開回自家車道？因他上班在

兩小時車程外，常常新車舊車輪換著開。昨天開走了舊車，而新車鑰匙在他身上。這下麻煩大了。

他說：先不要抱怨嘛，你在書房小床下找，有個紙箱，裡面或許有備用鑰匙。

急回屋，埋頭床下，裡面全是紙箱，怎麼找？隨機抽出一個，打開，居然順利找到鑰匙。出去，先把我車從自家車道倒出去，再把院子柵欄門打開，把他車開進柵欄內，然後再把我車泊回。大功告成！

剛進屋，他電話聲起：「怎麼樣了？」

「晚了一步，當我進屋找鑰匙，市政府的拖車就來了，你車被拖走了。」聲音故做低沉。

「怎麼可能！你坐進車裡，他們就拖不走了嘛。」他聲音相當悲憤。

「你以為我是市井潑婦，強坐車裡不讓人拖？況且人家市府相關部門拖車已到，你就忍心讓其損失人力物力財力？」

「那怎麼辦？只有你去拖車公司把車開回來。」

「我只會開我自己車，開不來你的車。還是等你週末回來自己去開吧。」

電話那頭沉吟，相當無奈：「老婆，幾百元拖車費不說，每天拖去後的停車費也要兩百多呢？」

電話這頭實在忍不住笑噴：「騙你的啦！目的是看你心不心疼錢？」

「老婆，你今天功勞太大了。一下子就為我們家節省了一千多！」他轉悲為喜，如釋重負。

日子靜水細流

　　我這人有時搞不清楚狀況，前天傍晚心血來潮，花好長時間給院子裡的花木果樹澆水，結果第二天和今天都下雨。而我常常是記不得澆水的，害得老公不時打電話央求我給他的竹子們澆澆水。

　　本來我家只有一小盆竹子，可是竹子真的是會「跑」呢，俗稱「跑竹」。遇上他又特別喜愛竹子，「寧可食無肉，不可居無竹」。結果就發展成一盆兩盆三盆四盆……我嘰笑他：古代水墨畫，總是三兩根瘦竹，清淡而高雅，如今卻被你弄得蓬蓬勃勃遍地開花，俗不俗啊？答曰：管它呢，不就圖個高興嗎？

　　我們是WEEKEND COUPLE（週末夫妻），一週五天他都在離家二小時車程外的MONTEREY上班，在那邊租住一小屋，週五下班才回家共度週末。一年約有兩三次出差。他出差時通常我也去玩，住免費酒店吃免費伙食開免費車。這樣也好，想到如果兩人天天在家共進晚餐，每天都要三菜一湯或更多，那也是很煩的事情。我這人表面賢惠，其實最煩家務，也沒啥遠大理想，口口聲聲稱喜歡做「家庭婦女」，其實是喜歡做那種遊手好閒的住家女人，看來人人骨子裡都有懶惰因素，但想想每天都「西西弗斯推石頭上山」，也是很浪費生命的。

　　我們一家三口，平日裡一人住一個地方，也就是要付兩處租金一處房貸。老公週末回家，兒子並不每週回家。他在離家一小時車程外的聖荷西上大學，與另一青年合租兩房一廳的房子。他回家的日子和時間都是不能確定的，往往某個週末的半夜開車摸回家：「媽，我回來了！」突兀地把人從深層的睡夢中拉出，好在我睡眠奇好，掙紮著發出一點聲音，表示知道了，旋即又會沉入更深的夢

中。據說他是到附近的伯克利或奧克蘭開了PARTY順便回家看看老媽的。

他現在比以前喜歡和我們聊天，問他有沒女朋友，他說自己還沒足夠好的技術。我就笑，說找女朋友是講感情，怎麼是技術呢？答曰：時代不同了，現在和你們那時不一樣。而他正在看的一本英文書居然是《怎樣科學地找女朋友》。令我哭笑不得。

他問：媽媽你最近有沒有寫什麼？我說就是寫一些博客囉。他說我看不懂你寫的中文，你可不可以念給我聽？我念給他聽「新年戲語」，他問：什麼叫「剩飯」？我說就是沒吃完的飯。他說，哦，我知道了，是剩的米（他從來把飯說成是米，回中國時，他吃完一碗問：我可不可以再要一點米，他表姨笑答：好，那就再給你一點米）。他又問：是碗裡剩的還是鍋裡剩的？答曰：就像你有時盤裡剩的，你爸小時候你爺爺會吃他剩飯，可是你爸爸卻不吃你剩飯（有點挑撥離間）。「噢，那感覺很噁心！我小時候你們有沒有給我吃過你們的剩飯？」他憂心忡忡地問。OH, MY GOD，我好像偷雞不成倒蝕一把米，他居然問有沒有給他吃過我們的剩飯！他居然問得出？而他像所有的獨生子女一樣，是怎樣寶貝地被養大！

＊　　　　＊　　　　＊

今早冷風冷雨，依然去YMCA健身中心跳舞。我每次都是掐著時間出門：走五分鐘到地鐵站，剛好火車到達，上車八分鐘到站，出站走五分鐘到達健身中心上二樓健身房，大廳裡已經好多人，教練也剛好到達，她（他）戴上耳機，打開音樂就帶領我們開跳了。出門時挺冷的，跳了十分鐘就熱了，一節課下來，我已經滿臉通紅筋骨舒通了。有時候跳累了就想偷懶，不想那麼認真起勁，可今天偏站錯了位，剛好站在教練背後，一邊跳她一邊大聲鼓勵：GOOD JOB, GOOD JOB……害得我不好意思敷衍塞責。

　　早餐後捧喝一杯滾滾的綠茶，茶香撲鼻，蒸氣又可給臉部補充水份，一舉兩得。午餐後我給自己燒一杯咖啡，我不像有些太講究的人每次的咖啡豆現磨現燒，我只是在STARBUCKS咖啡店買一大袋咖啡豆當場磨成粉，拿回家後每次取出適量放入咖啡機燒。我現在悟出，真正喝咖啡的人喜歡喝純正的咖啡，是不喜店裡那些花式咖啡的。我燒的咖啡很好喝，是因為我加了各種口味的液體COFFEE MATT。像茶一樣，咖啡我也喜歡喝滾熱的。只有一樣是只能喝冷的，那就是現榨的橙汁，兩隻柳丁就可以榨一杯新鮮汁。既方便又好喝，絕對維他命充足。

　　當我正榨橙汁的時候，SHU打來電話，說下班到我這兒來，我家介於她公司與她家中間。她春節回了重慶老家過年，你猜她帶來了什麼？讓我驚喜交加：她居然冒著被美國海關罰款的危險，挾帶給我兩節她媽媽自製的煙薰過的香腸！當晚我們就煮了一節解饞，另一節珍貴的香腸要留到週末老公回來再品嘗。

　　SHU一直不吝嗇對我有限的川菜廚藝大加褒贊，每次在我家吃完晚餐，她都很開心再帶一份第二天的午餐便當。SHU也是最好的廚房下手，刀功了得，連薑蒜都切得細細末末的，我一邊炒菜她一邊把廚房收拾得乾乾淨淨，碗也洗得很乾淨。

　　當我在電腦前這樣拉拉雜雜寫著的時候，我隨手放進音響裡的CD正傳出鄧麗君憂怨的歌曲：「是愛情不夠深，還是沒緣分，希望你告訴我，初戀的情人，你我各分東西，這是誰的責任……直到海枯石爛，難忘的初戀情人……」

　　只好擱筆不寫了。

波斯地毯之圖案

喜歡旅遊，因生活在別處？其實，搬把搖椅，坐露臺上，守著潔淨花木扶疏的小院，心裡已是滿足。又為何要勞民傷財地奔波？

天氣晴好。中午，倆父子在安裝新買的儲物棚。兒子手巧腦靈，特別擅長做這類事。

我搬個小板凳坐在太陽下，看他們幹活。儲物棚擺放在前面房子露臺邊，大小寬度正好，大家都很滿意，我心裡也高興。

今晚他離家回德州，我心中竟生淡淡惆悵與不捨。因他回家總是把家裡事情做妥做好，特別是院裡雜活，令我心安。回首半生，似乎年紀漸長，才更懂得彼此疼惜。以後老了，最重要的其實就是安全與安定。

兒子曾說：被別人看不起，很大可能是對方的問題；被別人看不慣，則大多是自己的問題。

他又說：中國人對別人的好，是想遇到困難了，別人能幫助自己；而美國人自身比較強大，是想去幫助別人。

感覺兒子思維活躍，總結事情比較到位。可一與他講道理，他就不耐煩，好像什麼都懂。可實際生活中，又讓我太多看不慣。還是要提防他「依懶型人格」。可我常常忘記，總想把他照顧好。特別是在吃上，總是不厭其煩，為他做飯。目的是想讓他身體長好一點，強壯一點。

看來，對兒子，我也應改變心態。多想想他為我店裡及網上所做的工作，這些事沒他還真搞不懂。給他再多一些時間與耐心，控制我自己的情緒，平心靜氣說話。

看來，不求天天快樂，只求天天不煩就好。若上天安排的過程

如此，也只好接受，盡量做到坦然吧。

　　想起那晚，兒子下班回家，談及有個盲人顧客，他一直護送其到家。哎喲，盲人好可憐。他如是說。又感歎我們常人好幸運。希望他在與客人的社會接觸中，懂事成熟起來。本質上，他是很單純良善的，心裡住著個孩子。

　　他說之前去公司上班，都是做無聊的事情，又常被經理「罵」（其實是客氣地批評），很不舒服。

　　如此看來，這種時間空間上相對自由的工作，是否更適合他？但又擔心他厭倦。其實，事情做久了，厭倦是共性。但為生計，也不得不堅持啊，有幾人可率性而為呢？

　　叔本華說，生活就是痛苦與無聊的交替。欲望不滿足，則痛苦；欲望一滿足，則無聊。

　　叔本華說，衡量一個人是否幸福，不是看他有多少高興之事，而是他總為小事煩惱。因為正遭遇大災難的人，是不會顧及這些小事的。

　　看來，一個人不管貧窮或富有，高貴或低微，上天都會安排各種各樣不同的感覺與情緒，令身處當下情形的人們，各人有各人的煩惱與憂愁。

　　人生本無意義，終點大家一樣。唯一不同在過程，就像編織波斯地毯，不同的人生，不同的圖案。若跳出生活本身，站在較高處看，像是審視或欣賞自己這塊波斯地毯上的線條與色彩，反覺坦然。

吾家有男知天命

這週日是老公生日，本來我家一向不講究過生，但這個生日好像特別一點，因為他虛歲五十。連我都覺奇怪，怎麼一轉身就過了半輩子？一個知天命的年齡。我叫他程大哥，戲說他不管實際年齡還是心理年齡都至少大我二十歲，他也毫不謙虛地沾沾自喜，真以為自己「老牛吃嫩草」呢。

老公可能註定在生日前有個劫。前月他回中國就摔斷了腿。本來我們約定當月十四號相會北京（我從長沙他從成都飛去），參加第二天他母校人大全年級三十年校慶，其中重頭戲是他作為知名作家要捐贈他出版的約二十本著作給學校新建的圖書館。無奈他在成都做完手術後困於病榻，只好由我代表他出席同學會並捐書給圖書館，接受圖書館館長劉大椿教授頒發的捐贈證書。只是台下整年級好幾百同學肯定心中打鼓：為何三十年前一葉障目沒見到過這位漂亮女生？他同學們待我甚好，一早班長就車我去校園替他故地重遊拍照若干；晚餐曼曼做東陳萍做陪三人消費三千多人民幣，吃了一些魚翅吃了一些燕窩。但給我印象最深的是餐前那盤免費新鮮棗子，又脆又甜太好吃了。

不過「禍兮福之所倚」，這個生日後一切就會順順利利平平安安，「健康平安快樂」是我為我家總結的六字真言。有很多朋友電話電郵祝賀生日，本想開個PARTY，但平時忙於學業的兒子說要回來，為了珍惜一家人難得的相聚時光，我們決定僅一家三口度過輕鬆愉快的一天。

兒子帶給他爸一個生日蛋糕、一瓶紅酒，外加兩小袋配紅酒的小點心，賀卡上寫著：「DAD, YOU DON'T HAVE TO WORRY

ABOUT BIRTHDAYS AGING YOU」，畫了一張漫畫像送給他爸。做父親的是很容易被感動的，一整天老公心裡都美滋滋的。我們懶覺起來後去餐館共進午餐，晚餐後點蠟燭拍手齊唱「祝你生日快樂，祝你生日快樂……」，吃生日蛋糕，兒子買的這個乳酪蛋糕真的很好吃，我連吃了兩小塊。外面走廊依次掛了好幾盞燭燈，一切都和諧溫馨而浪漫。

＊　　　　　＊　　　　　＊

　　生日之際，感謝老公，感謝這個性格堅強執著的，曾經的農家男孩，現在知天命的男人，憑自身的努力奮鬥排除萬難，像一座橋引領我們一家人，越走越遠越走越日上中天。而他也從不否認：他是「橋」，我就是那「橋墩」。作為對詩人老公三番五次生日獻詩的回報，為妻也贈詩一首作為生日禮物：

> 我願意是急流，
> 山裡的小河，
> 在崎嶇的路上，
> 岩石上經過……
> 只要我的愛人，
> 是一條小魚，
> 在我的浪花中，
> 快樂的遊來遊去，
> ……
> 我願意是草屋，
> 在深深的山谷底，
> 草屋的頂上，
> 飽受風雨的打擊……

> 只要我的愛人，
> 是可愛的火焰，
> 在我的爐子裡，
> 愉快的緩緩閃現，
> ……。

　　值的一提的是，作為老公生日前奏，週六晚我們去舊金山參加了第三十七屆TELLURIDE電影節的內部展映和招待酒會。著名導演張藝謀帶來了由嚴歌苓作品改編的最新影片《金陵十三釵》。著名美籍華裔女作家嚴歌苓，我一直以為：上天派她來就是為了寫小說的。她多產而才華橫溢。不僅如此，她還做得一手好菜，在我們共同的朋友VICTOR家，她做過橄欖油烤蘑菇、紅燒肘子、一魚三吃（清蒸魚，魚頭燒豆腐，魚骨粉絲湯）……最奇妙的是一塊麵團由她蘭花指一翻，就變出一朵朵漂亮的花卷。我看著她一邊做事我一邊想：這樣美麗才華又富足的女人，應該沒什麼煩惱，該是世界上最幸福的女人了？可奇怪的是前些年她曾被憂鬱症折磨。

　　這部以南京大屠殺為背景的電影，在嚴酷血腥中特殊環境下所激發的人性的勇敢崇高以及人性中不乏柔軟的東西。電影畫面既有戰爭的殘酷又有好多的唯美，是一部震撼人心的大片。在電影后的招待酒會上，我們見到了張藝謀、他女兒、該片女主角玉墨扮演者倪妮等，大家交談合影……度過了一個愉快的夜晚。

　　倪妮是中國廣播傳媒大學學生，這是她主演的第一部影片，相信她是即將爆紅的又一位「謀女郎」。電影中的她性感美麗風塵味十足，眼前的她清純可人風姿裊娜，真為她媽媽感到驕傲。驅車回程的路上就對老公感歎：想想自己這輩子做過很多夢，就沒做過明星夢，現在做也為時太晚。就恨不得也像人家媽媽一樣，生一個冰雪美麗的電影明星女兒來。

老資歷的新司機

俗話說：美國的魅力在高速公路上。

可對於我來說，更多的時候我情願坐車而不是開車。

坐車你什麼都可以不想：諸如車況路況目的地等一系列需集中思想集中注意力的事；你又什麼都可以想：只要是與開車無關的，盡可以讓思緒信馬由韁……

但在美國，不會開車，相當於不會走路，凡事要依賴別人。

早在二〇〇一年，我就開始學車，教練是我老公——非專業的教車師傅。我跟著他三天打魚兩天曬網地練習開車，其間吵架無數。他嫌我「笨」，我嫌他態度粗暴（難怪說婚姻是愛情的墳墓，要是永遠情人，男的永遠獻殷勤拍馬屁，那多美好啊！）。有時候我比他更「凶」，甚至採取「罷學」行動。

兩三年中他帶我路試三次，均告失敗（不知是學生笨還是教練笨）。一氣之下，我炒了他魷魚，花錢請了一專業教練。我跟教練學了二、三次（每次二小時），教練帶我開車練習考試常走的道路，囑咐我考官要特別考察的細節，比如每個有STOP（停車標誌）的路口一定要停穩車後再走，十字路口即使沒有行人，也要做出明顯甚至有點誇張的左顧右看的肢體動作等等……看來「薑還是老的辣」，專業的畢竟是專業的。那天教練帶我去考試，考官是個非裔美女，我誠惶誠恐地開著車，考官坐在副駕位，不停指示我左轉右轉，九十度轉，左換線右換線，倒車，泊車……約十多分鐘後開回DMV（車輛管理處）考試處。考官在試卷上加加減減，勾勾畫畫，總分勝出，我終於通過了考試！激動之下，我給了美人考官一個熱情的擁抱，她也真誠祝賀我拿到駕照。

照理我可以駕車四處兜風了，可老公對於我的技術並不信任：兒子坐車時不要我開，客人坐車也不要我開，而他坐車我開時，他近視的牛鼓眼圓睜身體前傾，口裡像蛇一樣嘶嘶吸著氣，比我還緊張，時不時吼我一嗓子，嚇我一跳害我心跳加速。久而久之，我越來越喪失了開車積極性，加之生性慵懶：既然家中有家庭司機，為何要自己開車害自己緊張也害他緊張，何樂而不為只管坐車不管開車呢？

＊　　　　　＊　　　　　＊

這樣又過了幾年，老公工作去了夏威夷，我一下子面臨日常生活開車的需要。重拾方向盤，緊張之餘有點慶倖：終於沒人坐在邊上對我指手畫腳了。第一次開車去了走路十五分鐘的美國銀行辦事；第二次開車去了走路二十分鐘的大型超市買菜；第三次開車去了走路一小時的連鎖批發超市購買日常生活用品……其間代價是車的右前面撞在柱子上一個坑，左後一個坑是倒車時撞在路邊停著的車上，均是「守株待兔」，我屬兔，看來真是貨真價實的兔子呢。就這樣在市區開車走走停停，可就是沒膽子開到高速公路。

近來買了度假屋，離家兩小時車程。有時我坐地鐵到兒子租住的公寓附近，他開車接我一起去；有時兒子不去，就接我到一個中間地帶與他爸交接。我像個包裹被他們遞來送去，老公美其名曰：愛心傳遞。可是不管包裹傳遞還是愛心傳遞，有次因開車的事與老公發生極大衝突與不快，我生氣了好幾天，之間不管他怎樣道歉與解釋都不能讓我釋懷。痛定思痛我終於總結出我開不好車的最主要原因：是沒有一輛自己喜歡專屬自己的新車！因為以前除了自身的「不思進取」外，都開他們的「剩車」（剩下不開時我才開），而且兩人都「不愛好」，老公的車內亂七八糟且要把座位上的東西掀到座位下令我煩不勝煩，兒子的車除了他老爸特點外還兼帶飲料與

巧克力等的粘稠度。我坐他們車開他們車都是難受，從未感受到開車的快樂。

　　我把買車的打算告訴閨蜜，閨蜜在電話那頭說你終於醒悟終於想通了，早就叫你要對自己好，你就是不聽！最好趁你現在氣頭上趕緊買了，不然等你氣一消被你老公三說兩說又不買了（看來知我者莫閨蜜也）。閨蜜是個一生致力於對自己好的人，雖然她屬於一人吃飽全家不餓，但對於怎樣吃她從不馬虎：豬肉只能吃上好裡脊，牛肉只吃最精部分，魚只買鮮活石斑，蝦蟹自有講究……剩飯菜更是不能吃，煲了幾小時的湯也只喝湯，剩下的肉和當天喝不完的湯全部倒掉……她一聊起這些，我就覺得自己活得相當粗糙，而她則像貴族（實際上她也出生普通人家）。而我一直懷疑：可能正是她這樣對自己「好」，所以，她身體內部的生長因子在二十歲就停止了生長。因為她雖只比我小了不多少，但看上去實在年輕得可疑，在老美眼裡簡直就是未成年（進賭場要她出示身份證，證明年滿十八歲才能進去）。她叫我媚姐姐（MAY姐姐）我叫她千年妖精。這麼年輕漂亮的江南美女至今待嫁，為此我常為男人世界遺憾，覺得世上的男人們怎麼都這麼有眼無珠？

＊　　　　＊　　　　＊

　　作為賢妻加良母，長久以來我已習慣事事把程姓的人（老公姓程）放在前面，習慣就成了自然。我覺得自己已越來越喪失了對自己好的認知能力，便不恥下問閨蜜：如果說買一輛車是對自己好的話，那接下來我又該做什麼才算是對自己好呢？閨蜜沉吟良久也沒具體說出所以然來，只好籠統概括說：你覺得做什麼能讓自己高興和快樂那就是對自己好囉。此言不虛，想想自己並不十分愛車也不時常開車，但買輛自己喜歡的漂亮新車擺在自家車道上看著都高興，甚至能激發自己開車積極性，何樂而不為呢？

　　所以我就買了這輛TOYOTA PRIUS油電混合動力車，白色流線型的外觀十分好看，有倒車鏡衛星導航電話連接等最高配值。我電話通知老公：本人的新車已開回家了哈，取名白馬王子。「東風夜放花千樹，更吹落，星如雨，寶馬雕車香滿路……」正吟辛詞，老公在電話那端打斷我順水推舟：你為我們家貢獻傑出，有個新車是應該的，祝賀祝賀。但程姓的人有個習慣總是拿走我的東西，比如相機比如電腦比如手機……為防患於未然，我故意說：這車很高級的喲，我都是買車時在車行才稍微搞清楚，一般開慣傳統車的人還真不懂怎麼用呢。老公這種「老實」的人居然也會聽話聽音，他朗聲笑說：你不要這麼轉彎抹角好不好？我決不會要你的車，我連摸都不得摸一下，這下你放心了吧？

　　我又故意說：如果不是你惹我生氣刺激了我，我也沒想到要買一輛新車給自己。現在正式通告你哈，以後你每刺激我一次我就買一個大件回家擺起！老公在那邊忙不疊地說：哎，哎，你這個老婆，還要不要過日子的啊？

流言

呵，呵，好玩的是，我又聽到了關於自己的流言：我離婚了！

閉上眼睛，我仔細回想了下：截止目前，本人沒有收到老公的離婚通知，我自己好像也沒發出過類似通知給他。在現代社會，離婚——人生旅途中雖不是很大但也不算太小的事情上，自己都不知道，卻由不相干的人暗中策劃安排了，好像是有點奇怪哈？

奇怪的是這流言流傳於與我生活的美國舊金山隔了萬水千山的中國西南某市某單位或某圈子。

不僅是空間上的距離如此遙遠，時間上確也很久遠，因為我離開那裡已經十五年了。

其實早在二〇〇五年夏，我先生帶著兩個美國教授回中國參加詩歌活動與旅遊。回到美國家中後，他故作神祕地告訴我笑話，在國內時聽到自己的流言：說是程某某與張某某早已離婚了，張某某改嫁了一（連張某某自己都不知道的）誰誰誰（奇怪的是聽說自己婚變，他一點不悲傷，反而有點情緒振奮），故事編得有鼻子有眼，像個結構嚴密的電視劇劇本。

唯一遺憾的是，故事中的男女主角完全沒有跟著劇情走。

男女主角一直都沒想明白，聽起來這麼合乎邏輯的電視劇劇情，為什麼事先沒人找他們彩排一下？

當年同單位的某好友近日在QQ聊天視窗留言，好像找我有事，所以昨晚我就CALL她。她在電話中很焦急，問我過得怎樣，老公怎樣，兒子怎樣？我一一彙報與她，並告知自己正過著幸福的生活。

她終於如釋重負：那我就放心了，因為我們這邊都流傳說你們

離婚了，說得有模有樣有根有據，還有好多故事細節，弄得本不相信的我都有點懷疑了。

她又笑說：我生活在這個環境裡，其實好多年前我就離婚了，一直都沒敢讓他們知道；可是你離這個環境這麼遠這麼久，卻一直「緋聞不斷」。

＊　　　　　　＊　　　　　　＊

我就開始反省自己：當年在單位時，雖不喜歡且很厭倦那份差事，但出於責任心仍兢兢業業工作，尊重老同志愛護小同志，與同事們相處融洽，夾著尾巴做人，基本沒有樹敵。而最重大的缺點是不求上進，辜負了當年要培養我當個小科長小處長的老領導，讓他們恨鐵不成鋼。

其實，只有我自己知道，長期以來，表面風平浪靜不思進取的我，內心卻被鎖在重重門後，激情、神祕、焦躁不安……

我的心在這舒適卻不自由的牢籠裡哭泣，那樣的哭泣來自長久的渴望，渴望廣闊的生活，不受拘束的自由行動，開懷忘情的奔跑和大聲唱出靈魂的聲音……

所以我逃，這個蓄謀已久的「潛逃」計畫，在老公做前鋒的打拼下十年後得以實現，我終於「逃」到美國來了。

要告慰關心愛護我之親朋好友的是：我對自己目前的生活很滿意。

上次老公告訴過我，我們已經離婚的消息；事隔多年，這次輪到我有機會告訴老公，我們已經離婚了。

據我所知（相當有限的消息來源），製造流言加工流言的人們在這漫長的十幾年中，好多已經離婚或者婚姻並不幸福美滿。但是他們不是對自己，卻是對別人有更多的關注，好像責無旁貸地有責任和權利，來擔當別人婚姻生活的監督者與評判官。

　　下次回國，如果觀眾看到電視劇中的男女主角，一直沒有跟著編劇和導演的劇情走，是不是會很失望抑或欣慰？而作為我們——故事中的男女主人公，是不是也會很不好意思地感到辜負了大家的期望？

　　奇怪的是，對那些「緋聞」，我一點都不生氣，反而感到好玩和有趣，想想自己離開那裡十五年後，還有人一直關注你關心你，你還是他們的「焦點人物」，把你編成電視劇。在自己還沒有出名到隨時有狗仔隊跟蹤的情況下，如果這不是明星待遇，也至少證明自己很重要，那個環境那個圈子的人們並沒有忘記你。

　　有人說：對於流言，最好的防禦就是沉默。

　　人生情緣，各有分定。

溫潤如玉的咖啡

有個人很奇怪：若他說晚上回家，必定是第二天到家；若他說回來午餐，到家時必定已晚餐時間。這種人若是他爸，本人早「打燃火」（生氣）了。可對他，並不以為意，可平心靜氣地按規律順延半天以上。正應了那條真理：問世間情為何物，卻原來是一物降一物。

清早起，不知兒昨夜回了家。直到從健身房回，開車上自家車道，才覺街邊有輛車似曾相識。好奇地圍著此車查看兩圈，確認是自家財產。回家用鑰匙打開他房間，平日空置的床現正有人酣眠！就感歎：這世上有間房，不管自己何時歸來，多夜歸來，溫暖的床都任由自己酣眠，又不交錢。是多麼幸福的事！可惜某些當事人並未體察感受到。

今天他請喝咖啡，我們散步去，是在七彎八拐的一條居民區小街上，這種地方只有他這種喜歡探尋新奇事物的人才找得到。我們平時墨守成規，在哪購物購些啥，在哪吃東西吃些啥，都較固定，很難想到變化，其實是不對的。

這家小小門面的咖啡店，街邊看板上有如下資訊：有機咖啡、茶、牛奶、新鮮點心、三文治、沙拉等。請到此一試，灣區最好的咖啡！

果然好咖啡，如我這般並非資深咖啡客，也能品出高下。一般大眾化如星巴客之咖啡，雖濃香但有種較尖銳的口感；而真正好的咖啡，溫潤如玉，滑過舌尖時，有種絲綢般的柔和質感，只可意會不可言傳。就像藍顏或紅顏知己，可遇而不可求。

截止目前，筆者在三處喝到過這種咖啡：一是舊金山海邊懸崖

屋，那兒遊客居多，坐在室內窗邊，一邊喝上好的咖啡，一邊看岸邊的驚濤駭浪，海鷗翻飛；另一處是位於柏克萊的僻靜小咖啡店，充滿歐洲般的古舊頹廢，有古典音樂低迴縈繞，彷彿時間凝固，回到中世紀的歐洲，人們一邊看報或上網，一邊細細啜飲咖啡，若再配一碟灣區最好吃的提拉米蘇，人生如此，夫復何求？

　　再就是這家了，坐在店外街邊舒服的搖椅上，一邊看街景，一邊喝咖啡，一邊在手機上隨心所欲寫下這些文字。

我的美國「粉絲」

我無意在自己店裡賣書，因為生意與寫作風馬牛不相及。

記得去年耶誕節前，有個從外地來舊金山訪友的白人男子（他好友是我店的老主顧）。說他秘書是亞裔，所以想買作者——我親自簽名的書，作為禮物送給他的秘書小姐。

前不久，他又來了舊金山我店裡，對我書回饋甚好，且要再買一本。他看不懂中文，但這次是送給他Girlfriend（女朋友），據他說女友是中國人，是醫生。

我當時手頭沒書，但他第二天要回去，他便預付了書款，寫下他女友的英文名字，請我過後將書交與他好友，他好友郵寄給他。

不時有客人問我的書是否有英文翻譯？答曰沒有。便有好幾個買了送與自己的中國友人。

舊金山總圖書館中文部的負責人Doris女士告訴我，有讀者向她回饋：很喜歡爾雅的書，很難得讀到這樣感人的書了。在浩如煙海的書籍中，讀者有緣遇到爾雅的書並受到感動且回饋到爾雅耳中，真的不容易，也讓我頗受鼓勵。

有次生意間隙，我坐在店外遮陽棚下邊喝咖啡邊看書（我常把自己弄得看上去很愜意）。有個背背包的美國男人走過，居然用中文問：你看的什麼書？我給他看封面：沈從文。顯然他的中文程度遠低於知道沈從文，且只會簡單幾句中文（不過已很不錯了）。

我用英文告訴他：沈從文是中國很有名的作家。他用英文玩笑說：我不知道他，我只知道你，你才很有名呢！他指了指櫥窗裡我的照片。

我雖寂寂無名，但我們這社區確是很有名呢。近日熱映的美國

大片《San Andreas》，就是去年在我店外街角取景，背景是舊金山地標建築——泛美大廈的塔尖。封街拍攝一天，付我兩千美元。前年福特公司在這兒拍汽車廣告幾小時，付款一千兩百美元。之前國際巨星克林特‧伊斯特伍德拍攝靈異電影《Hereafter》，也令我收入不菲。

　　一高興，就做夢——巴不得天天有人來此拍電影，令我不勞而獲，坐收漁利，呵呵呵……

　　網上說：為你的難過而快樂的，是敵人；為你的快樂而快樂的，是朋友；為你的成就高興而自豪的，就是那些放你在心上的人。

　　網上還說，嫉妒定律：人們嫉妒的往往不是陌生人的成功，而是身邊親朋的成功。

　　幸運的是，除卻美國粉絲，我身邊的親朋及未曾謀面的文友，總是為我取得的一點點成績開心，引以為傲。比如昨天，《中國青年報》刊登了作家睿涵為爾雅寫的書評及其他，就得到眾親朋好友的讚揚與祝賀，並紛紛轉貼，令我小小虛榮心得到一定程度的滿足。

朋友來訪

近期頗忙，不斷有朋友來訪。

海歸文友D，近日回舊金山灣區休假會友辦事。前天中午專門來我家「蹭面」——紅油素椒炸醬麵（看來我廚藝名聲在外也）。D說，妳給我做多多的，我吃不完下午再吃！聽她口氣好像能吃下一頭牛呢。

我先炒了肉末，調了碗底，果然我就煮了一大鍋面，裝給她一大碗公，把她嚇一跳！她以為我們四川人吃面就是餐館裡那種小小碗的擔擔麵。瘦小斯文的她埋首大碗公，一邊很謙虛地說吃不完，一邊讚歎好吃好吃，一會兒碗就見了底。這是對我麵點廚藝的最高讚揚！

飯後我倆坐陽臺喝茶曬太陽瞎聊。下午她著急要為某作家寫書評，我特地從院中剪了一束花，讓她對著這美麗的瓶插文思泉湧。D問那麼多骨朵會不會開？不然太可惜。今天我專門拍照微信發給她：這束那天送給你的花花，不管你在與不在，來與不來，她都姿意地為你而開。

今天D已回到中國家裡，睡一大覺後，把從我處學到的手藝為自己煮了一碗麵，說正腆著吃飽了肚子，寫一段微信給我，弄好自己的胃，這點很重要，因為有幸福感！只是沒弄明白，為何要放三種油？花椒油、辣椒油、橄欖油，不都是辣嗎？答曰：一是麻，二是辣，三是香。這個嫁給老公就不用自己做飯的文學女人，決心今後要經常自己弄好自己的胃，看來也是不小的進步。

＊　　　　　＊　　　　　＊

　　昨一文友來家，我倆「偷得浮生半日閒」。下午坐在露臺曬太陽，喝咖啡，聊天，發呆……晚餐，我倆把三大盤菜吃了個底朝天。她對我有限的廚藝大加讚賞，因她雖為人妻若干年，仍不會做飯，用她話說：嫁給了老公就不用自己做飯。她老公雖對她百般遷就與呵護，但她家廚櫃裡永遠只有兩種調料：醬油和鹽。所以她吃任何別家的食物，均是美食。

　　相較於如此不食人間煙火（確切點說是「不做」人間煙火）的文學女人，我頗沾沾自喜。因不比不知道，一比嚇一跳。方才驚覺自己是個全才：「文武兼修」，「上得廳堂，下得廚房」。怪不得有次與朋友玩笑自誇「極品女人」，人家拍馬屁：你豈止「極品女人」，你簡直就是「絕品女人」嘛。呵呵，好話總是受用的。

　　傍晚送客出門，提醒她不要拉下東西。待我返回，發現她下午採的蘋果還在露臺桌上，忘記帶走。寫微信告知。回信道：幸好當時吃了一隻。看來你家蘋果與我的緣份：每次只吃得到一隻。話出有因，去年她採了蘋果回去，才吃了一隻，第二天便外出旅行。若干天後回家開門，屋子裡全是蘋果發酵後的酒香味。

＊　　　　　＊　　　　　＊

　　前周來訪的另一女友，帶著她的混血小女兒。小女孩皮膚黝黑光潔，文雅安靜，十分可愛。蓬鬆捲曲的頭髮束起來，像小松鼠柔軟的大尾巴。據女友說，每次為姐妹倆洗頭，至少花二小時，因實在很難梳透。

　　姐妹倆相差約兩歲，均長得健康漂亮，照片上的姐姐粗粗長長的辮子垂在胸前。倆姐妹十分要好，妹妹吃到我家小餅乾好吃，也不忘給姐姐帶兩塊。

　　之前，女友曾問我是否需要她家用剩的八塊大方磚，她來訪時可順便帶來，被我一口婉謝。老公得知後卻執意要來備用，說不要白不要，並口頭批評我的謝絕──不是勤儉持家發家致富的做法。真後悔告訴他！

　　女友的先生那天晚上專程送磚來我家，已近十點，又一塊一塊幫忙搬進後院角落。想不到這種磚非常重，我根本挪不動。

　　下次老公回來，不知將此磚作何用途？因我實在想不通我們真的需要，只好試目以待囉。

閨蜜閒聊

有時候也需要一個人獨處，面對自己的心靈。

比如今天，早上起來，吃過早餐，在飯廳，燭火上煮一壺紅棗枸杞玫瑰養顏茶，一邊喝茶一邊聽音樂看喜歡的書。稍後，移到外面陽臺搖椅上，院子裡鳥語花香，戴著太陽帽和太陽鏡邊曬太陽邊看書。中午吃過簡單午飯後外出散步，這個季節櫻花開了，真美！遂拍照若干。

路過星巴克，刷卡買摩卡一杯。我喜歡這張星巴克咖啡卡，貼身方便地裝在我牛仔褲袋裡，使我散步時，不需帶鼓鼓囊囊的錢包出門。但它既不是我訂的，也不是我親朋好友送的，而是生日時，與我打過交道的若干經紀人中的某位寄來的。美國就是這麼奇怪，你消費越多，刷信用卡越多，你收到不相干人的生日賀卡就越多。

捧著熱熱的咖啡，走在暖暖陽光下真舒服。有時候和朋友外出郊遊或購物也很好。不同的情景，但感受的同樣是快樂。下午看看碟子。晚餐是餐館訂回來吃，不想做。很輕鬆美好的一天。

傍晚的時候在網上與Susan東拉西扯地聊天：

> 張愛玲關於男人女人有兩處經典，我總結的，現說與你分享，大意是：大凡駐顏有術的女人，一是身體相當好，二是生活安定，心裡不安定；世上所有男人，都希望自己的妻子是貞潔聖女，而別的女人全是蕩婦。博你一笑，是否有點道理？

> 說得好深刻好經典！由此我是不是可以推斷你心裡不安定啊？哈，開玩笑的。……

呵呵，和閨蜜聊天，就是這麼無所顧忌，開心而無聊。

＊　　　　　＊　　　　　＊

Susan說：你也剪一束不管我來不來都為我盛開的花吧。

我答應了Susan，可怎樣才能表達出新意？因我不想剪一枝同樣的花花。想來想去，我決定下班路過喻家時去「偷採」她的白蘭花，四川叫黃桷蘭。少女時的我們，夏天常買了一毛錢一串兩朵的黃桷蘭互贈，細細的白棉線，掛在衣襟的第二顆紐扣上，整個人都幽香，正符了我們開放的年齡。

其實我被賦予了隨時採花之特權，奇怪的是，採的非家花，總是有點「做賊心虛」。

正做「采花大盜」，驚動了窗內的喻老師夫婦。喻老師開門出來，手裡托著一碟白蘭花，說前腳剛採，樹上故意留了一些給我。

那碟子好可愛，是一片樹葉的造型，與白蘭花真是絕配！我這樣誇著的時候，喻老師就把白蘭花連同碟子一併送我了。

這素潔的白蘭花，為Susan而採，懷念我們少女時的情懷。不管君來與不來，希望夢中，有一縷輕煙似的幽香，點綴與昇華君的夢境，那就是飄過重洋的這一碟白蘭花！

而剛剪下的這兩隻玫瑰，正開到最美的時候。一朵你一朵我。

Susan又說：因為你的不經意它反而開得豔，你仔細侍候著說不定它還不給你好臉色看。答曰：男人女人亦然。

遂想起我朋友，作家徐虹女士所詮釋：「當代的戀愛是一種毫無邏輯的後現代藝術：你要想愛一個人，你首先得讓他覺得你不愛他；你要想讓一個人愛上你，你首先得防止自己愛上他；你要想愛一個人同時又讓他愛上你，那你最好遠離他。

據說，戀愛就得嫻熟運用遊擊戰術，這是當今流行的戀愛規則。」

*　　　　　*　　　　　*

Lucy請我去山裡的豪宅。電話中，我們聊天好久。她說自己最慶倖與感激的事：一是賣店，二是離婚，並因此收穫前所未有的幸福。

我說我一直為你倆遺憾呢。你倆都是那麼好的人，有什麼過不去的呢？兩人總比一人好吧，一人多孤獨啊，又比如你上次車禍，若在一起他就能照顧你呀。

可Lucy答：每個人最終都是孤獨的，誰不孤獨呢？（這話在網上雞湯裡也常有）。凡事上天都有安排的，所以不要怕。就像我上次受傷後，就有兩閨蜜照顧我，照顧得比他好多了，況且他要上班，也沒法照顧我。

確也是，若兩人近在咫尺，心卻遙遠，才是真正的孤獨。

又有曰：一個人不孤獨，想一個人才孤獨。

因為與Lucy的聊天，所以頗有感觸地對他玩笑說：婚姻其實就是堅持。比如一生中，彼此好多次想離婚，但堅持過了也就過了，好像也沒想像中那麼壞。

他馬上說，講真話了吧？我可從沒想過與你離婚。

又對他說：看來真的是，愛叫的狗不咬人。我以前常向Lucy夫妻抱怨你，罵你。

他馬上說：又承認在背後說我壞話了吧。

他倆夫妻常安慰，開導我。還建議，對你這樣的人，要像共產黨對知識份子的政策，打一打，壓一壓，拍一拍……沒想到若干年後，我倆沒離婚，他倆早離了。

張愛玲說：生活是一襲華美的袍子，長滿了蝨子。

兩個人的磨合，看來真是一輩子的功課。隨著年紀漸長，倒覺得對方件像老棉襖，隨意妥貼。也要慢慢學會對彼此人性弱點的寬容。

先生的表揚信

「看完這個,想起若干年前我的大嫂,一個漂亮得不要不要的成都粉子跟著我大哥到我們鄉下老家的情景,這個城裡來的大美人震驚了小鄉村,而我家的餐桌,跟這個也差不多,或許還沒這個豐盛,可是她卻吃得很開心……值此新年,謝謝大嫂,祝你越來越年輕美麗!」

幾天前,家在上海的小妹轉發那條引起轟動的《上海城市女隨江西農村男回老家過年,第一頓飯就不歡而散》的帖子時,配發了以上短評。我轉發給她大嫂看,她很高興,並引發了一陣對話,頗有意趣。女朋友第一次隨我回荊門老家,是一九八六年春節。歸家的母親與我們路遇,竟然沒有表現出多少熱情,而是交談了幾句,就匆匆自個回家了。我想,她毫無思想準備,沒有指望我會給她帶回一個「皮膚白得反射月光」(我揶揄老婆的話)的女友,更沒有想到這樣的美女,會是一個和我一輩子過日子的人。這個連床都沒有的家(稻草土炕),弟妹眾多、極端貧苦,負擔沉重,婚前婚後,隨我回去六到七次之多,還將自己的衣物分贈妹妹們。結婚,老程家沒有拿一分錢的彩禮,卻用收的結婚禮金,支付了下學年弟妹們的學費。並由此取消了我口頭承諾的,旅遊結婚的計畫。母親給的禮物是我小時候被砸斷的幾截銀項圈,外公給的是一枚「袁大頭」。項圈被打成了一個銀手鏈和一枚銀戒指,工藝粗糙,但仍然和她的那些鑽戒、項鍊、耳環等女人的物件,放在銀行的保險盒裡。我說:大家庭要以父母為中心,小家庭則要以老婆為中心,中國要以習近平同志為中心。我說得不錯吧?不錯的話,敬請點贊。

以上先生的微信貼子,權當是給我的表揚信(一笑)。

　　謝謝老公與小妹的飄揚，呵呵，其實除了教養問題，主要是心地是否善良。一顆善良悲憫的心，是做不出那種舉動的。先生常常說，作為大嫂，我在弟弟妹妹心目中地位崇高。余不敢自誇，只感覺自身有兩種最可貴的品質：一為善良，二為感恩。

　　當年與先生一起，資助他農村赤貧的家，及幫助五個弟弟妹妹讀書，復讀，大學。其含辛茹苦，我總結了一句話形容：「彷彿中國農民的所有苦難，都加在了我家身上。」我不是神，偶爾也會抱怨委屈。猶記當年新婚，旅遊結婚被取消，臨別他家回川，面對茫茫雪原，我心中好委屈好難過，忍不住淚流滿面。慈祥的奶奶握著我的手說：丫頭，別難過，下次再來喔……。

　　我也不敢說自己有多崇高，只是基於基本的善良，終是不忍：我們不管這些弟弟妹妹，他們又怎麼辦呢？

　　種瓜得瓜，種豆得豆。有因才有果，水到渠才成。從中國到美國，從豆蔻到如今，一路走來，養老扶幼，弱肩非輕。雖然辛勞，但我願望的都基本實現了。這也是上天對我的眷顧與報償，所以心存感恩，心態頗好。

訪友記

週日拜訪閨蜜，坐灣區捷運去。

到一換車大站，見人們紛紛轉車，車廂快空了，我不安起來：是直走還是應換車？

趕忙拿出手機，準備問閨蜜。可撥出去卻是另一個聲音，被錯找的朋友說，你到哪裡？我可指路與你。果然我就得到正確的資訊。不過之前與之玩笑：正到你家來呢。

其實很快，約半小時就到了。美女閨蜜駕駛她的小白車早早等候了。她家離車站不遠，走路十五分鐘，開車一分鐘（她原話）。

這個小城出乎我意料的美，一樹樹粉色，花團簇簇的櫻花（在我處早已開過了），街邊露天咖啡座、飯店、酒吧……感覺十分祥和寧靜。

為迎接我的到來，閨蜜昨天就在採買及準備了，微信很遺憾告知我：沒買到牛仔骨與鱈魚，其架式像準備豐盛筵席，其實賓主僅倆人。

我回信道：中國的習主席說，要反腐倡廉。明天兩菜一湯或稀飯饅頭即可，且我特愛吃新鮮出籠的饅頭。

閨蜜說，那我就簡單做幾個菜吧。結果午餐計有：粉絲大蝦、清燉牛尾、糖醋排骨、素炒西蘭花、麵筋肉丸白菜湯，佐以納帕紅酒一瓶。我倆邊吃邊喝邊舉杯，不一會兒，熱騰騰胖嘟嘟的饅頭就出籠了，熱氣與香氣撲鼻。

閨蜜對我頗好，以前順路到我舊金山店裡，總像田螺姑娘，不僅幫忙做事，還不時變出好吃東西。可她反而誇我，說我能幹又會照顧人，像她媽。「媚姐姐（我英文名：May），乾脆你收養我

吧！」她如是說。虧她想得出，這世上有年齡只相差一歲的媽？

她曾說：「你們寫作的人好奇怪，又沒啥錢，還忙個不停。」她不解且不屑地撇撇嘴。「不過你算比較正常，還知道賺錢。」她補充道。

她令我想到張愛玲筆下的炎櫻，其語錄往往不遜於炎櫻語錄。

酒足飯飽，喝茶吃提拉米蘇及各種水果。客人將告辭，主人說：這饅頭好吃但樣子難看，很丟我臉，你就不帶了罷。

主人裝了酸豆角、自製香腸等一大包伴手禮送客，臨出門，客人心有不甘：那饅頭也給裝上吧，反正咱也不嫌棄！

呵，呵，饅頭真好吃，剛到家又吃掉一隻。

年輕時，以為整個世界都與自己有關係。隨著年齡漸長，才知與自己有關係的，原來只是身邊有限的幾個朋友與親人。那些可一起分享快樂，又能分擔煩惱與痛苦的人，才是真正彼此放進心裡的人。茫茫人海，我何其幸運，生命中遇見這樣的朋友。

在此，感謝閨蜜，讓我度過美好愉快的一天，且又吃又喝又拿又不給錢！呵，呵，呵！

＊　　　　　＊　　　　　＊

我先生與雷醫生是多年老友，早在年輕還未婚娶時就交往甚密，一個是詩人，一個是醫生。

當年，雷醫生常邀我們去他醫院操場看晚上的露天電影，每人抬個小板凳坐了，冬天冷得哆嗦仍興致勃勃；而我們則攢了洗澡票，邀請他和女友偉英（現任妻），到我們報社的公共澡堂洗免費淋浴。

他們在兒子出生不久就來美國留學了，我們一家三口幾年後也來了美國。

若干年前，他們一家從美國東部搬來舊金山灣區，那時，他們

已是三個兒子的父母。小蘿蔔頭們一溜兒的排列有序，煞是壯觀可愛。當年他全家回中國大陸休假探親，路人看著這「龐大」的一家子，都好奇地問他們是從哪個國家來的（大陸是獨生子女）。

時光如水。因我先生時常出差，不經意間，和雷醫生一家已是近六年未見。下定決心，約了昨天傍晚去他家。另一朋友青兒，也是多年未見，正好途經，便約了先去她家坐坐。

青兒平時五點下班，可她和先生四點就早早回家等候我們。不巧我們路途堵車，約六時才到她家門口。

青兒很高興，開門出來，第一個動作是掐了門口的一朵梔子花給我，而這暗香撲鼻的梔子花正是我的最愛，知道我喜歡，出門時幾乎全掐給了我，滿滿一大捧呢。因時候不早，我們在她家僅待了十分鐘左右，青兒又是泡茶又是勸吃點心，帶我們參觀她家繁花似錦的後院。我的到來，令她家花兒備受摧殘（她不斷掐了給我），又派她老公到前院剪了好幾枝碩大漂亮的玫瑰花紮成一束。青兒愛好攝影，造詣很高。聲稱：「以後你家兒子的婚紗照免費，我全包了！」「好啊，那就預約了。」我答。現有字為證，青兒以後是賴不掉了，呵，呵……

出得門來，雷醫生電話響起：你們走丟了哇，咋還不到？好在兩家頗近，十多分鐘車程便到了。

捧著青兒家的玫瑰來到雷醫生家借花獻佛。有人說，在美國，越是深山老林處越是有錢人的居所，此話不虛，雷醫生就是這樣的人家。坐在他家寬闊的陽臺上喝茶聊天，院子裡花木扶疏果實累累，泳池裡一池碧水微波蕩漾；遠山如黛連綿起伏，離對面鄰居，已是幾個山頭之外。

雷醫生與偉英是絕配呢，來美國白手起家的小夫妻，如今擁有了三個茁壯的兒子兩間診所與青山中美麗的家。他們的成就可喜可賀，也讓我們為之驕傲不已。

又見端午

> 後皇嘉樹／橘徠服兮／受命不遷／生南國兮
> 深固難兮／更壹志兮／綠葉素榮／紛其可喜兮……
> 嗟爾幼兮／有以異兮／獨立不遷／豈不可喜兮
> 深固難兮／廓其無求兮／蘇世獨立／橫而不流兮……

　　喜歡《橘頌》：喜歡那種高貴純潔，喜歡那種遺世獨立，喜歡那種不隨波逐流……

　　我與屈原，有不解之緣；我與詩人，冥冥之中註定有千絲萬縷的聯繫；因為我生日，正是當年端午節。

　　我是伴著艾草、菖蒲、棕葉的青草氣；伴著灶上翻滾著的鹹鴨蛋、大蒜、煮熟的棕子升騰起的撲鼻香味；伴著驅魔除邪雄黃酒的辛辣酒氣出生。

　　如果我沒有猜錯的話，那一天應該是這樣的美好祥和，可是我不記得，我一點都不記得我出生的那個時刻，在那個年代有棕子吃嗎？

　　其實我不知道我的生日，更不知道我的生日是端午節，直到二〇〇三年我從美國回去成都探親，爸爸從榮縣來小住，他送給我一件禮物，才澄清了我的出生之迷。

　　這是練習簿大小的一張宣紙，左下和右上角均有鮮紅印章，爸爸用他訓練有素的毛筆書法豎寫道：

　　　　三女曉敏之生辰原始記錄於筆記簿中找到，上面有你媽媽的親筆，是十分珍貴的。

阿爸記於二〇〇三年七月二十四日。曉敏自舊金山歸國度假之期。

而左上角貼有一張通訊薄大小的當年日記：

張曉敏 一九六三年五月端陽節出生於榮縣雙古區糧站內

她的名字是為了紀念她的三孃思敏的

一九六四年隨外婆小舅舅姐姐於十一月經自貢成都到雅安（爸爸字跡）

出生日期陰曆五月初七，國曆六月二十七日，當天上午和下午三時仍在工作，下午七時許順利出生。（媽媽筆跡）

現在這張紙鑲在一個玻璃鏡框中，擺在我的床頭，像是故意為了要表明自己的出處，抑或更因為潛意識裡要存一份與父母不長或不深的塵緣記憶。我覺得父親應該是愛我的，我小時候被他照拂不多，而我長大後他也不便要求什麼。

而與媽媽的塵緣更淺，差不多是從日記中記載的「一九六四年隨外婆小舅舅姐姐於十一月經成都到雅安」，我與媽媽在一起不過二、三年吧。媽媽走的時候，平躺在一張門板上，他們把我趴在您的身上，臉對著臉，我們是那麼親近，您是那樣慈善美麗，我甚至能感受到您溫暖的呼吸⋯⋯

可是我長大後，他們告訴我這不是真的，難道是我的幻覺？可明明那種親近那種溫暖深置在我記憶。

媽媽，我要寫一本書：寫我的前生，寫您的後世。那一定是驚心動魄的。我發覺，我們兩個有著驚人的相似！

您生我在端午，相信您也曾喜歡屈原的詞。

日月忽其不淹兮／春與秋其代序／唯草木之零落兮／恐美人
之遲暮……

端午粽香，中秋月圓

收到遠在中國成都的表姐電郵賀卡，水墨畫般的動畫畫面配著抒情的音樂：

五月初五／又到端午／空氣中散發著粽子的清香／那是端午的味道／送上我的祝福／慶賀端午快樂／幸福安康！

想到這幾天，一忙就忘了給表姐表姐夫打電話問候節日，馬上用手機撥通了她家電話。倆口兒正要外出喝喜酒。電話那頭說：祝你們闔家端午快樂！答曰：家中就我一人，兒子在外讀書，老公在外出差。表姐說：一個人也要快樂哈。心下想：不用給他們做飯洗衣收拾屋子，一個人最快樂了。答曰：前幾天朋友送了兩顆粽子，已吃掉一顆，還有一顆在冰箱裡。有朋友約了明天來一起包粽子。

其實中國超市裡各種口味的粽子都有：上海粽子、廣東粽子、臺灣粽子……有冰凍的，也有熱騰騰新鮮出爐的。可是秀春節回重慶冒險帶來了她媽媽做的煙熏香腸，存在冰箱裡，心心念念等端午節用來包粽子。

週日下午，秀開車帶來了糯米綠豆香腸粽葉線團……開始了我們包粽子的手工作坊。這是我第一次親手包粽子。小時候我外婆很能幹，會做許多好吃的，可就是捏不攏粽子，每次端午都是備好料端到隔壁請張婆婆幫我們包。張婆婆是包粽子的能手，一個個粽子棱角分明碧綠可愛像藝術品。我外婆備的粽子餡很香很好吃，煮粽子的大鍋裡除了粽子還有鹹鴨蛋大蒜等等，真是香氣撲鼻啊。當天外婆還要煮一大鍋昌蒲艾葉水給我們洗澡，兌一杯雄黃酒，點一黃

印在我額頭上，再讓我喝一小口，說是喝了雄黃酒一年就不會生瘡長痘。後來看「白蛇傳」，才知道白娘子就是喝了雄黃酒才變成白蛇的。

好在秀從她媽那兒學了一點，在我面前簡直就是包粽子的經驗老手了，不知不覺我們包完了五磅糯米卻還意猶未盡，因為剩的粽葉和糯米還多，我建議再把我冰箱裡的廣東香腸用來包，結果我們總共就包了差不多十磅的糯米。一邊包一邊煮一邊吃，真是熱火朝天哦。最後我們發現包得實在太多了煮了三大鍋。簡直可以開餐館了。

秀吃飽了就不想帶，我說你至少要帶走一半，不然我冰凍格裡除了粽子還是粽子，其他什麼都放不下了。可是她單身一人要消化幾十個粽子確實有困難有壓力，她老外男朋友是不會吃這些東西的。害得我到處打電話在周圍朋友中推銷粽子，每次都把她媽媽的招牌煙熏香腸拿來打廣告。

＊　　　　　　＊　　　　　　＊

中秋月圓，故鄉月明。可是今天給國內朋友們打電話，都說天氣晦暗，無月可賞。看來這一輪明月的清輝，全都灑在了異國他鄉我的頭頂。

傍晚下班時，舊金山起霧了。想到今天是中秋，臨睡前我完成任務似地跨出房門來到露臺，出乎我意料之外：一輪又大又圓美麗絕倫的銀盤懸在天空，太漂亮了！俗話說月明星稀，可是右邊卻有一顆小星星亮得出奇。

回到屋裡，我寫郵件給鄰居喻麗清老師，提醒她不要忘記看月亮。喻老師馬上回信了：

今年的中秋月亮的確是二十年難得一見的圓，並且與木

星的距離是最近的。

如果你看中秋月旁邊有個很亮的星星，那就是木星——
二十年第一次能用肉眼看得那麼清楚喲。

哦，這樣說來，我真的是很有眼福呢。
獨坐窗前，舉頭望明月，唱機裡飄蕩著《花好月圓》的旋律：

浮雲散　明月照人來
團圓美滿　今朝醉清淺
池塘鴛鴦戲水　紅裳翠蓋並蒂蓮開
雙雙對對恩恩愛愛　這軟風兒向著好花吹
柔情蜜意滿人間……

中秋之夜，這歌聲這月亮多麼容易讓人的心變得柔軟而善感……

似水流年

從歐洲回來已有月餘，時間就這樣水似的流過。

和朋友大都是電話聯繫，遠的不說，即使近的，也並不是想常常見面。

其實，我是很安然於一本好書，一杯熱茶，一段蟬鳴的夏日午後或一個寂靜的長夜。

想起魯迅說的：浪費時間，相當於謀財害命。這說法雖未免武斷，因時間不是用來做這件事就是用來做那件事，總是要流逝的。但「勸君莫惜金縷衣，勸君惜取少年時」，時間真的令人有一種緊迫感呢，是否應該「花開堪折直須折，莫待無花空折枝」？

這一個多月，都做了些什麼呢？

二〇一三年六月二十九日，美華文協會長沙石、名譽會長、旅中作家劉荒田，以及筆者等文協會員十餘人，開車北行，約一個多小時，抵達SANTA ROSA一處墓園，追思、緬懷長眠該地的黃運基先生。黃運基先生是舊金山美國華文文藝界協會前會長和名譽會長，《美華文學》創辦人和社長。黃運基先生一九三一年生於廣東鬥門，二〇一二年十二月二十一日病逝於舊金山。在他八十年的人生中，以慷慨、熱情、正直、富有正義感，而贏得舊金山僑界和國內文學界的普遍敬重，也獲得了筆者內心的父執般的愛戴。黃先生去世後，未設墓碑，骨灰撒在該墓園，僅立牌紀念。

二〇一三年七月七日，在自家的四合院，設宴款待美華文協（舊金山）的部分文友。當我變魔術般擺出一桌菜來，文友們大為驚訝，他們都曾以為我「不食人間煙火」呢。藍溪女士說：多年前第一次見我時驚若天人。有男文友打趣：這話該由男士說才對哈。

我知這是朋友們的厚愛，但過後仍與老公玩笑：人家說我驚若天人，意思是你娶了一天仙，而你卻讓仙女天天做飯洗衣勞碌奔波掙錢，不是「暴殄天物」麼？且聖經上說：因蛇引誘亞當夏娃吃了智慧果，所以罰蛇用肚子行走，終身吃土；罰女人懷胎生育的苦楚；罰男人終身勞苦，必汗流滿面才得糊口。可是現代社會完全背離了上帝的安排，女人不僅要承受生育之苦還要辛苦養家，下輩子乾脆你來做女人我來做男人，可是老公不答應，說下輩子他還是願意做男人。

＊　　　　　　＊　　　　　　＊

老同學的女兒ECHO來伯克利讀暑期班一月餘，離我家很近，我們時有見面。很活潑乖巧的女孩子，二十一歲的花季年華。時代真是不同吧，想我們二十一歲時，足跡未超過成都（當初從家鄉走到省會成都已是好大的一個夢）。而今的ECHO曾在香港讀大學，今年初轉到美國麻省續讀，暑期來伯克利。和同學自助旅行過臺灣、東南亞等地，比當年的我們見識可大多了。我與她聊天：你能有今天的機會，全是你爸爸媽媽努力的結果呢。她完全贊同我的看法。她爸媽當年都是從四川最偏僻貧窮的鄉村考到成都讀書，她媽媽和另一女同學是我班最刻苦用功的學生。

情同手足之甦的女兒欣妹近期也來了美國遊學，欣妹是在全中國統一考試來美公費遊學的千萬人脫穎而出的二十人之一，其傑出與優秀可見一斑。小時她曾是個多麼柔弱膽小的女孩兒，現在想起都心疼。她媽媽在外地打拼，把她留給老家的外公外婆撫養。有次我回老家，二歲多的她瘦小怯弱，她外婆說一見生人她就害怕就躲到桌後。可是好像心有靈犀，我們第一次見面，我抱她，就很自然，她並不怕我，她外婆說好像一見如故呢。現在成長為這麼獨立自信的少女，可喜可賀。

　　很遺憾的是，甦的媽媽——李阿姨，一個非常善良慈愛的長輩，在她中風失憶的晚年直至辭世，我都沒機會看望過她。當年我從家鄉動身去成都念書，李阿姨為我準備的香皂盒小錢夾等日常用品一直留在我記憶中，那個小錢夾放在櫃裡至今還完好如初呢。睹物思人，物是人非，已是生死兩茫茫……而甦的爸爸——李伯伯，是唯一來校看望過我的長輩，學校地處成都東郊，交通極為不便。李伯伯利用來成都辦事的機會專門來看我，那天我正在學校洗衣房洗頭，同室好友祝琅來叫我，我請她先代為接待李伯伯。那麼清晰的一情一景，一場一幕，好像才是昨天，為何卻已相隔經年？如今李伯伯已垂垂老矣，前兩年我由美國去臺灣旅遊後回中國，帶給李伯伯臺灣宜蘭有名特產老婆餅，李伯伯說廣告上常聽說。老人家像小孩樣等不及吃飯就拆開來吃，看到老人家喜歡，令我感到特別高興。下次回去，一定和老人聊聊早年他在美國留學的故事。中學時在甦家做作業常被她「強制」留飯（一個要走，一個要留，若留不住，留的人會生氣喇），記得最常吃的是番茄炒雞蛋，她姐夫炒的。彌足珍貴的小女生間單純誠摯的友誼哦。

　　似水流年，流年似水。當我們喝水時，時間就從杯邊溜走，當我們吃飯時，時間就從碗邊滑過，當我們睡覺時，時間以睡眠之神的形態從枕邊輕輕悄悄走過。生命就是這樣，這場從起點就註定了終點的旅程，就像自然界之四季——春夏秋冬，只要我們懂得欣賞懂得珍惜，朝著自己願望的方向，一路走來，雖風景各不相同，但都同樣美好豐富呢。雖然有時會：「溯洄從之，道阻且長；溯游從之，宛在水中央……」也是上天對我們的考驗。

　　寫下這個題目，就想起《牡丹亭·驚夢》：「則為你如花美眷，似水流年，是達兒閒尋遍，在幽閨自憐……」。

又見炊煙

這幾天一直想聽一首歌:《又見炊煙》。

從網上搜尋,我的小屋中就飄蕩起了這首歌:「又見炊煙升起／暮色罩大地／想問陣陣炊煙／你要去哪裡／……又見炊煙升起／勾起我回憶……」

其實以前每次聽到這首歌,都會勾起我回憶:在成都東郊,有個叫跳磴河的小鄉場,那地方沒名氣,可能好多老成都也不一定知道。離跳磴河步行約半小時,便是我們學校。學校也沒名氣,但培養出了許多實用性人才。後來有同學自嘲:「算盤打掉了青春,數字圈去了靈魂。」現在他們大多事業有成或生意有成。

學校的學習作息制度十分嚴格,從早上七時許的早自習到晚上九時許的晚自習,令我有籠中鳥之感,加之遠離家鄉親人,從小身世飄零,心中常常孤寂傷感。記得春夏的黃昏,我常偷閒站在教學樓過道高高的視窗眺望。外面是寬闊的荒野或農田,遠處有一人工水渠。有農人荷鋤而歸或在屋外竹林邊修理農具,有牧童晃悠在牛背,牛閒散的三步一吃草。田間散落的農舍,都是孤零零的,互相離得較遠。農舍屋頂高聳的煙囪漸起炊煙,純白的濃濃炊煙升騰,彌漫,稀薄,消散……構成了一幅美麗田園風景圖。可這畫面不僅沒讓我生出高興,卻更增添了我對不可知未來的迷茫與難過。

只是那炊煙如此親切迷人,象徵著家的溫暖,世俗的幸福;象徵著寧靜和諧,詩情畫意。我能想像炊煙的源頭──那一爐紅火的老虎灶,女主人正往裡添加柴火,灶上鍋裡彌漫出食物的香氣……不久,房間的桌上就會擺上酒菜,辛勞了一天的家人們圍桌而坐,或寧靜恬淡或喜氣洋洋……

＊　　　　＊　　　　＊

《又見炊煙》這首歌耳熟能詳，可我一直沒在意，寫這優美歌詞的詞作者是誰？直到前不久在網上看到一綜藝節目，訪談著名歌詞作家——九十三歲高齡的莊奴老先生，才知鄧麗君演唱的許多有名歌曲，皆出自莊奴之手。有人說沒有莊奴就沒有鄧麗君。諸如《甜蜜蜜》、《小城故事》、《何日君再來》、《壟上行》以及費翔演唱的《冬天裡的一把火》。莊奴一生所作歌詞三千多首，至今仍筆耕不輟，是飽經風霜的詞壇泰斗。可令人意外的是，節目接近尾聲，才知莊奴老先生窘境：莊奴一世清貧，兩袖清風，已九十三歲高齡，想多賣一些歌詞，讓陪伴照顧自己的親密愛人，在自己百年以後能老有所養。

看到這裡，我禁不住潸然淚下，心中十分難過感慨。怪不得中國古代形容文人「詞窮而後工」，出自（宋）歐陽修：「然則非詩之能窮人，殆窮者而後工也。」令人欣慰的是，節目組為莊奴老先生的歌詞收入成立了「甜蜜蜜基金會」。

一晃，離學校那個春夏，空間和時間都已很久遠了，在舊金山冬天的黃昏，從窗口望去，鄰居們房頂煙囪飄出縷縷白煙，不是做飯，是在用木柴燒壁爐取暖。望著那如夢似幻的白色煙霧，鄧麗君甜美的歌喉伴隨著抒情旋律飄蕩在空氣中：

又見炊煙升起／勾起我回憶／願你變作彩霞／飛到我夢裡／夕陽有詩情／黃昏有畫意／詩情畫意雖然美麗／我心中只有你……

新年戲語

新年伊始，清早就是豔陽天。

在浴室一邊刷牙一邊和老公瞎扯：

「老公，你知道我們家最大的特點是什麼嗎？」

「什麼？」老公不知道。

那我告訴你：「我們家最大特點就是錢多！」

老公愕然。

老公接著提問：「你知道我們家最大困難是什麼嗎？」

我不知道。

那我告訴你：「我們家最大困難就是錢不知道怎樣花。」

哈，兩人笑成一團。這對清貧夫妻，一個比一個更會吹牛！

＊　　　　　＊　　　　　＊

我們的好友帶女兒從北京來美國遊玩，臨行前她老公問她在美國銀行有多少存款，她答曰四、五萬美元吧，可她來後去銀行發現有二十七萬九千美元，把她樂壞，像得了不義之財般高興，因為有幾張定期存款被她忘記了。

我去銀行存款，一溜薄幣被出納數了一遍兩遍三遍，又用點鈔機點。問我：你存多少錢？我奇怪，明明我存款單上有填：三千元。我還是再告訴她一遍：存三千元。她說：我數了好幾遍，確實多兩百元，隨即退還與我。

回來後心中竊喜，禁不住對老公炫耀：「看來我和北京好友一樣，都屬於錢多到搞不清。」

＊　　　　＊　　　　＊

閒極無聊的時候就對老公說，我考你一下腦筋急轉彎：

「埋在地下一千年的酒叫什麼？」

老公答不出。

「那我告訴你，叫酒精。」

「狼來了（答一水果）。」

答不出。

「楊桃（羊逃）」

「那我再問你：羊來了（答一水果），」

答不出。

「草莓（草倒楣）」

「哎，你冰雪聰明的人不會這麼簡單都猜不出吧？」

老公答曰：「不跟你玩這種小兒科的遊戲，你把我這種哲學家的腦袋都考成傻瓜了，本大師午睡去了。」

那再最後考你一個：「人睏了為什麼要走去床上睡覺？」

老公賭氣回道：「因為床不會自己走過來！」

「呀，老公，你太聰明了！」

＊　　　　＊　　　　＊

晚飯吃到尾聲，發現碗裡的湯飯吃不完，就順手要倒進老公碗裡。

老公馬上制止：「唉，唉，你為什麼不倒進這個空碗裡，一會兒再倒掉？」。

我馬上瞪大眼：「為什麼要倒掉？這麼好的飯！」

「再好的飯也是剩飯啊！我是不吃你剩飯的！」

我立即奇怪起來：他沒吃過我剩飯嗎？想來想去好像真是沒

有過。

「你不吃我剩飯，說明你嫌棄我，說明你不愛我。」

「這不是嫌棄與愛的問題，是沒有必要。」

「那我以前怎麼不知道你不吃我剩飯？」

「你以前沒給過剩飯給我。」

吔，想來想去好像真是沒有。

這輩子除了外婆吃我剩飯外還有誰呢？還真的為數不多呢。

心中就有說不出的委屈與惆悵。

「哇，我怎麼這麼冤枉，結婚二十多年才知道你不吃我剩飯。當初談戀愛時，你肯吃我剩飯麼？」

「不肯。如果當初你給我吃剩飯，我肯定不會娶你。」

馬上反擊：「如果當初你不吃我剩飯，我肯定不會嫁你！」

新年絮語

昨晚睡得不好，因為做了一個夢。

很奇怪的夢，在這個夢裡，我同時夢見了外婆、姐姐還有爸爸。同一個夢裡不同情節把他們串連在一起。

在夢中，我想記牢這個夢，所以我就努力地想醒來，並一邊回顧夢中的情境和對話。

辭舊迎新之際，親人們來看我，是要告訴我什麼，是要來給我一些人生啟示的，這點我知道。就像外婆走的那一年，整整一年她都在我夢中。有一次我在選蘿蔔，有白的，青的，我手裡拿著水紅色的。我問外婆是青的好還是白的好？外婆說你手上的就最好。看來外婆是要告訴我，我現在擁有的才是最好的。

醒來我憶起舊事：那一年冬天，新婚的姐姐姐夫陪外公外婆回富順老家（這是外公外婆幾十年後第一次還鄉），途經成都住在表奶奶處（還是姐夫大姐處？記不確切了），我從學校去看他們，姐姐挎了一個黃棕色的新包，我想要，可是姐不給我，我一氣之下摔門而去，一路上滿腹委屈淚水漣漣……

現在想來人就是這麼無聊：人家對你好吧好像什麼都是應該的，一個不滿足反而不正常，姐對我從來都是有求必應（沒「求」也「應」），所以就成了習慣，喜歡什麼就一定要人家的。可是姐也很喜歡她的新包啊，也可能是姐夫買給她的呢！

第二天姐和姐夫就來了我學校，笑吟吟地看著我，送給我差不多同樣顏色款式的新挎包和一個新暖水瓶。在那樣冷的冬天，我心裡是怎樣的溫暖！姐說我摔門而去後，外婆很黯然神傷，她批評姐姐不該拒絕我，姐姐也覺得自己錯了。

我好後悔和內疚，覺得自己真不懂事：外公外婆年事已高，又在旅途中，好不容易見面卻帶給他們傷心難過。

我不知道自己那時是否真的很不懂事。爸爸寫信給姐姐：三妹幾乎不寫信來，若來信，也是冷冰冰的幾句話，然後是：拿錢來！姐姐轉告爸的話，是要我多關心爸，可是爸對我這樣誤解，也讓我心裡很受傷。

自從二〇〇六年爸與外婆在短短的兩個月裡相繼走後，我常常惶然，深感茫然無依。

我有時候會嚮往：新年的時候，好多兄弟姐妹熱熱鬧鬧地與長輩在一起，那是怎樣一種簡單的快樂和幸福啊！

我與陽春有個約會

　　每次穿過健身中心附近的公園，三五成群的流浪者，閒散自在，其寵物小狗偎在衣物裡懶覺或在邊上游走。就想：流浪的生活肯定不幸福，但不一定不快樂。天為被地為床，是離大自然最近的一種生活方式。

　　曾經有個叫桑迪亞哥的美國教授，上課時，聽到窗外嚶嚶鳥鳴，看到窗外陽光如瀑，於是，他轉身在黑板上寫道：我與陽春有個約會。於是擲掉粉筆，揚長而去，開始了長期的流浪生活，八十多歲客死歐洲。看來，這就是大自然的魅力、流浪的魅力。可惜，流浪是一種太感性，太需要勇氣的生活，一般現實中的人們是學不來的。

　　但有的流浪者是真可憐，肢體或精神殘缺，需要救助。看到他們，我心悲憫，他們也是父母所生，父母所養，落到這步田地，父母心裡怎麼過？昨天，上班沒買咖啡，下班錯過了公車，無意中節省四‧〇〇元，但走去地鐵站的路上，便佈施完畢。

　　有天中午，我坐在比薩店的遮陽傘下吃比薩，店外街邊坐了個流浪漢，店主人叫侍者拿了一盤比薩與一杯水給他。店家善良仁慈，令我對此店心生好感。其實，在美國，這樣的善行隨處可見。流浪者不會被呼三喝四。若他們去星巴客喝一杯咖啡或書店看一本書，身邊堆著髒兮兮的家當，店家也一視同仁，把他們當普通客人對待。

　　在美國，可能人們都比較「自我中心」，對自我關注較多，並不太在意別人的生活，不會因誰穿戴名牌出入豪車或家財萬貫，而對其高攀或羨慕嫉妒恨，更不會因其一無所有，流浪街頭，而對其

冷眼或歧視。

　　中國人對人的好，有時較為功利，會想到，若遇困難別人能幫助自己；而美國人似乎自身更強大，隨時願意去幫助別人，即使是陌生人，他們都樂意伸出援手。這倒有點像中國俗話所說「施比受更有福。」

用文字連結日子

好久沒寫一些字的時候，就覺得生活中欠缺了些什麼。

沒記下來的日子，好像是中斷了鏈條，須用一些文字連結起來。

Jack借給我好些DVD，都是他珍藏多年的經典電影。他以猶太人特有的謹慎玩笑說：千萬別弄丟哦，不然我就把你送回中國去！他不知目前的中國是怎樣日新月異，還以為水深火熱呢。這個參加過朝鮮戰爭的美國海軍艦隊空軍飛行員，當年的臺灣《世界日報》曾以大篇幅文字照片報導過他（他珍藏的報紙已經發黃變脆）。這個曾經的中國人民的「敵人」，幾十年來致力於中美友好，為國內一著名大學猶太人研究機構提供研究資料和經費，最近又為中國開封最早的猶太移民、認證其身分與歷史、修復猶太教建築奔走呼籲。

有一部默片，講一個酒吧的故事，是有史以來第一位華裔女性在外國片中領銜主演。她的中文名字叫黃柳霜，英文名：Ann Mary Wong。這是她第一部也是最後一部成名的片子，可惜英年早逝。她在好萊塢華裔電影史上應該有很重要的地位。

另一部有趣的電影叫《Thirty Day Princess》（三十天的公主）。講一個貧窮小國家的公主來到美國，為自己國家謀利益的故事，畫面人物與故事都非常美麗動人。

偶爾會肩酸脖子疼，朋友說可能肩周炎（俗稱五十肩），嚇我一跳，以為不會如此吧，潛意識裡還以為自己很有未來呢。就去鍛鍊，慢跑到兩條街外的公園，那裡有單槓、高低槓、高架欄杆等等。站在高架欄杆上彎彎腰拉拉臂甩甩腿……斜上方不時有火車經過。老公對我的鍛鍊不僅不適當鼓勵，反而嘲笑打趣說：一個女人在這兒騷首弄姿，萬一火車忍不住煞一腳，你是有很大責任的哦。

　　夏末秋初了，院中各種果子都被一一吃完，只有蘋果還未採摘，果實累累壓彎了枝頭。不時有松鼠或浣熊偷了吃，早上常看見被吃掉一半的蘋果掛在樹上。

　　就盼著十一月去臺灣。這是一個海外華人女作家的會議，每兩年在世界各地不同國家舉辦年會。今年將有九十多人參加。會後有「臺灣文學知性之旅」遊，其中包括阿里山日月潭等地。我還會見到我臺灣的表姐，她將帶我去臺北空軍公墓，給英年早逝的舅舅（她爸爸）上墳。臺灣之行結束後，我們幾個朋友相約去日本沖繩，據說是看紅楓的季節。也可能回一次成都，然後途經北京或上海返回舊金山。

庸常生活

好久沒寫，日子乏善可陳。

懶覺起來，九時過半。一邊洗漱一邊煎美式鍋貼，結果煎糊了點，廚房靈敏的煙塵報警器「嗚，嗚」響個不停。只好踮著腳，舉著報紙給它扇風幾下。

開車十多分鐘，去柏克萊的健身中心游泳，泡SPA。想起小說裡寫舊時上海有閒人的生活：上午水包皮（公共澡堂泡澡），下午皮包水（茶鋪喝茶）。

從健身中心出來，去一個街口外的圖書館借書，我喜歡在柏克萊閒走，各種活色生香的街頭藝人、藝術家、小販、流浪者……充斥著異國風情的熱鬧；而柏克萊大學的學生們，又使整座城市充滿了朝氣與年輕的熱情。

上下兩層，寬闊的圖書館安靜極了。有人在看書，有人在翻閱報紙雜誌，有人在上網查資料或做功課。閱讀的人中不乏流浪者，他腳邊往往放著他的整個家當──用於裝垃圾的黑色塑膠袋。其專心讀書的態度簡直像個學者。

附近不遠的這個綠草如茵，華蓋亭亭的美麗公園，簡直就是流浪者們的天堂。他們三五成群聚居在此，有的躺在草地日光浴；有的隨著身邊收音機裡的爵士樂搖擺自得其樂；有的互遞紅紅的蘋果或食物，似在開派對，正享受人生之盛宴。雖然他們的行囊簡單到一個購物車的程度（不知從哪弄到的商場購物車，用來推著全部家當，搬家也相當容易）。看來，物質上的貧富差別，受害者是窮人，受肉體凍餒之苦；精神上的貧富差別，受害者是富人，他受精神孤獨之苦。

兩年前，我曾與朋友戲言：其實天堂般的夏威夷才適合流浪者居往，一年四季，在威基基海灘或岸邊木質長椅上，過夜相當於乘涼，不需蓋任何東西，且沒蚊子，十分愜意。奇怪的是夏威夷看不到流浪者，他們為啥不知去呢？朋友答：他們要去，先得有去夏威夷的機票錢！朋友笑說：若以後夏威夷有流浪者了，肯定是你出的主意。夏威夷政府要把你列上黑名單，禁止你入境夏威夷！

呵，呵，開個玩笑而已，不料前不久遇到左鄰，她在夏威夷威基基海灘邊有公寓，不時去休假居住。她告訴我夏威夷現在有好多流浪者，據她說美國東岸有的城市，市府出錢買機票送流浪者們去夏威夷。呵呵，居然有如此自私的城市，不知是真是假？反正，不是我出的主意噢。

午餐後坐在陽臺上曬太陽嗑瓜子喝茶一小時，吃掉木瓜一隻、甜棗幾粒，然後提筆寫字若干。

一個無理想女人的現實寫照：有座四合小院，有個花開陽臺，沒有計劃預約，任我閒坐發呆。

＊　　　　　　＊　　　　　　＊

舊金山這兩日降溫。人間四月天，沒好意思燒壁爐，一不小心就感冒了。正應了李清照詞：「乍暖還寒時候，最難將息……」

喉痛頭痛倦怠無力。清早煮生薑檸檬紅糖水，偎在被窩裡滾熱地喝了。壁爐把室內燒得暖暖和和，簾幕低垂的窗外細雨濛濛。病了，有條件在家中孤獨地生病，有藉口不起床，也不錯……

話說喝完生薑檸檬紅糖水回籠一覺，已是中午。自認是個惜時之人，因了生病放任一回。吃了一碗熱乎乎美國罐頭雞湯面，喝了茶，然後開車超市購物，購得豐衣足食。

回家燒一杯咖啡，一碟奶油蛋糕，是我的下午茶點。出太陽了，但風較大。坐地鐵兩站，去圖書館借書兩本，喜歡圖書館氛

圍，大家安靜地學習。每次進圖書館，又令我緊張絕望與沮喪：這世上已有太多的文化，我添不添加一點什麼，又有什麼關係呢？

會員制的健身中心就在圖書館一個街口外，本應早上跳舞的，便改成傍晚游泳，巨大的室內溫水泳池，遊後進到旁邊滾熱的SPA池，酸痛的肌肉經翻滾的燙水煮過，甚是舒服，感覺已是康復。

＊　　　　　＊　　　　　＊

下班回家頗晚，精疲力竭。燒水，煮麵，自製一碗麻辣菠菜豬肝麵，很香地吃了，舔筷子。再一次證明：美食，大多數時候，取決於人的胃口。

睡覺前，習慣在網上看一部電影，且是偎在床頭看。電影尾聲，人也困了，用遙控器關電視，手伸去床頭櫃關觸摸式檯燈，常常，手往回縮時，人已開始沉入夢鄉。奇怪的是，有時能聽到自己輕微的酣聲，感覺枕與被的柔軟，十分香甜舒適。就想到，衡量人生幸福的標準：晚上是否睡得著，早上是否起得來。不過，若不早起上班，睡懶覺是我不多的愛好之一。如此看來，自己基本算是幸福之人。

上午清理衣櫃，發現多年未穿的有些衣服，仍不錯。這件白裙買回兩年了，未穿，標籤還在上面。掛在商店櫥窗式樣簡單顏色純潔，可穿上身並不太合意，在穿衣鏡前試穿，自拍。唉，女人，真的是：永遠少一件衣裳。

今週日，雖立秋，仍是盛夏天。今年是我居舊金山灣區十餘年，氣溫最高，夏季持續時間最長，且乾旱的一年。說是高溫，其實也不過華氏八十度左右，室內還是十分涼爽宜人的。由於舊金山氣候長年四季如春，通常家中只有壁爐而無冷氣。去星巴克「蹭」冷氣，實際上是另一種工作或生活方式：帶著自己的電腦，買一杯咖啡，或上網，或寫作……

　　有一中年男人，抱怨找不到座位，拉了把椅子，坐在我鄰座老婦人對面，與她聊起來……互報姓名，嘰哩呱啦約大半小時。兩人起身，出門，同樣左拐，離去。另坐了一男一女，一直聊天。右邊一女人，手推車推了雜物，喝冰咖啡，上網……準備離開，向我訴說，先前有個男子趁她起身，翻動她手推車中東西，被她及時制止。感覺她很孤寂的，只是想找人聊幾句，然後互道平安，蹣跚地推著手推車走了。

　　咖啡店，不斷地人來人往：金髮美女、小帥哥、老的少的、男的女的……一會兒，來了幾個荷槍實彈的員警，排隊，買咖啡，聊天……

　　記錄這一切，均是庸常生活真實的存在。

未曾謀面的文緣

　　韋澤寧先生是中國深圳某雜誌的責任編輯。我與他素未謀面，我先生前兩年回國與他僅一面之緣。他是個正直勤奮、胸懷抱負的年輕人。

　　這種最簡單的編輯與作者的關係，彌足珍貴。我先生的「金山客話」已在其主持的雜誌欄目持續十餘年。而他偶然讀過我的文章後竟十分欣賞，征得同意後，長期以來，主動在網上搜尋我的文章，刊登在雜誌的「環球采風」專欄，稿費則幫助一併寄給我先生父母做贍養費。可見他在幕後勤勤懇懇默默無聞做了大量工作。都說編輯是「為他人做嫁衣裳」，看來此話不虛。

　　澤寧讀書買書頗多，只要看到別人文中有他沒讀過的書、不瞭解的作家，不管古今中外，他都在網上搜索，這樣便大大擴充了他的閱讀與知識量。這令我敬佩，也得到啟發，決心向他學習。

　　收到最新一期的雜誌，其中照例有我和先生的文章，這是我們夫妻同時「閃亮登場」最多的刊物。此刊物印刷精美圖文並茂十分暢銷，是與澤寧這樣的員工們辛勤付出分不開的。在這期的刊首語中，欄目主持澤寧先生寫的題目為《陽光》。文中以我家移民美國的歷程為線索：「閱讀他們夫婦的文章，走進他們的移民故事，我們會得到關於移民的啟示。」關於陽光，他寫道：「陽光是美好的，可如果一直生活在陽光裡，陽光就不那麼可貴了。如果我們是從黑暗寒冷中走向陽光，我們才能知道陽光是那麼可愛與珍貴。」說得真好！

　　就像我剛來美國，看到大片大片供人踐踏的草地，心裡真是高興與感慨：那些出生在這塊土地，睜開眼就看到就習慣的美國人，

他們能懂得草地的可愛與珍貴麼？

　　澤寧責編現在已經離開了那家雜誌。你在哪裡呢，過得好嗎，沒有見過面的朋友！

萬里文緣一線牽

青衣江，是我家鄉雅安的一條江。此江似一匹青練穿城而過，十分秀美壯觀。小時候我們叫它「大河」。

《青衣江》，是我家鄉雅安的雜誌，歷史非常悠久。創刊於何時不詳，但七〇年代末復刊。記得當時雅中的資深語文老師——侯老師，鼓勵同學們訂購此刊。作為小文青的我當然訂購了。這《青衣江》復刊號對雅安的文學發展史及研究應該有一定意義，可惜年代久遠，我早已失落了它。可記憶依然柔軟而堅固，所以對《青衣江》有著特別的感情。

二〇一六年第四期《青衣江》雜誌，刊發了我的散文「花果意緒」以及《青衣江的女兒》書評「這世界要快起來，我們卻要慢下去」。

感謝《青衣江》雜誌的編輯呂玉剛先生及工作人員，令遠在海外的我，通過這種文字的方式，依然與家鄉保持牽連不斷的故鄉情愫。

此次回國參加侄子婚禮後，在閨蜜作家陳薇女士陪同下，到達細雨迷濛的雅安。我以為自己能找到小時的大雜院舊址，可處處高樓林立，我竟在小時的家門附近迷了路……

電話找到四舅，他馬上騎電瓶車出來，幾年不見的四舅，頭髮又花白了許多。

四舅也是我此次尋訪的故事中一員。在美國，我常常想起小時候的院子，大雜院中的各色人物，我想知道他們的命運與人生軌跡，比如張家的「農二哥」、「蘭妹」；余家的「三姐，四妹」；院後面的許家「小妖」；拉牛車的徐家幾兄妹……此次尋訪好多事

情令我震驚。他們都將成為我故事中的主角。

　　下午走訪了《雅安日報》與《青衣江》雜誌編輯部。與神交已久的，陳鶴顏女士及呂玉剛先生相見相談甚歡。後者曾多次刊發我的文章與書評，前者多年前曾做網路專訪：《「雅女」張曉敏在美興家修文雙豐收》。待坐定不久，又馬上安排記者再次做我的專訪：《筆觸落故鄉，異域寫鄉愁》（記者楊青）

　　《雅安日報》位於金鳳寺旁，從編輯部窗口望出去樹木蔥籠，大片闊葉的修竹，竟被我誤認成甘蔗，呵呵。《青衣江》雜誌編輯部，曾是劉文輝公館，座落於張家山上。兩處皆是十分清幽寫意的所在。特別是後者：舊時公館，冬日梅花，美輪美奐，如詩如畫。試想編輯們邊喝茶邊審稿邊賞梅（僅為想像，其實編輯工作非常辛苦），該多風雅浪漫？真的是：現世安穩，歲月靜好。遂玩笑：正考慮申請從美國調來此工作。呂先生說：歡迎，歡迎，要不咱們互換下？答曰：主要是調動手續比較麻煩。

河山依舊

這是我家附近的山，開車十分鐘到達山腳。

這個美國國殤紀念日的長週末，氣溫較低，正應了美國作家馬克・吐溫的話：舊金山有世界上最冷的夏天。話雖誇張，但確因舊金山灣區的太平洋被北下寒流環繞，海風寒冷刺骨，時值夏天，外出穿厚外套並不稀奇。而少有的陰天，則像人有時的心情。

假日最末一天，天氣晴好，我們去登山。山不算很高，也不陡峭。登上山頂，可俯瞰整個舊金山灣區。左邊柏克萊大學的鐘樓清晰可見；右邊是列治文市及連接它的大橋；一眼望去，海灣大橋與金門大橋像五線譜音符，飄逸跨越城市間的海面。

看見泛美大廈的尖塔，就看見了舊金山，尖塔背後是我年復一年謀生計的小店。坐灣區捷運到達舊金山，坐自動扶梯上去，走出月臺，迎面看到加利福尼亞街延綿向上的電纜車的大道，舉頭望見金融區櫛比鱗次的高樓，心中會動：有一天我離開了這座城市，是否懷想？懷想我眼中的這一切？轉眼之間，我在這座城市生活的時間已超過了青春歲月時的成都以及故鄉雅安。

背後的山坡，離得很近，以為很容易到達。其實不然，因了溝壑，因了暗澗，因了黑洞，一個平常的高度與願望，卻很難企及，就像人生。

我從來對生活中的各種慶典，比如慶生，比如紀念日，比如年節，不以為意，以為是人們因了無聊，故意規定出來，給平日單調乏味重複的生活製造一點熱鬧，增添一些亮色。

可是，站在這極目的山巔，海闊天高，鷺鷥亂飛，恍然間悟出：人多麼渺小，多麼脆弱，生命其實只在一呼一吸之間。每一個

生日，每一個年節，都證明我們順利走過來了，證明我們所得到的平常幸福，難道不是一件值得深深感恩與慶賀的事麼？

平常的簡單的幸福，是真正的幸福，有人唾手可得，有人卻需費盡心力孜孜以求。

遂想起老樹詩曰：

　　不必裝作孤獨，也別說你悲傷。
　　你去看看山河，從來都是那樣。

生日

五月七日，我之生日。也是今年我家抵美十八周年紀念日。

小時，生日早上，外婆會煮兩隻帶殼雞蛋，說：吃完雞蛋，一年就順順利利，很快滾過去了。

長大後，日子自己就滾得很快了。當我哀歎抱怨時間的無情，外婆便說：好日子才過得快，若日子難過，才度日如年呢。

生日早晨，從自家院裡剪一大束鮮花瓶插，日子馬上生動亮麗起來。而花樹下落英繽紛，盛開之美與凋零之美，竟難辯哪一種更美。

摘幾朵露臺上的金銀花，放入茶杯，沖入沸水，看花與茶在透明的杯中翻卷舒展、盛開。

我過著平凡女人的生活，簡約安寧，素淨無求，與一院的樹木花草相守。

希望與光陰化干弋為玉帛，忘記時間與年齡，把自己活成一種方式。

今天恰好是母親節，兒子回來，送了生日與母親節禮物：一盆小花、星巴客咖啡卡、賀卡兩張。

*　　　　　*　　　　　*

寫一行字給自己：生日快樂！

一個平常的週五，另一個陽光燦爛的日子。看上去與別的日子沒什麼不同，只是，今天是我生日。

常常忘記自己的生日，會在好幾天後恍然想起。

沒人記得我的生日，包括那些愛我或聲稱愛我的人。

就像我們身體的某個部位，因為太熟悉，太理所當然地擁有而忽視其存在，如果沒有疼痛，沒有不舒服，是不大被引起注意的。

當我心氣平和的時候，他在我心中是個近乎完美的人：幾乎想不出他的缺點。但我不開心時，情況會有一八〇度大轉彎：若干年來所有的陳谷子爛芝麻全部浮上心頭，用來「聲討」他。所以他說我「不客觀」。答曰：要客觀，就不要若我生氣！

對他說過的一句話是：那怕你種一棵樹、一株草，都該常常澆澆水施施肥吧？

那天與我女友去她新男友家，這個在公司作部門主管，帥帥的善解人意的中年美國男人，離異多年，無子女，有房產兩套，不錯的經濟收入……好像專門為了等她，等這一次奇異的異國之戀。

女友第一次婚姻在中國，第二次婚姻把自己從中國人嫁成美國人，這未來的第三次婚姻很可能把自己嫁成相對的有錢人。

他在電話中開玩笑：你看人家多好，其實像你這麼好看的人是不應該那樣辛苦的。我也故意玩笑說：多少年來，你總算說了一句公道話。不瞞你說，當時也有過一閃念：是否自己太固守觀念？看來重新嫁一下也不是太糟糕或太不得了的事情。

他立即緊張起來：你要恨鬥「私」字一閃念！

其實我心裡知道：太年輕的時候，以為整個世界都與自己有關係，隨著年齡漸長，才愈來愈深體會到，與自己生命息息相關的，無非是周圍有限的幾個親人，幾個朋友。一個人一生所得的感情，最多來自一個，兩個，或者三個人。而且人與人之間相遇，相識，相知，是要緣份的。女友看似快樂的表面，深藏著怎樣的苦痛，也只有「自己的腳才知道」。

我自己的需求那麼少，這麼多年的辛苦都是為了家。曾經真的很累，累到睡下去就不想起來，想這種溫暖柔軟被窩中的睡眠真好，就這樣睡下去也不是壞事……

　　對於多年前拎著幾隻行李箱，一無所有來到美國的我們，我最深體驗的一句話是「梅花香自苦寒來」。我覺得自己真的很努力，雖然吃了很多苦，但從不言悔，並為自己感到自豪與驕傲。

　　今年的生日沒有被忘記，QQ群的朋友們給我送來了好多美麗的賀卡，讓我感到友情的溫馨。他也出人意料地寄來了音樂賀卡，最不浪漫的詩人寫道：

　　　爾雅：
　　　　　謝謝你在我尚未成名的時候，作我的老婆；
　　　　　謝謝你在我們清貧的時候，對未來保持信心；
　　　　　謝謝你在我異國求學的時候，獨力支撐這個家庭；
　　　　　一九九八年是虎年，我們舉家來美；
　　　　　二〇一〇年是虎年，我們大海相隔；
　　　　　但我們的未來會更美好！
　　　　　生日快樂！

一天一人生

隨意翻到以前日記，那天是我十九歲生日，日記中這樣寫道：

> 今天是我的生日，我開始了人生的第十九個春秋。從今天起
> 我就是一個十九歲的大姑娘了。我簡直不相信自己已經十九
> 歲了。在我心目中認為，十九歲該好大好大了，該成為名副
> 其實的大人了。可我覺得自己還是個幼稚的小姑娘，有時發
> 覺自己比起有些人來簡直是太純潔太單純了。

感慨良多，就對他說：「要是我現在才十九歲就好了，真奇怪
那時為何覺得十九歲『該好大好大了』？」

「你要是現在十九歲，就做我女兒罷！」

做他女兒這輩子是做不成了，曾經約定下輩子做兄妹，常看到
言情電視劇中男女主人公的愛情盟約：「來生還做夫妻」。依我之
見，不管如何幸福美滿的婚姻，今生已經體驗過了，下輩子再重複
同樣的生活，好像有點劃不來？

其實不要貪心，不要時間倒流，只要時間停滯，就現在，也是
好的。

我相信，十九歲女子的好看，是青春逼人的好看，單純直接的
好看，確是值得留戀的。但是，年輕有年輕的迷茫，是那種初初面
對社會、生活、學業和前途的一個斷層階段，那種恐慌和壓力，絕
對是勝過中年的。中年和老年，其實才叫安然，因為這條愁路大半
已經走過來了。而隨著年齡漸長，女人的好看中會混合許多知識經
驗和眼界，那些從書本和音樂中得到的氣質、生活環境及旅遊氛圍

的浸潤，像成年的醇酒，散發愈來愈成熟的芬芳氣息。

　　想一想，其實我們的身體，從小到大發生了多麼大的變化，從高矮胖瘦模樣性情，好像我們擁有過好幾個不同的身體。而每一天，都像人的每一生，從沉睡中醒來，度過一天中的早中晚夜——這二十四小時中的春夏秋冬，而進入香甜睡眠。這夜晚的睡眠之所以香甜，是因為我們確知自己次日早上會醒來，開始另一天的人生，而不像那「永久的睡眠」，因為不可知而令人心生畏懼。

　　這樣想來，似乎我們的每一天，都是為這整個的人生做彩排？

　　我對他說：「你要是能讓時間停滯，我肯定好崇拜你嘞！」

　　「嗨，如果我真能做到，不僅你崇拜我，全世界的人都要崇拜我呢！」他如是說。

　　「那可不一定，若你真能停滯時間，你到底會是人類的恩人呢還是罪人？這是個值得深思的問題！」我若有所思。

　　佛說：一花一世界，一草一菩提。

　　我說：一花一世界，一天一人生。

一週時光

　　時光就這樣在不經意間匆匆流去，一生中平常的一週時光。

　　他乘坐週五晚的航班從夏威夷出發，到達舊金山是週六凌晨。我睡眼惺忪，頭髮蓬散地開車去五分鐘車程外的地鐵站接到他，回來再接著睡「回籠覺」。

　　盼他這次能藉著出差回來已經很久了，這個週末正好是美國國慶日長週末，他會有一週的時間在舊金山灣區。請他吃在夏威夷吃不到的小籠湯包，請他吃自家院裡李樹上成熟的果子──大而多汁，甘甜爽口。然後擺張小白桌在院中愜意地喝茶曬太陽，其實有時候幸福的感覺很簡單。在這樣的一個早上，陽光明媚，花木扶疏，氣溫適宜，喝茶閒聊，我感歎說：如果成都的親朋能坐在這兒打麻將，該多舒服啊！可惜平時是「一缺三」，而今天是「二缺二」──雖然他對麻將一竅不通。

　　接到非洲朋友的電話，他已到達著名賭城拉斯維加斯，這次來是參加世界級的賭牌比賽。輪到他的比賽後天開始，他訂了當天機票來舊金山。

　　人生四大快樂之一：他鄉遇故知。我們開心地在舊金山國際機場接到朋友，然後帶他遊覽灣區著名旅遊風景，諸如：金門大橋、金門公園、藝術宮、漁人碼頭……

　　第二天又帶他遊覽了著名學府伯克萊加州大學以及舊金山唐人街等等。我發覺，他們兩人聊天敘舊的興趣遠遠大於對旅遊景點的興趣。

　　傍晚送別朋友到舊金山國際機場後，我們倆直接開車去二小時車程外的海濱小城Monterey。它是非常有名的旅遊城市，著名的

「十七英里黃金海岸線」就在這裡。明天一早會議就要開始，早在夏威夷時他就訂好了酒店。這是一個古堡式的酒店，大門兩旁有古希臘風格的雕塑，大門口有花瓶形的噴泉和美麗的花草。古堡大廳牆上有黑白古老的大幅照片鏡框。

房間很舒服，有一張巨大柔軟的床（一進門我們就奇怪它的「短」，後來才發現是因為其寬度超過其長度，就像一個大胖子顯不出他的高來），正對面牆上懸掛著大電視螢幕，螢幕下是可以燒木材的壁爐，壁爐前面有茶几和好幾張沙發。另一角落有一玻璃圓餐桌，上方有溫馨的燭吊燈，邊上有一折疊門，拉開來便是一小陽臺。

一早他便開會去了。九時許我去到酒店餐廳早餐，客人都是世界各地的旅遊者。他們衣著舒適隨便，或坐或站，吃著早餐。我的早餐是：咖啡一杯、小麵包二個、雞蛋一顆，拿走蘋果一隻。信步走到街上，街角有一衰敗古舊的木房子，好奇地走近看，門上有注解，說曾是加州最早的電影院，現已成文物。

不覺間走進一對外開放的私家花園，內有好多稀奇古怪的花草，拍照若干。有一種花引起我的鄉愁，因為小時候我家院裡有好多這種花，我們叫它「紅苔花」，應該是不登大雅之堂的花，但很美很粗放。

我是喜歡住酒店的。酒店給我的感覺是輕鬆閒適，代表了另一種生活方式。可是他卻對此很不以為然，以為不可理喻——再高級的酒店，哪有自己家裡舒服呢？所以開完會，他便不願在酒店多待，浪費掉一天的公費住宿，急著往家趕了。

在家裡，他興致勃勃開始清理自己的藏書。把一個書櫃放在飯廳，引起我的不快。我的不快又引起他更大的不快。為著互相的不快，結果我們就大吵一架。

生氣一直持續到第二天。第二天上班時我思來想去，覺得人怎

麼這麼無聊？為這種芝麻小事，把親人間不多的相聚時光破壞掉。
打電話給他，提出一折衷意見：同意他把書櫃放在客廳壁爐旁邊，
然後批評他和我針尖對麥芒。他馬上順梯倒歉，然後皆大歡喜。事
後他說：你以為我沒想過放這兒嗎？如果是我提出放這兒，肯定早
被你一口否決了。看來知我者，莫老公也。他又玩笑說：我生氣
是因為在自己家裡想要擺放一些珍愛的書，卻被你像對待過街老鼠
一樣。

　　有時候就想：人與人之間距離近了就容易發生碰撞，哪怕是
最親近的人。若是獨自一人，心情不佳，身體不適，忍一忍就過
去了。若面對家人，個人情緒總會影響到別人，引起一系列連鎖
反應。

　　又想：不要說一週，其實一生的時光也不算長。就算活到一百
歲，除掉夫妻間不認識的前二十年，除掉人生中的分離聚散，有緣
在一起，應該是相愛的時間都不夠，為什麼還要用那麼多時間來吵
架生氣，彼此傷害，浪費時間又浪費精力呢？

　　接待朋友約一天半，陪他外出開會約一天半，吵架生氣一天
半，和好如初一天半。一生中無數個的一週時光就這樣又過去了。

詩人獻詩

嫁給詩人的最大好處是得到獻詩。

此刻，所有過的清貧勞碌都變得詩意。

建議詩人以後不僅獻詩還要常獻花，

鑽石嘛就免了，反正都是自己的錢。

另外，家裡的蘋果花開並結果了，那麼健康，明亮，快樂的蘋果花在陽光中自由自在地生長，令我心生歡喜。

我不解：這麼年輕的蘋果樹何以開出那麼多粉色絢爛的花朵？

我不解：那樣細小的枝丫何以承受一骨碌一骨碌滾圓的蘋果？以至於我不得不捋下許多的小蘋果，人工地幫她「計劃生育」。

其實我以前是喜歡桃花的，所以我家裡種了三棵桃樹，可是她們都像林妹妹，病魘魘的，讓我不自覺地心生厭棄煩悶。

我稱我們家的桃花為「黛玉」，蘋果花為「寶釵」。

這不禁令我想到男人：很多男人是聲稱愛黛玉而不是寶釵的，可是現實生活中卻鮮有男人消受得起林妹妹。

我曾對我家的寶哥哥說：雖然你們聲稱愛林妹妹，可是經過與你們在現實中的磨礪，林妹妹都不得不變成薛寶釵或王熙鳳了。

好，閒話休說，先來讀詩：

《大峽谷》
——給爾雅
程寶林

蒙著你的眼睛

將你朝懸崖邊推
你的肩頭
在我的懷裡
我們從夏天來
以為這裡
也是夏天

風吹著你單薄的衣服
煞是好看
當年只打算看你一眼
這一眼就是二十多年

深淵越來越近
你一無所知
科羅拉多河
在四千英尺的谷底
時光如箭

這是一切歸零的峽谷
連羽毛，也難以飄墜谷底
我蒙著你的眼睛
走向深淵

我知道，每一步
都在接近終點
而蒙著你的眼睛走向懸崖
我在做

天在看

愛情艱難，婚姻平淡
一個清貧的男人
把自己的一切交給你掌管
此刻，你被蒙著眼睛
被我推著，走向大峽谷

「哇」地一聲驚叫
我的手已經移開
而腳步也同時停止
萬丈絕壁
在一步之外
美，撲面而來

二〇一一年五月七日，日本沖繩，寫給妻子生日。

宜家午餐

這是美國勞工節的長週末。開車十多分鐘，到附近小城EMERYVILLE 的連鎖家具店IKEA（中文名：宜家）。

我們去，不是買家具，是去二樓的餐廳午餐。兒子喜歡吃這裡 的食物，喝這裡的咖啡。

他喜歡吃這種丸子，一種是牛肉的，另一種是蔬菜的；我點的 則是三文魚與蔬菜餅。

店內食客雲集，買食物的隊伍拐了好幾個彎。窗外麗日藍天， 棕櫚樹輕搖，與棕櫚差不多高度的高速公路上車速很慢，像一隊螞 蟻。再望過去，就是太平洋的波濤萬頃，視野左邊那座橋，即是連 接我家東灣與舊金山的海灣大橋。

喝咖啡，吃甜點與水果，這裡咖啡可續杯。一邊上網一邊喝咖 啡，不覺已喝到第三杯。在靠窗角落的位置，無所事事地與兒子消 磨日光。

這樣心靜，這樣心安，這樣平和的一個假日下午，慢慢地細細 地啜著咖啡，真好！

在這樣一個下午，又想起外婆。當年我們離開她，到美國。她 說：你們的路長，我的路短。八十多歲的她鼓勵我們，放飛我們。

外婆從不哀歎，從不抱怨，其獨立堅強，遠見卓識，很多老 人，甚至年輕父母都難以企及。老人家吃齋念佛，每天的主要功 課，便是為遠在異國他鄉的我們祈福。

與兒子談起祖祖，說，我們一定要好好的，才不辜負祖祖對我 們的大愛。兒子答：祖祖生前一直為我們念經，現在在天上更是保 佑我們，我們怎麼會不好，肯定會好的！

　　＊　　　　　＊　　　　　＊

　　昨日，大雨。與兒子去TARGET，換回不銹鋼垃圾桶一個，較之前他買的貴一倍。想想垃圾不美，再用不美的桶裝，更不舒服。看到圓柱形錚亮的垃圾桶，像藝術品，擺在廚房合適的位置，感覺滿意。兒子玩笑說，目前我家廚房最高檔的是垃圾桶。呵呵。

　　去lKEA喝咖啡吃午餐，週末及節日人多擁擠，今日店堂清靜。坐在靠窗桌邊，一邊吃喝一邊看雨中海景，日子靜好。

　　餐後下樓，買了幾個餐桌椅墊，鮮豔的紅，柔軟的厚，十分舒服。想不明白，之前為何虧待屁股多年？又添置了我車的座墊及買檯燈等物。

　　這幾日好像特別在意，要把家中各處弄得更舒服。連盤碗杯盞也篩選，或用或添置喜歡的。心想若廚藝差點，漂亮盤子也會加分，讓食物顯得精緻好吃？

感恩節快樂

我們家的兩個男人，這個週三晚都同時回家了，因為明天是美國的感恩節，家庭團圓的日子。

其中一個男人三個月沒回家了，另外一個一月餘未見。後者出差在外，網上說「不為五斗米折腰，給六斗就可以」，可是他才四斗，為生計謀也不得不折腰，嗚，嗚，嗚……前者前些年天天窩在家，踢都踢不出去，現在是請都請不回，要和他吃個飯得提前好久預約。

感恩節是美國國定假日中最地道、最美國式的節日，它和早期美國歷史密切相關。

一六二〇年，一些英國受宗教迫害的清教徒乘坐「五月花」號船去美洲尋求宗教自由。他們在海上顛簸了兩個月之後，終於在酷寒的十一月裡，在現在的馬薩諸塞州的普利茅斯登陸。

在第一個冬天，半數以上的移民都死於飢餓和傳染病，危急時刻他們得到了當地印第安人的幫助並教會他們怎樣播種。

整個夏天他們都熱切地盼望著豐收的到來。他們深知自己的生存以及殖民地的存在都取決於即將到來的收成。最後，莊稼獲得了意外的豐收，為了感謝上帝賜予的豐收，為了感謝印第安人的幫助，舉行了三天的狂歡活動。從此，這一習俗沿續下來，並逐漸風行各地。一八六三年，美國總統林肯宣佈，每年十一月的第四個星期四為感恩節。感恩節慶祝活動便定在這一天，直到如今。屆時，家家團聚，舉國同慶，其盛大、熱烈的情形，不亞於中國人過春節。

感恩節當天陽光燦爛天氣暖和，我們一家三口開車去了附近海

邊。海邊有個長長的寬寬的木質露臺直通海中央，人們趴在欄杆邊釣魚網螃蟹，跑步散步拍照……

　　第二天我們開車去了附近山上，秋天的樹林落葉繽紛姹紫嫣紅，特別是高大的楓樹們，一樹上有綠紫黃紅好幾種不同顏色，非常美麗。山中地上積了厚厚落葉，踩上去吵吵著響柔軟舒適。有一條小徑直通谷底，剛好上來一個徒步登山的美國人，向他打聽，說是要抵達對面山上，得先下到谷地再上去，約需一個多小時。

　　本來感恩節的傳統食物是火雞與南瓜派等，但本大廚把感恩節大餐做了改良，計有：薑蔥龍蝦、牛油烤螃蟹、四川麻辣口水雞等……

　　感恩節的長週末還餘兩天，但兒子週五晚上十二點，還是堅持開車回他一小時車程外的公寓了。因為據他說：在家裡就像住酒店的感覺。我問他是舒服還是不舒服的感覺？他說：太舒服了！舒服得有不舒服的感覺了。

＊　　　　　＊　　　　　＊

　　又是一年感恩節。

　　深秋的早上，陽光從大窗戶外潑灑進來，鋪滿餐桌。

　　我坐在飯廳曬太陽。這個季節的陽光，溫柔熨帖，善解人意。它溫暖了血液，清醒了頭腦，有音樂的微妙，使靈魂產生一種幸福之感。

　　原來，幸福就是這樣簡單：一冊閒書，潔淨的桌布，燭火小茶爐，幾朵茉莉，在水中開放，素淨無求。

　　又是一年感恩節。其實，過節，無非是為單調平凡的日常生活，增添一點變化與亮色。過節的最大好處是不上班。想到接連好幾天可遊手好閒，像捧著一隻鮮美無比的奶油大蛋糕，一點一點幸福地舔食！

與兒子閒聊：為汝操心，白髮頻添。答曰：自然規律。我又說：可是你奶奶，卻為何白髮甚少？答曰：奶奶乃農民者，農民者思想簡單，自然少有操心。

呵呵，可是晚唐詩人杜牧說：「世間公道唯白髮，貴人頭上不輕饒」。

不管怎麼說，最好的修為，是把自己活成一種方式，活得沒有時間與年齡，與光陰化干戈為玉帛。

前日店鋪遇賊：夜半潛入，躡手躡腳，偷偷摸摸。被攝入監控，看得我膽顫心驚，比賊緊張。

奇怪之處：平時我等自以為最隱秘安全處，卻被竊賊首先翻找；以為不安全處，卻被其忽略，視而未見。所以他偷走了小錢，遺漏了大錢，實為我幸也。也得出結論：賊與常人思維相反？

收得稿費支票一張兩百六十元。係《世界日報》（小說連載）稿費。正好用此款過節，招待朋友吃飯也。

聖誕購物

要過耶誕節了，連鎖超市Costco熱鬧非凡。偌大的停車場一泊車位難求，超市內人們更是推著大購物車，一車一車滿滿當當，好像東西都不要錢！

不知不覺中，我也買了一車。主要是點心水果蔬菜等，還有雞蛋和火腿……花費一百塊。

回到家，費力淘神一趟趟搬進廚房。望著這一堆東西，就歎氣，最大感慨是：賺錢固然辛苦，但要把這堆東西趕在壞和過期之前吃掉，也不輕鬆，也很辛苦呢。而我午餐最想吃的，只是一碗蛋炒飯加一碟拌黃瓜配一杯清茶而已，真的是粗茶淡飯呢。

收的一張房租支票被退票，上午去銀行查他帳戶，想取現出來，可他帳戶內餘額不足，害我過節前卻拿不到錢。

遂想起小時候看電影《白毛女》，好恨黃世仁，他逼迫佃農楊白勞交租……可現在一想，明明是楊白勞不對嘛，證明他沒管理好自己的財務，天下哪有欠錢不還的道理？且人家地主也要過年嘛（一笑）。

他寫微貼：聖誕將臨，老婆花錢。一車食物，載回小院。我居小城，日子節儉。兩個南瓜，撿自路邊。切而煮之，混個肚圓。想起少時，支農下田。生產隊裡，南瓜湯鮮。想我老程，曾中狀元。也曾打馬，禦街之前；也曾赴過，瓊林夜宴。如今淪落，大美利堅。天也賊藍，令人討厭；地也忒闊，無際無邊。所謂霧霾，居然未見；月付萬五，俱是血汗！落得如今，撿瓜而啖。君子固窮，小人窮濫！戲作此歌，博君一粲。

　　值得一提的是，今早得到發稿通知，中國《青年文學》明年第一期，將刊登我的小說，我喻之：最好最開心的聖誕禮物。

節日上班

今天是耶誕節的前一天，又是週六，人們大都放假了。

美國耶誕節類似中國農曆新年，是千萬里都要趕回家，與家人團聚的日子。

我店今天開與不開，開的時間長短，都由我自己決定。因想到有些客人是固定週末來的，那就開10am－3pm吧。

這小店，兩扇櫥窗間有道凹進去的門，早上去時，門前常有被夜晚的風聚攏來的樹葉，特別是秋天，金黃的葉子像一堆金幣，踏上去悉索作響，像數錢的聲音。索性我就叫了它「聚寶盆」。「聚寶盆」確曾為我賺過一些錢（賺錢也會讓人產生動力）。可我對它從未有過感情。我只覺得自己是在「犧牲」，是做為第一代新移民不得已的選擇。如今想來，上天給了這機會，自己何其幸運！它帶給我的一些財務自由，讓我可以決定「做什麼」或「不做什麼」。

新移民的創業，通常是「三館」：餐館，報館，洗衣館。愚笨如我，做了這許多年的乾洗中介，衣物是怎麼乾洗出來的，居然完全無知（因我從未去過城郊的工廠，看看工人們是怎樣工作的）。但錢鐘書先生說過：吃了一個雞蛋，覺得味道很好，也沒必要去看下蛋的母雞。這讓我有了超凡脫俗的理由。之前，曾想過開花店與咖啡店的。這樣聽起來比較浪漫，但據說也是很辛苦且不易賺錢的。

記得以前聖誕平安夜，我常一人辛苦地在店裡加班到晚上十點。而現有點冷落。倒是隔壁義大利餐館，晚餐排成長龍。

不時想：「做」還是「不做」？（To be or not to be？這是一個值得考慮的問題）。反倒對小店生出感情與不捨。晚上打烊鎖門後，站在店外對它左看右看，透過兩邊櫥窗的聖誕飾物，感覺小店

頗為溫馨可愛，小巧精緻，未被經意的美。就像一位平日低調的素面女子，淡妝素抹便令人驚豔了。

＊　　　　　＊　　　　　＊

今天中國大年初一，工廠關門，我仍堅守工作崗位。

又因是美國總統日的長週末假期，很多人外出度假。今早與客人們閒聊得知，有的去猶他州滑雪，有的去佛羅裡達日光浴，有的就近酒鄉那帕或海濱小城沙色裡多遊玩，有的家人朋友聚會。所以，忙過早上的一撥，我便清閒了，好似體恤我也要過節。

陽光如瀑，天氣暖和。坐躺椅店外，曬太陽，喝咖啡，寫字，看街斜對面的櫻花。

Ran上班從我跟前走過。他是隔壁超市的終生雜工。感覺他勤勞聰明，為人友善，卻生活得貧困潦倒（據說吸毒）。

他路過問好我，我給他個新年小紅包。他用南美裔奇怪聲調的中文說「恭喜發財」。

一分鐘後，他掐了兩朵鮮花獻給我。這是真正意義上的「借花獻佛」呢，因採自他打工的店東店前的茶花樹。哈，哈，哈……

他告訴我，通常下班後，他去漁人碼頭彈吉它，當街頭演奏家。

豪宅與幽居

昨日上午出發，受Lucy之邀去山中豪宅做客。

豪宅占地面積頗大，有半匹山。從山腳通往山上家中的車道全是她家自己所修。

豪宅一年新，設計相當現代摩登。有高科技的電腦控制管理系統。在家中可觀察室外方圓；外出時手機也可看到家內外情況。

豪宅門廊下有人工的小溪，可聞流水潺潺。室內分上下兩層，下層主要是臥室，上層有客房，有闊大開放式的客廳飯廳廚房。整個房屋外牆皆採用落地式鋼化玻璃（捲簾全安裝隱藏在頂上牆內），感覺與自然界的山林完全融為一體。

室外有長方形可加熱游泳池（諾大的泳池水面有捲簾蓋可自動開關）及日光浴躺椅，有火山石篝火爐，有BBQ系列廚具及野餐桌。室外下一層有網球場，蹦蹦床等。

這千萬豪宅，每年的地產稅，日常的保養維護清潔整理也花費不菲。比如每週請人剪草坪，養護泳池水，更別說工人們掃車道的落葉，要從山上掃到山下……

豪宅右下山坡有雞舍，每天下午放雞出來散散步，傍晚牠們會自動進舍。養雞隻吃雞蛋，雞們是家庭成員，是不能吃的！要吃雞得去超市買。不過她家主要吃素，難得吃肉。生活也相當節儉，從不浪費糧食，女兒的剩飯往往是當爹的吃，自嘲為家庭「垃圾桶」。衣服也是補丁重補丁。因有錢人都非常注重人類資源，絕不願造成人類共同財富的浪費。又比如，在這類富豪家，肯定找不到一瓶礦泉水，因他們覺得不環保。

其家庭成員還有兩隻狗兩隻貓，皆和平相處，在家中各處溜達

閒逛，每塊地毯每張沙發每隻椅子及每個房間的每張床，皆是牠們隨時隨意玩耍與小憩的樂園。

我倆去山中遛狗，得穿靴子，因怕蛇及有毒的草。渺無人跡是正常的，見到人反倒不正常，除非偶見「騎士」，因騎馬是他們日常的鍛鍊。

天黑得早，不敢走太遠，怕遭遇野生動物。山中有狐狸野鹿山獅與狼等⋯⋯

山居清靜寂寞，我在戶外照了幾張房子夜景，便早早歇息了，以便第二天早起拍攝日出。臨睡前，老公發來微信：「希望你在豪宅裡睡個好覺，做個中樂透的夢，美夢成真！」

可惜酣眠，竟一夜無夢！呵，呵，呵⋯⋯

在山中與Lucy度過輕鬆愉快的一天一夜。第二天上午10時許，她送我到Menlo Park火車站。做加州居民近二十年，此次居然是我第一次坐加州火車（Caltrain）。而上次去Sailinas坐的應該是美國火車。

＊　　　　　＊　　　　　＊

新年前夕，一家三口開車去Salinas（簡稱賽市）。賽市屬蒙特利縣，著名的十七英里黃金海岸線便在附近，離我們舊金山東灣的家，約二小時車程。

此房已買五年，這是我與兒子第一次去。目前是他日常居處，權且算我們的度假屋吧。

此社區在賽市最北端，開車出社區鐵柵欄門便是廣袤無垠的田野，主要種植蔬菜。賽市是全美國最著名的「沙拉碗」。我玩笑：月黑風高之夜，可散步去田邊偷菜！他正色：偷不可，但可揀！因收割之後會遺漏很多，到時揀來吃也吃不完呢！

沒想到社區頗大，均為兩層小樓。社區內有噴泉有小溪，有成人與兒童游泳池各一處。

　　他入住前，想請裝修師傅把地毯換成地板。可人工太貴，害他發憤「自己動手」。所以約三周時間，他上班當教授，下班當裝修工，晚上住高級酒店（公費報銷）當「有錢人」。一天內角色轉換不小呢。

　　公正地評價：地板裝修手藝還不錯，各步驟均到位。只是接頭處（比如與浴室門口，有的地角線處）還欠火候。看來教授還得精益求精，提高裝修手藝，才有資格申請賺外快之機會呢。

　　我打趣他：你現在最省錢最省事，度假就是把我們從這個家車到那個家住一夜，又把我們從那個家車到這個家住一夜，便是休假了。呵呵呵……

世人如儂有幾人

記得與經紀人來看此湖邊公寓，就一見鍾情。後來，果真在競爭中拿到，應是上天眷顧。第一次來自己此度假屋，到達已晚上。先生故意先進去，把落地窗簾撐開，把燈關閉。待我跨入，滿眼湖光水色，繁星與岸邊細小燈火輝映，竟似凡高名畫“星空”。門廳進去，闊大客廳外是長長的陽臺……

這週六下午臨時決定，從舊金山東灣的家中出發，開車去二小時車程的SALINAS，我們的湖邊度假屋。我很喜歡這裡的湖光山色美麗寧靜。

最近兒子新搬了公寓，就在我們所要途經的中間，所以我們就先去了兒子處，看看他的居住環境，與他共進晚餐。

這所兩層的小洋樓，樓上三個睡房分租給了三個學生。兒子租住樓下唯一的一間，有單獨的衛生間。客廳飯廳廚房均在樓下，學生們很少下來使用，所以感覺上好像整個一層都是屬於他的，即方便又隱私。兒子很喜歡這裡，我們也很高興他找到這麼好的地方，生活學習都很方便。

老公不久將被調任，去德克薩斯州工作，所以我們的度假屋面臨出租給別人的命運。這是我很不捨的。自去年夏天買來後，我們做了許多工作，去掉原來舊地毯換上了新地板，把屋子佈置得溫馨舒適，買了必需的家具，特別是那張巨大的床，寬大的玫瑰花色床單被套都是我的最愛，以後將被束之高閣。

＊　　　　　＊　　　　　＊

　　想來這人生，一路走來，一直都在創造與捨棄。當年在中國，經過多年艱苦逼窄居住條件，終於分到單位新房子，這真是人生不多重大喜事之一，滿懷欣喜與熱情，花了好多精力好多錢裝修佈置得漂漂亮亮，才住了一年我們就要出國了，那時也滿懷了不捨。

　　到了美國，又從最艱苦的租住環境開始白手起家。那時我們一家三口租住舊金山市區二樓一間二十多平方米的房間，中間用繩子拉一布簾，常有蟑螂在繩子上「走鋼絲」。這一住就是好幾年，老公後來戲謔道：當初是你怕蟑螂，後來是蟑螂怕你。

　　但艱苦的居住條件也不乏美好，巨大玻璃窗外樓下有一處廢園。窗外有一防火樓梯通到樓下，除卻我們，其他住戶都不下去。最是那窗外的一樹玉蘭，滿枝滿丫粉色大花朵，妖妖豔豔美到極致。秋天蘋果樹的果實壓彎枝頭，青青的柚子隨風墜落，柵欄外鄰居家金黃的檸檬柳丁枝條探過頭來，果實滾落一地，雨季時院中飽含水份隨處亂長的雜花生樹，草長鶯飛……

　　幾年後我們在美國有了自己的房子，接著又有了額外的房子出租給房客，後來又有了度假屋，以為就這樣安定了，可是他又要調去外州工作一段時間，好在不算很遠，約三小時飛程，比他以前在夏威夷工作近一半時間的飛程。那天與我店的一位客人聊天，她說她先生也在德克薩斯州的某個城市工作，離舊金山的家四小時的飛程，三小時的車程，可是他先生每個週末都要回家。我奇怪她為什麼不搬去，因為她似乎已退休或本來就不需工作，可她說喜歡住舊金山，最多去那兒休休假。而他先生看上去比她年齡還大，卻有這樣旺盛的精力，每週末在加州與德州之間穿梭往返。我不知確是白人的家庭觀念很重，還是他們是夕陽紅的新婚夫妻，因了愛情的力量？

　　網上看老公將赴任德克薩斯州的那個城市很漂亮，有河流有湖泊，就是少有中國人。我們預計也找一處水邊的房子，做為我們新的度假屋。因為我喜歡這樣的意境：

　　　浪花有意千重雪，
　　　桃李無言一隊春。
　　　一壺酒，一竿身，
　　　世人如儂有幾人？

美國生意十年

　　今年二月，中國農曆新年的時候，我在美國的生意剛好十年。

　　屈指算來，我移民美國的日子已超過十二年。一九九八年五月七日，我生日那天，飛機從成都雙流機場騰空而起，從此我捨棄了國內那張屬於我的辦公桌，來到美國從零開始，白手起家。

　　一個新移民朋友的太太常在家裡哭，她覺得美國太辛苦太孤獨。可是我一點都不後悔來到美國，當初先生打美國越洋電話給留守女士的我，「最後通碟」問我是真的很想來美國還是不來？若我不來的話他就結束兩年的美國辛苦闖蕩打道回府。他一而再地在電話裡強調美國生活最基本的生存壓力，目的是打消我對美國不切實際的幻想。他說你現在坐在夏有空調冬有暖氣的辦公室工作，是多麼高雅的事情。可是我已經太厭倦辦公室日復一日年復一年的單調重複。以我之見：辛苦勞累並不是最可怕的，最可怕的是厭倦，是對事物沒有了熱情。

　　我很佩服崇敬那些幾十年如一日，兢兢業業在平凡崗位上努力工作從不言倦的人，其實這才是一種真正了不起的品質。

　　可是為什麼我總是朝三暮四喜新厭舊？剛來美國才一年多差不多換了四種工作。老公玩笑說，幸好你這種感覺是換工作而不是換老公！

＊　　　　　＊　　　　　＊

　　我的第一份工是週末在一家西餐館洗盤碗。我對餐館工作充滿了嚮往，因為在國內看電影或道聽途說，覺得打餐館是美國生活的必修之課，在美國若沒打過餐館等於沒到過美國。而且WAITRESS

（侍者）已算餐館的中高極職稱了，所以剛去只能做BUS-GIRL
（收盤碗工）。見工的時候，我明顯感到老闆娘眼裡流出的失望，
她說試試吧。這時候就恨不得自己腰圓膀大五大三粗，好讓雇主放
心。後來知道人家的顧慮也不是多餘的，生意好的時候，一箱一箱
很重的盤碗刀叉，要急急地從前面搬到後面廚房，擺進洗碗機洗，
同時還要切土豆洋蔥榨橙汁……在餐館做過的人才知道什麼叫餓，
因為最餓的時候正是你最忙的時候，當別人正在外面店堂愉快享受
食物時，你埋首廚房腦海裡把平時甚至多年沒想起過的美食都想起
來回味一遍。打烊後要搬沉甸甸的廚房膠皮墊沖洗，倒沉重的垃圾
桶……我帶著極大熱情做事，連老闆老闆娘都感到驚訝：看上去那
麼秀氣的人竟這樣能幹！其實我是想證明自己：別人能做到的我為
什麼不能？老闆夫婦是中國東北人（原也是白領），性格直爽勤勞
肯幹，我從他們身上看到學到的積極刻苦持之以恆，對我後來經手
生意啟發很大。平時老闆即是大廚，老闆娘就是侍者，週末的時候
才有我和另兩個白人女孩來幫忙。忙起來的時候夫婦兩人忙得上
火，不免互相指責抱怨爭吵，廚房裡鍋碗瓢盆甩得辟哩啪啦亂響，
一轉身見到客人便是一副笑臉。

　　老闆主動說半年後他把這套餐館技術傳授給我，讓我自己去開
一家。可我清楚知道自己沒這能力，太累了！老闆又建議傳授我學
做各種咖啡以後開咖啡店，定購做好的各種現成點心，就沒餐館這
麼辛苦。和他們相處甚好，至今我們依然是很好的朋友。最近他們
賣掉了經營十五年的餐館，老闆海歸發展，老闆娘閒得無聊，還說
要來幫我打工呢。

＊　　　　　＊　　　　　＊

　　我從報上找了一份管家的工作，每天下午工作三到四小時。這
樣我每天早上去舊金山市立大學學英文和會計，下午下課後就坐公

車去做工。這是一戶臺灣人，女主人謝太說我是她登廣告後最後一個打電話來最後一個面談的人，可她一見我就推翻了以前所有的人。她年逾八十的父母很和藹，有時剛到，老太太就拉我在桌邊要我吃過點心再做事，還常常讀中文報紙給我聽。謝太也說事情每天做一點，不要一下子把自己弄得太累。其實每天工作就是用果汁機打幾瓶果汁和清潔本來就很乾淨的屋子，不管是與餐館還是上課相比都是太輕鬆了。害得我三小時內不斷看掛鐘，感覺時間怎麼過得這麼慢？關於這家的故事，有一些奇特的經歷和感受，我曾寫在一篇文章《養病》中。

因我先生在外地上班，差不多有半年的時間：我清早送完兒子上學，然後自己去上學，中午利用學校微波爐熱便當，下午再上一節課後去謝太家，我困極了常在巴士上睡過去。晚上回到家還要為自己和挑食的兒子做晚飯。週末的早上，我叫醒酣睡的兒子，帶他一起去我工作的餐館。有次下暴雨，下車時他緊抱著差一點忘在車上的心愛的大「變形金剛」，我挽起褲腿將他背在背上，感覺自己真是個偉大的母親。

他最開心的是到了餐館，叔叔會給他做一個大「BURGER」。小不點的他自己去拿盤子刀叉還不忘問一句：洗沒洗乾淨？阿姨玩笑說：你媽洗的，去問你媽就好了。

這半年，我深刻理解了上帝創世紀的道理：神說「要有光，就有了光」。這是頭一日；神說「諸水之間要有空氣，將水分為上下」。事就這樣成了。這是第二日；……天地萬物都造齊了。到第七日，神造物的工已經完畢，就在第七日歇了他一切的工，安息了。神賜福給第七日，定為聖日。所以神按自己形象造的人在第七日也該休息，才符合神造自然萬物的旨意。如果沒有星期天的安息，感覺就是「ENDLESS」，日子無休無止永無盡頭，人會有崩潰的感覺太可怕了。所以看來神是偉大聖明正確的。

＊　　　　＊　　　　＊

　　我想過開花店書店咖啡店⋯⋯唯一沒想過的是開乾洗店。

　　當老闆娘問我是否有意盤下這家乾洗店時，我在這裡剛好工作了一年，我回答說自己已經開始厭倦了，開始想逃了，你還要我買下它？直爽的老闆娘說：以後你看到錢就不會厭倦了。這時我剛拿到舊金山市立大學的會計證書，是像我同學在銀行做個小職員呢還是在這裡當個小老闆？這是一個值得考慮的問題！

　　看在錢的份上，我終於決定做一回小老闆。其實能賺多少我也不知道，只知道漂亮能幹的老闆娘一年前以一萬美元盤下這家店，據說前老闆是廣東人，生意做得極差，能甩掉這家店就像甩掉一隻燙手山芋。而現在老闆娘一轉手就要賣近六萬，我覺得這個虧好像吃大了。可轉念一想，如今的生意今非昔比，既然老闆娘當甩手掌櫃都能賺錢，我又何所懼哉？老闆娘與老公離婚後獨自在美國打拼，目前擁有兩家乾洗店，因女兒在國內，她常常飛來飛去很少照料店裡事情。一年來店裡的事情從訂貨到照顧生意主要都是我一手打理（之間因我課程較多上班時間減少，她又陸續請了兩三個PART TIME人員），所以如果接手的話應該沒多少不懂的過渡問題。

　　在與幾個競買者的鬥爭中我以近水樓臺的優勢拿下了這家店。從二○○一年二月一日（距我來美兩年許），這家店就歸我了。當天晚上打烊後錢理所當然進了我的腰包（不像昨天還要留給老闆）。從此我就是自己的領導，是輕鬆抑或壓力？

　　一年前我是老闆娘請來的這家店第一個員工，她是把我從一家珠寶禮品店挖掘過來的「人才」，她常到我們店晃悠買一點小東西，其實她是醉翁之意不在酒。此禮品店寬暢明亮，位於舊金山著名的旅遊景點漁人碼頭附近，是專營中國旅行團生意的店。售貨小姐們年輕漂亮，被客人喻為「七仙女」，問是否國內選美來的？

　　同為美人的乾洗店老闆娘深知生意中的「美人效應」，她想從我們中挖走一個，美人們都不去，因為乾洗店肯定沒禮品店輕鬆乾淨。只有我決定去，因為我又厭倦禮品店了：我的理想不是從中國的資深會計師變成在美國卻同樣講中文的售貨員。所以我要找一個接觸美國人的工作，操練一下我的英文。一位旅美作家在小說中寫過美國有這樣的怪圈：沒身分難找到正式工作，而沒正式工作又很難辦到身分。換言之英文不好難找到接觸美國人的工作，而不接觸美國人又很難提高自己的英文水準。

＊　　　　　＊　　　　　＊

　　第一天上班，老闆娘交代給我一些事情及注意事項，然後手一揮：「我走了！」OH, MY GOD，嚇我一跳。我說不行吧，我什麼都不懂。她說：天不會塌下來。像你年輕又好看，即使有什麼錯，客人都會原諒你。

　　不一會兒就有一中年男人來取衣服，我頭鑽在一排排的衣服叢裡找也找不到（那時還不像後來重新裝修過，有專門的轉架），我只好對客人說：CAN YOU DO ME A FAVOR（請你幫個忙），請他自己進來找。客人一邊找一邊友好地與我寒暄，我也言不達意地與他瞎扯並抱歉：SORRY, MY ENGLISH IS LIMITED（對不起，我的英文有限）。他安慰說：NO PROBLEM, YOUR ENGLISH IS BETTER THAN MY CHINESE（沒關係，你的英文比我的中文還好呢）。

　　有客人需改衣服，這樣那樣的要求，可是我聽也聽不明白搞也搞不清楚，靈機一動：請你一條條寫在紙上吧，我給老闆看，不清楚的再電話聯繫。一大篇龍飛鳳舞的手寫體交給老闆娘自己去認，她居然還表揚我：你怎麼這麼聰明！

　　雖然課本上很認真地學，但實際生活中還是聽不懂。通常客人進來口中都嘰嘰咕咕念念有詞，大多是友好寒暄也有的是生氣抱

怨，反正我都一樣聽不懂，所以遇客人抱怨也不生氣，權當練聽力（後來隨著英文進步，聽到有的客人無理抱怨心裡常會很生氣）。

由於語言的障礙，有時候覺得自己像傻瓜，好多次想QUIT（放棄）。但心裡一次次對自己說堅持，心想堅持一個月後看怎樣，一個月後再堅持一個月，再堅持一個月。三個月後果然感覺好很多輕鬆好多。因為聽不懂看不懂的就請客人寫下來，有空再查字典，所以那段時間我口袋裡總是裝好多亂七八糟的小紙條。

＊　　　　　＊　　　　　＊

老闆娘賣的只是生意，具體租約還須與房東簽約。房東是希臘人，據說他還是諾貝爾文學獎獲得者詩人埃利蒂斯的學生。他定了五年的租約，簽約時我心裡一聲歎息：唉，還要做五年啊？現在回頭看看，第二個五年都到了，時間真如白駒過隙啊。

不做則已，既然要做就好好做罷。由打工妹到老闆的角色轉換也帶給我一些興奮與熱情。

為避免老闆娘後期頻繁換人用人太多，造成成本增加及責任心不足等弊端，我要求老闆娘帶走她的人手，然後自己重新開始，做到「一個蘿蔔一個坑」。熱情真誠對待每一個客人，因為這是一種很私人化的服務，多與客人寒暄聊天可以增進彼此的感覺。最好能記住他們的名字，這樣他們就有受重視的感覺。可是我有個不好的特點是記不住人，特別是當初看老外，看誰都差不多。有次一個客人上午來過，他的傘柄很特別給我留下印象，下午的時候有個客人進來也拿了一把傘，我對他說上午有個客人的傘與你這把傘很像呢。他聽後哈哈大笑：說我就是上午那個客人呢！弄得我不好意思地開心好笑。感恩每一個進到我們店的客人：因為人家為什麼是進到我處而不是別處。相信不管客人出現怎樣的刁難麻煩，只要我們待之以誠，總會得到很好解決的。

一個月過去了，兩個月過去了，三個月過去了……我的人氣好像越來越旺，吸收了新客人保持了回頭客。週末的時候，常常排長隊（從店裡排到店外，有人上午路過看見，心想肯定很好，下午就拿衣物來了），我朋友說，只知道餐館吃飯要排隊，從不知道洗衣服還要排隊。而且客人總是讚美我：YOU ARE SO BEAUTIFUL。有客人外出歐洲旅行，每到一個新地方就寄一張明信片給我，因手寫體認不清就拿回家讓老公兒子認，反正他們也不吃醋。還有客人不斷送給我英文書，比如：《草葉集》、《小裁縫》、《廊橋遺夢》等。都是相對簡單的英文，目的是幫助我提高英文程度，卻害得酷愛書籍的老公說：他喜歡送書嗦？那我開個書單讓他慢慢送。

客人通常不問價，有次一個客人問我價格，我告知後她感歎：原來不貴嘛，我原以為NOB HILL社區會很貴。「一語驚醒夢中人」，我想對啊，我這裡是有名的高尚區NOB HILL呢。專門接待外國元首的，著名的FAIRMONTE HOTEL（佛利蒙大酒店）就在附近。接下來的日子，我有意考察了附近同類行業的價格，循序漸進地調整了自己的價錢，在定價上也考慮到客人的消費心理，收入立竿見影又有了很大起色。

*　　　　　*　　　　　*

因為我店是衣物收取中轉店，簽約的主要的兩家工廠（一家做乾洗一家做水洗，另外還有做皮衣地毯婚紗的工廠）每天至少兩次會派專人來收取，洗燙好後再送回來。然後我們檢查整理分類打包……面對幾百件衣物，真是壓力很大呢，遇上客人急要，真是好一個「忙」字了得！以前老闆娘常常為客人急要工廠又沒及時送回來的衣物心急火燎，開車來來回回自己去工廠取再送給客人，還常常出現很多品質上的問題。我接手後，和工廠老闆「約法三章」，希望不要出現類似問題。因什麼性格的客人都有，要協調解決各種

各樣的「疑難雜症」，非常花費心力。

由於以前遺留下來的陋習，而多次與乾洗工廠老闆「打招呼」都沒多大改善。有一天，我終於抄了他的「魷魚」。

新簽約的另一家乾洗工廠老闆很認真負責，他斯文儒雅相貌堂堂，曾畢業於臺灣國立大學國文系。年逾五十的他新娶了年輕的太太新添了小兒子，太太在家相夫教子。他凡事親力親為自己接貨送貨。當看到穿西服打領帶的他肩挑背扛，就感覺特別滑稽好笑不協調。而他扛著衣物還未進門就遠遠地喊「阿MAY，阿MAY……」一直叫到店裡。惹得我店裡的小妹笑著學給我聽：像貓叫一樣，若他太太聽見肯定會吃醋的。

「寶劍鋒自磨礪出，梅花香自苦寒來」。曾經有累到極限，晚上頭挨著枕蜷在溫暖柔軟被窩裡，覺得是世界上最幸福的事。我特別不理解失眠問題，有次和先生鬧矛盾，他氣得半夜去附近公園寫詩，回來看見我仍呼呼大睡，他一邊試圖搖醒我一邊說：明天就要離婚了你還睡得著？迷糊中我覺得煩死了，離婚就不興讓人睡飽覺再說？也有過多少次的厭煩倦怠，看來「厭倦」真是一種很奢侈的感受，在失業率高居不下的今天，能有份穩定的工作就不錯了。好多時候好多人，並不能因為厭倦而放棄，卻不得不一直堅持不懈。

因為堅持，我才能支持我先生脫產攻讀學位，拿到英文創作的最高學位──藝術碩士，讓他在美國有了更好的發展空間。當初他看到我很辛苦，也多次提出要到店裡幫忙。可是我最不喜歡有些人做生意沒品位，店裡老婆老公晃小孩叫，不像一個正規生意。我店堂不僅乾淨整潔明亮，而且我要求收音機隨時固定在古典音樂台，舒緩美妙的音樂總是給人以愉悅。排隊的客人也常常讚歎「NICE MUSIC」（美好的音樂）。

而且我也不願意一家人都被糾纏在這件事上，我希望老公兒子該幹啥幹啥。而作為第一代新移民，我情願「犧牲」我一個，換取

家人更好的發展。所以從我先生攻讀學位到找到工作，差不多有五年半的時間全靠我一人獨力支撐，賺錢養家。其中的辛勞困苦鬱悶壓力也只有自知，且按下不表。回頭看，真的連自己都驚訝於自己的韌性！

＊　　　　　＊　　　　　＊

　　生意興隆的時候，每天數著綠花花的鈔票，好多年我都沒有翻開過一本中文或英文書，哪怕是我喜愛的文學。曾經冒出過一個念頭：文學饑不可食寒不可衣是多麼沒用的東西。終於明白為何那麼多人情願做商人那麼多女人寧為商人婦。認為憂愁寂寞是很奢侈的情緒，因為必須要有大量時間空閒閒適無聊作鋪墊。不過依我之見，文學雖不是食物不是衣服但文學是「藥」，針對症狀為有傾訴欲欲望的人。

　　隨著生意漸上軌道，日子一天天流逝，我越來越意識到應該善待自己，不能一年到頭埋頭苦幹拼命賺錢。如果一個人沒有閒暇做自己喜歡做的事情，即使賺再多錢也沒什麼生活品質可言。所以近些年我慢慢抽身出來，外出旅遊度假休閒讀書重拾文學夢。文學作品散見於海內外中文報刊雜誌及文學網站，我的文章曾被收入近三十種文學選集，現為世界華文女作家協會會員，去年參加在臺北召開的女作協第十一屆年會，還受到臺灣總統馬英九先生親切友好的接見。新出版散文集《青衣江的女兒》，我家鄉雅安市的《雅安日報》，曾以大篇幅文字照片訪談介紹我（記者陳鶴顏），美國最大的華文報紙《世界日報》也發表了「華人文壇消息」：

> 爾雅散文集《青衣江的女兒》出版：爾雅，本名張曉敏，生長於四川雅安青衣江畔。自幼喜好文藝，少女時期亦常舞文弄墨，時有佳妙小品。一九九八年隨夫婿作家程寶林移民美

國，此後，為維生、育兒及家務，並支持先生的寫作、教書事業，操勞忙碌，很少有時間能再寄情於寫作。直到目前，才緩緩集結了她的第一本書《青衣江的女兒》，日前由紐約柯捷出版社印行。本書內容大多是她的成長經歷、憶親人故舊及瑣實的生活感受等等，充滿女性及自傳色彩。然而，文字相當真誠直接、毫無虛矯，令人讀後印象深刻，清新難忘，如見其人。

以上就是我在美國生意十年之際寫下的一點點文字，既是人生的一段小結，亦為生活的一點記載。

語言文學類　PG2097　北美華文作家系列25

陽光如賒
——寫意舊金山

作　　者/爾　雅
責任編輯/杜國維
圖文排版/楊家齊
封面設計/蔡瑋筠

發 行 人/宋政坤
法律顧問/毛國樑　律師
出版發行/秀威資訊科技股份有限公司
　　　　　114台北市內湖區瑞光路76巷65號1樓
　　　　　電話：+886-2-2796-3638　傳真：+886-2-2796-1377
　　　　　http://www.showwe.com.tw
劃撥帳號/19563868　戶名：秀威資訊科技股份有限公司
　　　　　讀者服務信箱：service@showwe.com.tw
展售門市/國家書店（松江門市）
　　　　　104台北市中山區松江路209號1樓
　　　　　電話：+886-2-2518-0207　傳真：+886-2-2518-0778
網路訂購/秀威網路書店：https://store.showwe.tw
　　　　　國家網路書店：https://www.govbooks.com.tw

2018年11月　BOD一版
定價：420元
版權所有　翻印必究
本書如有缺頁、破損或裝訂錯誤，請寄回更換

國家圖書館出版品預行編目

陽光如賒：寫意舊金山 / 爾雅著. -- 一版. --
　臺北市：秀威資訊科技, 2018.11
　　面； 公分. -- (語言文學類；PG2097)
(北美華文作家系列；25)
　BOD版
　ISBN 978-986-326-600-6(平裝)

855   107015875

讀者回函卡

感謝您購買本書，為提升服務品質，請填妥以下資料，將讀者回函卡直接寄回或傳真本公司，收到您的寶貴意見後，我們會收藏記錄及檢討，謝謝！

如您需要了解本公司最新出版書目、購書優惠或企劃活動，歡迎您上網查詢或下載相關資料：http:// www.showwe.com.tw

您購買的書名：＿＿＿＿＿＿＿＿＿＿＿＿＿＿＿＿＿＿＿＿＿＿＿＿＿＿

出生日期：＿＿＿＿＿年＿＿＿＿＿月＿＿＿＿＿日

學歷：□高中 (含) 以下　　□大專　　□研究所 (含) 以上

職業：□製造業　□金融業　□資訊業　□軍警　□傳播業　□自由業
　　　□服務業　□公務員　□教職　　□學生 □家管　　□其它＿＿＿

購書地點：□網路書店　□實體書店　□書展　□郵購　□贈閱　□其他

您從何得知本書的消息？

　□網路書店　□實體書店　□網路搜尋　□電子報　□書訊　□雜誌

　□傳播媒體　□親友推薦　□網站推薦　□部落格　□其他＿＿＿＿＿＿

您對本書的評價：(請填代號　1.非常滿意　2.滿意　3.尚可　4.再改進)

　封面設計＿＿＿　版面編排＿＿＿　內容＿＿＿　文／譯筆＿＿＿　價格＿＿＿

讀完書後您覺得：

　□很有收穫　□有收穫　□收穫不多　□沒收穫

對我們的建議：＿＿＿＿＿＿＿＿＿＿＿＿＿＿＿＿＿＿＿＿＿＿＿＿＿＿

＿＿＿＿＿＿＿＿＿＿＿＿＿＿＿＿＿＿＿＿＿＿＿＿＿＿＿＿＿＿＿＿＿＿

＿＿＿＿＿＿＿＿＿＿＿＿＿＿＿＿＿＿＿＿＿＿＿＿＿＿＿＿＿＿＿＿＿＿

＿＿＿＿＿＿＿＿＿＿＿＿＿＿＿＿＿＿＿＿＿＿＿＿＿＿＿＿＿＿＿＿＿＿

11466
台北市內湖區瑞光路 76 巷 65 號 1 樓

秀威資訊科技股份有限公司　　　收

BOD 數位出版事業部

....

（請沿線對折寄回，謝謝！）

姓　　名：_____　年齡：_____　性別：□女　□男

郵遞區號：□□□□□

地　　址：_____

聯絡電話：(日) _____ (夜) _____

E-mail：_____